人生滋味

Rensheng Ziwei

赵治安 著

文学也是有心人的事业，
丰富的阅历终究会变成创作的财富。

陕西新华出版传媒集团

太白文艺出版社

图书在版编目（CIP）数据

人生滋味 / 赵治安著. — 2版. — 西安：太白文
艺出版社，2017.9（2025.3重印）
ISBN 978-7-5513-1236-3

Ⅰ. ①人… Ⅱ. ①赵… Ⅲ. ①散文集—中国—当代
Ⅳ. ①I267

中国版本图书馆CIP数据核字（2017）第180110号

人生滋味
RENSHENG ZIWEI

作　　者	赵治安
责任编辑	李　玫
整体设计	前程设计
出版发行	陕西新华出版传媒集团
	太白文艺出版社
经　　销	新华书店
印　　刷	三河市腾飞印务有限公司
开　　本	787mm×1092mm　1/16
字　　数	242千字
印　　张	19.5
版　　次	2016年10月第1版
	2017年9月第2版
印　　次	2025年3月第2次印刷
书　　号	ISBN 978-7-5513-1236-3
定　　价	48.80元

目录

序

李康美

人生滋味
RENSHENG ZIWEI

　　我和赵治安的相识缘于他的第一部作品。大概是两三年前,赵治安委托他身边的朋友多次和我联系,电话里相约的理由只是吃顿饭。等到大家一起见面时,这才认识了这位文学新同仁,当场赵治安还赠予我一本他刚刚出版的著作,书名是《我这三十年》。当时,我还在心里嘀咕,他正当身强力壮的黄金年纪,怎么就好像是对自己的人生进行总结了?后来我才知道,这纯粹是一个理念的误区,赵治安依然在文学的园地上勤奋耕耘着,创作的势头丝毫也没有减弱。

　　《人生滋味》的杀青和结集出版,便是实实在在的证明。

　　文学是苦行僧的事业,用古贤的话说:"非宁静无以致远,非淡泊无以明志。"用当代作家的经验说:"静,是一种气质,也是一种修养。心浮气躁的人,是成不了大气候的。"所以我感觉,赵治安应该是一个心态宁静的人。偶尔和大家聚在一起,他也是沉默寡言,以谦逊的笑容,耐心的倾听,充实着自己的内心世界。

　　由相识到相熟,渐渐地,我了解到,赵治安的人生阅历本身就是一本大书。当他还是翩翩少年时,就经历了难以想象的精神磨砺。父亲很早就在青海地质队工作,为了解决父亲的后顾之忧,在20世纪70年代末期,他们举家迁往格尔木。为赵治安的新书写这篇序言时,我也刚刚经历了由青藏高原去拉萨的长途旅行。在我旅行的过程中，几乎每一天，都有朋友电话和信息询问："高原反应怎么样？"抑或是更直接地说："还撑得住吗？"尽管这些都归于笑谈，但是也反映出青藏高原的艰苦和危险。而赵治安曾经生活、工作的格尔木，就是在青藏高原的纵深地带，何况他曾经在地质队工作，这就会踏入生命的危险区，对生命本身就是严峻的考验。

文学也是有心人的事业，丰富的阅历终究会变成创作的财富。

赵治安的这本新文集，就是对他所有阅历的归类和梳理。仅仅从目录的分类来看，就有《乡音乡情》《五味人生》《地质情结》《情韵悠长》《我形我塑》《生活感悟》等多个章节。赵治安以《我这三十年》走进了文学的门槛，现在又以《人生滋味》深化着自己的精神世界，同时也是通过自己的步履，丈量着社会的万般变迁，体悟着人生的五味杂陈。赵治安的笔法一直保持着质朴的本色，没有故弄玄虚的选题，也没有故作深奥的语言，一切都是生活的素描。其实文学的本质也就是各有各的笔致，各有各的路数，假若全是大一统的格局，也就没有作家的个性可言了。

当然，文学绝不能没有内在的情感，哪怕只是写一碗面条，在面条的后边，也一定会隐藏着人文关怀的温度。赵治安对此也有自己明晰的把握，诸如他写《南七饸饹》，首先就想到了这种小吃，已经成为了家乡的名片。"名片"无疑是改革开放之后的新事物，将"饸饹"象征为家乡的名片，这就有了浓厚的乡情。写过了当下的喜悦和甜蜜，他又回忆着儿时的混沌和苦涩，这一组文章，总是让人在笑声中倏忽间沉重起来。这样的阅读体验，我以为更能增强文学性，因为幽默是文学的另一种高度，如果产生心酸的笑声，反思和批判的深意也就存在其中了。由于赵治安在青藏高原的地质战线生活、工作了近十四年，所以他对那块土地永远都会梦牵魂绕。在这本书中，他仍然独立成章地把"地质情结"列为一个单元，这一组文章很好看，似乎更具有情感的渗透力。也许是我对青藏高原情有独钟，一旦有人描绘到昆仑山、祁连山和那神秘的高原地带，我都会听到来自上苍的声音，精神也会为之一振。虽然赵治安只是写了一些亲身经历的人和事，但是我对赵治安心存更多的祝愿和企盼，既然他对那块土地有着长期的认知，那儿就一定还埋伏着源源不断的创作矿藏。这是后话，这是对赵治安尔后继续创作的希望，在此我就不过细叙说了。

赵治安在这本书中收集的内容比较丰富，更多的评价还是留待读者去欣赏去琢磨吧。最后我想说的是，文学说简单也简单，说复杂也很复杂，勤奋是创作的一个方面，而深入研究又是文学创作终生的课题。由此我觉得赵治安的笔力还应该再细腻一些，尤其在注入情感的同时，再多一些思想性。如果立志要在散文领域挖掘，那就要在壮景壮物上下足功夫。比如说前边说过的老话题，我多么希望赵治安能写出青藏高原远古茫茫、人烟罕至的千年沉寂。现在，赵治安已经出了两本书，这就打下了坚实的基础，我相信他会在这条道路上越走越广阔。

2015 年 9 月 11 日于惠园
（作者系陕西省作协副主席、渭南市作协主席）

《人生滋味》感言

姜 芳

恭贺治安兄的《人生滋味》结集出版。

说起来,《人生滋味》算是兄台的第四本散文集了。第一本《我这三十年》早在 2011 年就结集出版,现已被省市县多家图书馆收藏;第二本《昆仑雪·渭水情》即将出版发行;令人惋惜的是第三本博客体《凡人妙语》,该书收录了千百条兄台对人生、人性、世事、政界的一些律言性的真知灼见,真实地反映了社会生活中的某些现象和本质,因现实针砭性强而成为"写给未来的童话";第四本《人生滋味》收录了他百余篇极具生活气息的随性随感的散文。

半月前,兄台让我为他的《人生滋味》说点儿什么,我当时就婉拒了,窃以为有三条不能僭越的理由:一是自己初学写作资历尚浅,不足以为兄台的《人生滋味》添加色彩;二是兄台既是我的朋友兼兄长,又是领导兼同事,我没有丁点儿资格对他的文章评东论西;三是渭南文坛李康美前辈已为《人生滋味》做了较为全面、通透的评论,我再说什么就有点儿不自量力了。兄台劝慰我道:"我们彼此很熟悉,你完全有这个话语权,可以从另一个角度说说你的感受。"他既然这么说,我也不便再三推脱,便唯唯诺诺地说:"序我无权去述,但我可以为《人生滋味》说几句赘言!"这事算是应承了下来。

随后的半个月,此事一直在我心里嘀咕来嘀咕去,总觉得让我写这个东西不太合适,亦因一些个人缘由,便搁置了起来,侥幸地想,时间久了兄台或许就不过问此事。不曾想今儿早兄台问及此事,我顺口敷衍了过去。但转身又觉得心虚,午饭没敢吃就坐在电脑前敲起键盘来。办公室空无一人,唯有键盘声和淡淡的茶香与我一起随着思绪飘扬⋯⋯

下午前来办事的群众不太多,凉凉的秋风透过窗子飘进来,吹着发丝在脸上痒痒地来回摩擦,办公室葱兰的白色花朵开了又败,又似有缕缕花香随风荡漾。想来与兄台相处亦有十个年头，换句话说，没有他的热心指导就没有我今天的写作水平。2011年，兄台的第一本散文集《我这三十年》中，收录了我的一篇《领导 老师 朋友 兄长》，那是五年前我对他的评价，五年后，我还如先前般崇拜并敬重他。五年来，工作的艰辛，孩子的淘气，世俗的纷扰，都不能改变他对文学的痴迷与执着。每到休息日及节假日，大多数人或出去游玩或休憩在家，兄台绝对在办公室或学习或看书或创作。他在散文《办公室，我的第二个家》中曾这样写道："我的美好人生，至少有一半源自办公室。"既然办公室是兄台的第二个家，那么我觉得文学创作就是兄台"美好人生"中"最美好的人生乐事"。

我学资甚浅，平时也没什么爱好，唯用读书与随心的涂写填充我的空闲时间。我2007年到劳务局工作，那时我所谓的涂写，就是在QQ空间里留一行百十余字的随心随性的文字而已。我的第一篇拙作的灵感源于随单位同事春节走访慰问区内残疾人，看到残疾人艰辛的生活以及他们对富裕生活的渴望，感触颇多，活动结束后就草写了《残疾人——让我们用最朴素的情感尊重他们》。当我羞涩地拿着我的第一篇习作让兄台修改时，他很认真地通读了一遍，然后拿起铅笔细心地帮我修改，甚至连标点符号也不放过。他耐心地向我讲解有些生僻字词的用法，并鼓励我道："写得不错，你有写作天赋，平时要坚持多读多写，慢慢你的写作水平就会提高。"自此我对写作的热情便一发而不可收。有时也会在兄台面前揶揄自己道："我这人，天生就像小孩，需要别人不断的褒奖，没有您的谆谆鼓励与悉心教导，就不会有我今天写作方面的'小有成就'。"直到现在，我的每篇习作都要经兄台修改，似乎经他修改过的习作发表出去才觉心安。我致命的缺点就是依赖心极强，小时依赖于父母的疼爱，成家后依存于先生的体贴，进入社会后依靠朋友的关心。每遇写作难题时，就仰仗兄台的帮衬。有时随意地草就一篇小文，然而标题不知该怎么起或不知该怎么结尾时，就去向他讨教。兄台不论多忙，总会认真地帮我了结，并时不时地为我介绍一些好书。他办公室的书籍我几乎通读了一遍，我读到的第一部长篇小说，就是兄台所赠的《平凡的世界》。

兄台爱好甚寡，创作、读书、旅游是他的最爱，这些他在文章中不止一次地提过。不喝酒不抽烟亦是他人生的空白。在兄台的《我与饮酒》一文中，将不喝酒认为是他人生的一大憾事，我不太赞同此说法，所谓的"酒逢知己千杯少"的后果就是伤人伤身，然"世人皆醉我独醒"，有时也不失为另一种人生境界。

兄台的文章短小精悍，文字简洁隽永，文如其人。

与兄相处的十余年间，他的办公案头总是堆满书籍，出差或旅游也总不忘记带一本书在身边，新华字典总是搁置在随手可触的地方。旅游随笔、生活点滴、历史文物印迹，大到世事怪圈，小到民俗趣事，都会在兄台的笔头活灵活现。近些年，他利用节假日，寻访了著名知青作家叶辛当年插队的山寨，踏访过作家路遥的老家清涧县石咀驿，在庐山影剧院观看《庐山恋》，在长沙橘子洲头品尝伟人当年赞颂过的橘子……每到一处，他都会用生花的妙笔描绘出当地山水的绚丽、民风的淳厚、生活情态的多彩以及自己对文学创作的顶礼膜拜。

若将兄台的文章按时间节点排序，那么他的文章就是他的一部"人生史"，亦是他的一部"怀旧史"，更是他人生的"告白史"。格尔木、西宁留下了兄台的人生轨迹，家乡的风物始终是他难以割舍的眷恋。我有时和兄台开玩笑道："不论何人只要知道你的名字，就可以从你的文章中找到你简单明了的人生履历。"静心品读兄台的文章，会看到他将自己毫不吝啬地展示在世人面前，坦然地游历在自己的人生中，尊崇本心的感受，浸淫于字里行间，无枝无蔓，无遮无掩，一吐为快。

写到此，不知何故头稍微有些疼，便站起身来，望着窗外渐黄的树叶，潮湿的路面，许是秋惆怅的缘故，我的心头不免有些纠结。此刻，好似有很多想说的话，然而又怕用词不当遭人误解，嘲我"不自量力"；用词轻些，恐又怕存留遗憾。其实，我最想说的是，兄台有现在的文学成就，与嫂夫人的贤淑是密不可分的。在我的一篇小文《女人，在平凡中绽放》中，我抒发了对嫂夫人的敬爱之情。嫂子甘于平庸，愿与家庭琐碎为伍，只为兄台三尺书案的宁静，在现今"女权大于天"的喧嚣社会里，这样的女人少之又少。兄台亦在自己的多篇文章中叙述了他与嫂子从相识相恋至相爱相拥的幸福生活，他们几十年平淡无奇的生活，始终弥漫着温馨、责任与担当。

经年流水，繁杂而充满诱惑的公务最终没有改变他对物质生活的寡欲，"以文养身、以书养性"，依仗"文与书"增进自己的素养，这是他真实的本心写照。

唯有"谦和儒雅融一身，淡泊名利气自华"赠予兄台。

（作者系渭南市作协副秘书长）

人生滋味
RENSHENG ZIWEI

乡音乡情

XIANGYIN XIANGQING

南七饸饹

南七是我的家乡,南七饸饹是家乡的名片。

南七在渭南以北偏东方向,距渭南市也就二十七八公里。

以前在渭南,南七只是一个很普通的乡镇,当时提起南七,并没有几个人知道,只有说起南七饸饹,人们才会对南七有些印象。要说它的名气,给人印象最深的便是历史久远的饸饹和近几年兴建的渭北葡萄产业园。至于三贤之一的唐代大将军张仁愿竟是南七城南人,那才是近几年史料考证的新成果。

南七一带卖饸饹究竟起源于何时,为什么这块不产荞麦的地方却盛行饸饹买卖?一次陪市上一文化官员吃饸饹,他首先提出这一问题。为此,我一阵深思,但至今仍无理想答案。

南七卖饸饹,主要在南七、北七几个村,尤以南七同家村六畛地(同家四组)为最。该村可谓饸饹专业村,全村三十来户人家几乎家家户户卖饸饹,还有几家长期开发研制和改进饸饹加工器具,如今满街兴起的汽压饸饹床便是其最新成果,可谓科技解放生产力,与人工饸饹床相比,至少能省多半人工。村上还有几个文化人兼搞荞面饮食文化,虽属探索阶段,但已让人感到很不容易。

朋友两口自20世纪80年代末一直卖荞面饸饹,可谓饸饹行业的"大哥大"。饸饹从最初的每碗四毛来钱卖到如今的每碗六七块钱,花样也翻新扩大至数十种,战场也由北向南,从下邽、渭南转至省城西安,目前又返乡创业,将新店开在渭南高新区育红路中段。

朋友卖饸饹真正是诚迎天下客,用"诚"字打造了南七饸饹的正宗和地道。

饸饹店所用荞面是由选自陕北吴起、定边一带的优质荞麦磨制而成。至今搋面一不加灰面,二坚持用青石水搋面。好饸饹看搋面。朋友搋面从不用机器代劳,总是亲手搋面。饸饹面功夫在手上,要用力揉,反复揉,常常是一盆面搋完,男主人大汗淋漓,满身湿透,直让人感叹其用力刚猛。几十年搋面揉面,使得朋友两臂宽大有力,肌肉凸现如同拳击运动员。调料方面亦不马虎。朋友卖饸饹所用调料全部是货比三家,精选而成。顾客吃完饸饹一致称赞其调料色正味纯,口留余香。饸饹馆卫生绝对一流,常言道:民以食为天,食以净为先。朋友两口干净整洁,十分注重门店卫生,几十年里,坚持工作期间不留长指甲,不穿拖鞋,不穿短裤背心,不吸烟,伤风感冒不接触食品。美味来自精细。正因为此,朋友的饸饹光滑,筋道,柔软,馕乎,色香味俱佳,口感极好。品尝后让人产生不一样的感觉。一次有幸与某陕籍中央领导品尝饸饹,吃后,首长夸赞其饸饹真的不错,并说自己吃出了"童年的味道!"

朋友在西安开店时,我们一伙常撺至西安吃他的饸饹。有一同事原本对饸饹不太感兴趣,可自从吃了朋友的羊血饸饹后赞不绝口,对我说,他真正吃饸饹实际上是跟我在我朋友处吃饸饹开始的,以前他根本就不吃饸饹。现在,一段时间不吃饸饹,有时还真想吃。我也是这样,先前几乎不吃饸饹,吃饸饹也是从朋友这儿开始的。

其实,饸饹汤也很不错,它可谓是名副其实的养生保健汤,常喝饸饹汤对肠胃大有裨益。我的一个亲戚患有严重的胃病,他开饸饹店后每天坚持以饸饹汤代茶,不想竟使自己多年苦不堪言的老胃病不治自愈。

老字号"南七臊子饸饹店"开张了,我十分高兴,这下吃正宗地道、香味诱人的饸饹更方便了。

我愿与咱渭南的吃货们一起分享我家乡这流传数百年的风味小吃——南七饸饹。

相信在这无名小店,你的味蕾会得到极大的满足!

耳听为虚,口尝为实。欢迎朋友们进店体验感受,先尝为快,以饱口福!

家乡的葡萄

我的家乡在渭北葡萄产业园。

人老几辈，做梦都没想到，我的家乡会成为闻名省内外的葡萄产业观光园区。就像本地不产荞麦，但南七荞面饸饹却卖得风生水起、远近闻名一样。

这的确是一个奇特的现象。

在诸多水果里，葡萄于我是一个十分陌生而遥远的概念。

十五岁离开家乡前，我几乎未正经品尝过一串葡萄，对葡萄也仅有两点记忆的印痕。

一是小时候二姑家院子曾有一株葡萄藤，记忆中它的果实从来就没有成熟过，还在青目蛋蛋时便被村中一帮不安分的孩子糟践净光。为此，二姑没少生闲气。

二是老家东邻老人有一女儿远嫁新疆，老人每次从新疆回来都要带些葡萄干，有事没事便嚼几粒葡萄干，常常嚼得有滋有味，惹得我们几个小屁孩一阵眼巴巴盯望。有时趁没别的孩子在场，他会疾速地往我嘴里塞上几粒葡萄干，我一阵细细咀嚼，感到酸甜可口，回味无穷。后来方知，老汉给予我的美味果干是新疆特有的葡萄干。

少年时期，我对葡萄的所有印象仅此而已。

20世纪末，随省厅领导去新疆考察洽谈组织摘棉工事宜，忙中偷闲去了趟吐鲁番葡萄沟。葡萄沟名目繁多的各色葡萄及葡萄风情长廊给我留下了很深的印象，也使我眼界大开。为不枉来此一回，离开葡萄沟前，我一下买了十多斤葡萄干。

21世纪初，听说家乡周围个别村子尝试种植葡萄，我不以为然，认为这又是农民在种植选项上的跟风现象，纯属小打小闹，成不了什么气候。

几年过后，又听说那几个村子的村民种葡萄发了，周围种葡萄的村组和户数开始猛增，我一阵惊愕。

没多久，获悉临渭区政府计划在家乡附近建立渭北葡萄产业园，对此我充满期待。

2012 年，葡萄产业园基本建成，配套设施日益齐备，各地游客蜂拥而至，产业园内人声鼎沸。

2014 年仲夏，我随渭南市作协采风团首次正式进入葡萄产业园，一进产业园，便被园内高端大气、创新超前的设计理念所折服。

漫步在万米葡萄长廊，仰望棚顶碧玉玛瑙般形色各异、叫不上名字的葡萄，我激动得眼中溢出晶莹的泪花，深为家乡葡萄产业的发展感到高兴！

活动结束后，我心潮起伏，感情久久不能平静，赶忙拿起笔，饱含激情地一气写就了赞美家乡葡萄产业园的散文《葡萄园·故乡情》。这篇文章，寄托了我太多的情感和期望。

产业园可谓葡萄的王国，从各种鲜活圆润、惹人喜爱的葡萄，到定位高端、品质一流的"三贤"葡萄酒，到汇集古今中外有关葡萄的神奇传说，到各种葡萄营养保健及养生知识，到临渭人可歌可泣的经典故事……所有这些，都让人耳目一新，为之赞叹！

"陕西吐鲁番，临渭葡萄园。"这既是朗朗上口的广告词，更是家乡葡萄产业园快速发展的真实写照。

经过几年的发展，渭北葡萄产业园已初具规模。2014 年金秋，产业园被国家旅游局确定为国家三 A 级旅游观光区。现在，省内外来此参观游览的人日益增多。不出村口，村民们便能从游客身上感受到天南地北的流行风。

家乡的葡萄园，让人惊叹，让人震撼，它一点儿也不亚于新疆吐鲁番的葡萄沟。

这不是恭维话，而是从家乡走出来的城里人发自内心的大实话。

渭北葡萄，真真正正鼓胀了家乡人的钱袋子，而今，它已实实在在成为乡亲们脱贫致富奔小康的钱串子。

渭北葡萄产业园，家乡父老乡亲美好富裕中国梦的圆梦圣地。

再次祝福渭北葡萄产业园，深情祝愿家乡父老乡亲幸福生活万年长！

较　劲

　　记得一位教育部长曾说过这样一句话:"一个好教师实际上就是一位优秀的管理学家。"

　　对这句话,曾为教师的我十分赞赏,也深有体会,一名好教师对一个孩子一生的影响,实在太重要。

　　三十多年前,初读著名作家魏巍写的《我的老师》一文,我便感同身受,无形中与作家的心灵距离一下子拉近。

　　我的家乡在三贤故里下邽镇附近,我的启蒙教育就是在那儿完成的。落后的乡村教育在我身上打下了深深的烙印,使我至今仍耿耿于怀。

　　学生阶段,我的文科,特别是语文一直学得很好,而理科,特别是数学,与语文相比,可谓天差地别,一塌糊涂。

　　这固然与自己天生愚钝,对数字不敏感有关,但客观地讲,与任课老师的影响不无关系。

　　小学期间,在我们班上发生了看似十分有趣,但却令人悲哀的奇怪的教学现象。

　　事情是这样的,我和我们班长因对任课老师有成见,在所学科目上各自与老师暗中较起劲来。

　　在班上,我的语文成绩相对较好,而班长的数学成绩一直领先,我俩各自成为科任老师的红人。

　　那时,上语文课无疑是我的节日。课堂上,我总会获得语文老师的表扬和鼓励,故而我的语文学习兴趣高涨,百学不厌。有时我回答问题明显不能让人满意,可老师总是以鼓励的口吻予以纠正,这样既使我知道了自己的问题所在,又顾及了我的情面,因而学语文的主动性大增,效果不言自明。而我们班长,上语文课他十有八九都在学数学,时不时还会遭到任课老师的批评和指责。

数学课上,班长扬眉吐气,对老师提出的问题有问必答,答必准确。为此,矮个儿的数学老师对其赞不绝口,称他在数学方面前程无量,并时常拿我做比较,认为我坐上火箭都赶不上他,"完了,毕了,没救了"成为他的口头禅,令我大伤自尊。有几次数学课回答问题,我全部答对了,可等来的并非数学老师的夸赞,而是其无情的冷嘲热讽,什么"瞎猫碰上死耗子啦",什么"总算是蒙对了啦"等等。他的话常常引来同学的阵阵哄笑,窘得自尊心极强的我恨不能钻入地缝。在这种情形下,我哪有心思学数学,大脑中只是充满了对数学老师的反感和厌恶。出于报复,我干脆从抽斗中拿出课外书,旁若无人地看了起来,常常是同学们下课的喧哗声和打斗声将我从书中拉回……与老师较劲的结果使我和班长形成严重的偏科,以致我的数学常常不及格,班长的语文老是挂红灯。

记得一段时间我辍学在家,不爱数学的我无奈地拿出中学数学课本,艰难地自学起来。不知怎的,一下子竟看了进去,不但学懂了书中抽象艰涩的课程内容,还以八十多分的成绩通过了学校组织的单元测试。至此,我才明白过来,自己并非天分很笨和没有数学细胞,关键还是先前根本就没有好好学。我不由得又想起那位矮个儿的小学数学老师来……

古人云:"亲其师,信其教。"此乃至理名言,不知我的那位小学数学老师可曾记得这句话,他可能不会想到因他课堂上的讽刺挖苦,会让所教科目成为一个学生学业上永远的"短板"!

今后,我再也不偷吃七队的西红柿了

"今后,我再也不偷吃七队的西红柿了"这句话,是我为我的好伙伴宋小西的检讨结尾写的一句话,因为这句话,宋小西受到了严厉的批评,一时也成为大家嘲笑的对象。

这件事发生在小学五年级,时间已过去三十六七年了。

秋收大忙时节,学校安排我们几个班去生产队学农——帮助队里摘棉花。棉花地旁便是生产队的菜地,菜地里除了绿叶菜、茄子、辣椒外,还有几畦西红柿。摘棉花期间,班上几个同学便钻到生产队的菜地里摘西红柿吃,他们连吃带糟蹋,菜地里一片狼藉。有同学便将这一情况告诉了老师,老师遂将此事上报了带队的校领导。为了教育其他学生,避免此类现象再次发生,学校决定第二天在田间地头开会,对学生不好好摘棉花,偷吃生产队西红柿,糟蹋庄稼之事进行讨论批评,并责令我班宋小西同学在会上做出公开检查。为此,宋小西同学紧张了好一阵子。

当时,我在我们班语文学得比较好,作文常作为范文被老师在班上朗读。为做好检查,小西和几个伙伴连夜找到我,让我帮其代写检讨,我爽口答应,不大一会儿,检讨便写好了。稿子结尾有一段表决心的话语,本当是"今后,我再也不偷吃生产队的西红柿了……"而我在写这句话时,为了出小西的洋相,却耍了个小聪明,将原话变为"今后,我再也不偷吃七队的西红柿了……"写完后,我给小西等同学念了一下稿子,他们并未发现这一细小的问题。

为表谢意,小西还特意大方地拿出兜中仅有的一毛二分钱买了十二块硬糖分给我们,大家拿着硬糖高兴地四散回家。

第二天下午,讨论会在七队地头举行。轮到宋小西检讨,当他念到"今后,我再也不偷吃七队的西红柿了"时,我竟控制不住"扑哧"一下笑出声来,随之,不少同学和大人也听出门道,开始大笑起来,会场顿时一片混乱,校长费了好大的劲才使混乱场面趋于平和。不待小西检讨完毕,校长便声色俱厉地对几个同学的检讨予以评点,认为"宋小西同学态度不端正,认识不深刻",并以小西的检讨为例评说道:"今后,我再也不偷吃七队的西红柿了,那么五队的西红柿还偷吃不偷吃,一队的呢?"听了校长的点评,大家又一次哄堂大笑起来,而我这回却再也笑不起来。

我偷偷瞅了一下坐在前排的宋小西,发现他把头深埋在怀里,不敢瞅任何人。散会后,我看见他满脸涨得通红,眼中似有泪水涌出。我不敢面对小西,只有慌乱地逃离会场。

事后不久,我便转学他校,之后又远赴青海求学谋生,此后一直再未见过小西。

如今,我和小西都已步入中年,不知小西还曾记得小学那件尴尬事,可曾原谅他当年的好伙伴?

至今想起此事,我仍为自己当初的恶作剧感到愧疚和不安。

看谁先挨这第一棍

上小学时，我们还是复式教学，一年级和三年级同在一个教室上课，那时我刚上一年级。

20 世纪六七十年代的乡下学校，老师体罚学生是很平常的事。稍调皮一些的学生，那时都没少挨老师的打，我也一样。

小学阶段的学生最听老师的话。我们的老师那时还没有戒尺或教鞭，体罚学生常以动手为主，辅之以砸粉笔头。

一天下午，老师给三年级上课，下课时问谁家有竹棍，让明天来校时带一根，并要求不要太细，稍粗些最好。两个年级的同学争相举手，希望这一光荣的任务能落到自己头上。经过一番争执，老师最后让三年级的小成同学带竹棍，小成那个高兴劲儿呀，简直难以形容，其他同学只有羡慕的份儿。

第二天下午，小成带来一根又粗又直的竹棍交给老师，老师夸赞了他一番。坐在座位上，小成得意地对同桌小声说道："我昨天下午专门找了这根又粗又直的棍子，它打人可带劲儿了，咱们看看谁先挨这第一棍！"

下午最后一节自习课，老师说他有事先出去一下，让同学们自习。老师刚离开，教室顿时像炸了锅一样，打闹声、嬉笑声、叫喊声此起彼伏，使人简直无法学习。更有甚者——三年级的小成等同学竟跑出座位，坐在老师办公桌前一阵挤眉弄眼。不知什么时候，老师突然"神兵天降"，出现在乱糟糟的教室门前，小成等几个离开座位的同学被逮了个正着。老师得意地说："这下我的教棍可以派上用场了。小成、二狗、龙龙，你们几个过来！"小成他们听了老师的话，吓得不敢上前。"快上来！"老师严厉地喝道。小成他们这才战战兢兢地走了出来。"小成，先收拾你，手伸出来！"小成很不情愿地伸出了左手，老师"啪啪"两下猛抽，小成杀猪般地号叫。"右手伸出来，快点！"

在老师的严厉斥责下，小成不得不伸出右手，"啪"的一声下去，棍子已断成两节，只见小成猫着眼，捂着手，咧着嘴，"哎哟，哎哟"地呻吟着……

打那以后好长一段时间，老师在与不在，教室里都静悄悄的，很少有大的喧哗声。

那天，老师到底是从哪儿突然走到教室门口的呢？为此，同学们纳闷了好长时间。后来才明白过来，原来老师是从西墙根悄悄靠近教室门口的（平时他都是从院子正中间走进来），怪不得，同学们事先都没有觉察他。

一时间，小成成了同学们嘲笑的对象，大家都认为他是自作自受，自食其果。好长时间，在同学面前，他都显得很难堪，也很不自在。

一次，我写完生字抬头望去，发觉老师正愣神似的注视着鸦雀无声的三年级同学，脸上显出一丝不易觉察的狡黠的笑容。

这之后，老师办公桌边仍靠着一根竹棍，不过这根竹棍再不是哪个同学拿的，而是老师自个儿从家里带来的。

第一次"收礼"

上小学时,班主任多是语文老师,我因语文课成绩较好,一度成为班上的红人。

小学五年级时,我整体学习成绩并不是很好,尤其是数学,经常是勉强及格,这使我很失面子,但因语文成绩优异,颇得班主任青睐。当时,班长各科学习成绩均比我好,可班主任老师仍很喜爱我,为体现器重之意,孙老师还仿照当时中央高层的人事安排,特意将我任命为五年级第一副班长。

五年级下学期,我转学至一镇点小学读书,没多长时间,我的语文特长被班主任发现。很快,他便任命我为副班长。不久,我又担任学校"红小兵"中队队长。一时间,我声名鹊起,成为全校五百多名学生瞩目的中心。

那时,当一名"红小兵"是小学生最大的荣耀。在这方面,我有相当的话语权,平时所提建议老师也大都采纳,因而在同学中有一定威望。

一段时间里,班上小谋同学一直讨好和靠近我,起初我并未在意,后来方知他之所以这样,主要还是为了加入"红小兵"组织。之前,小谋曾几次申请加入"红小兵",但都因种种原因未能如愿。我到班上,特别是担任"红小兵"中队长后,小谋便一直接近我,那段时间,放学后他与我几乎是形影不离,还经常领我到他家玩耍,并偷偷给我吃他爸做的醪糟和米花糖。

一天下午放学,小谋约我和他一块儿出去玩,天黑时他将我拉到一代销点门前,悄悄地对我说:"班长,我身上还有几毛钱,给你买些饼干吧!"还没等我应答,他便跑进店里,掏出身上仅有的四毛五分钱,称了约多半斤饼干塞给我。我让他和我一块儿吃,他只吃了两三片,剩余的饼干他让我拿回家慢慢吃。一回到家,我就将饼干交给三姑,她忙问我饼干从哪儿来的,我便一五一十地将事情原委告诉了三姑。她听后怔了一下,随口戏谑道:"我娃还是能行,刚当上班干部就有人送礼了!"

听罢三姑的话,我小脸一阵通红,好像做错了什么事似的。

六一儿童节前,小谋终于如愿以偿,成为一名光荣的"红小兵"。戴上红领巾后,小谋乐不可支,不停地用手摸着红领巾,脸上神气活现。瞧他那高兴劲儿,就像今天买彩票中了百万大奖的彩民。

这之后,小谋对我更加信服,简直就像我的护兵,对我言听计从,说一不二。

小谋少年时之纯洁天真,让我时隔三十多载仍记忆犹新。

哦,好怀念欢乐无忧的童年时代!

面沫糊

面沫糊又叫面糊糊，我们那一带老人或病人胃口不佳时常吃这种饭，说沫糊清淡养胃。

不知咋的，啥都能吃、从不挑食的我唯独对面沫糊这种饭简直难以下咽。我曾调侃道："即使喝完一大碗沫糊便让我死而复生，我都难以喝下。"可见自己骨子里对沫糊之抵触和排斥。

打记事至今，我吃过的面沫糊不超过两顿，但也有例外的时候。

热恋时，初次去丈人家，丈母娘对我的生活习性不了解，上来便给我盛了满满一大碗南瓜沫糊，当下便难住了我。吃吧，难以入口；不吃吧，又不礼貌。只好磨蹭着先吃馍菜，最后才端起碗来艰难地吃了几块南瓜，趁她家人收拾餐桌之时，我悄悄地出门将剩饭倒入门口土堆。这一举动被细心的妻子发现，她嗔怒我道："不想吃就说一声么，没人强迫你，看把你难为的。"言语间充满关爱之情，我听后心头一阵温暖。

调动工作时，一次去某局长家询问情况，恰遇人家吃饭，几欲起身离去，怎奈女主人盛情挽留，只好坐下一块儿吃饭。那天女主人做的是平日鲜见的扁豆沫糊，正当我为难犹豫之时，沫糊端了上来，一人一碗。无奈，我只好将碗端起，好在碗不大，尽管如此，这碗沫糊我仍吃到最后。女主人关切地对我说："吃不完算了，不要勉强。"听罢这话，我不好意思地鼓足勇气，将剩下的少半碗一吞而下，其难为把作之状只有我自己知道……

这之后，我再也没喝过面沫糊。家里每次做面沫糊时，细心的妻子总会先给我做一碗蛋花菜汤，然后才将面水倒入锅里给大家做起沫糊拌汤来。

说来奇怪，早些年在青海也曾喝过玉米面糊糊，这些年在一些饭馆偶尔也喝几碗豆面糊糊,不管怎样,这些杂面糊糊我还能喝点儿,唯独麦面糊糊,我简直是难以下咽。

真难为了故乡的面沫糊!

乡音乡情

外爷家的石榴树

小时候，每逢暑假我便去外爷家度假。因母亲早逝，外爷对我格外疼爱。可爱归爱，年轻时走州过县、见过世面的外爷并不娇惯我。

三四十年前，我们那一带石榴树特少，外爷家后院恰有一棵石榴树，每年深秋，石榴树总稀稀拉拉地结上几个石榴，诱得我们几个小孩时常望着枝头的石榴流口水。

物以稀为贵。那时水果极少，石榴更是不可多得的神奇果品。每次看见悬挂枝头的石榴，我们心里就痒痒的，老想着什么时候能偷吃个石榴解解馋。一天下午，大人们都到地里干活，我和表弟也去地里割草。由于心中惦记着石榴，不待笼满我便一人偷偷溜了回来。放下草笼，一瞅家中四下无人，我便鼓足勇气，蹑手蹑脚地靠近石榴树，扳下树枝，挑了个大个的石榴摘了下来。我随便用手擦了擦石榴，然后一个人躲在柴房内大口嚼起石榴来。没成熟的石榴又涩又酸，可我不一会儿还是将之吃了个精光。由于手脚慌乱，不小心竟让石榴汁将我的白汗衫前胸染成了深黄色，十分显眼。细心的妗子发现石榴少了一个，晚上她便将我和表弟叫到跟前，问："究竟是谁偷吃了石榴？"我俩你看看我我看看你，谁也不承认自己偷吃了石榴，气得妗子一阵臭骂了事。这一切恰被坐在一旁默不做声抽旱烟的外爷看在眼里。第二天上午，外爷让我陪他一块儿去队上菜园作务瓜菜，路上外爷微笑着问我昨天都干了些什么？我一一做了回答，他进而问道："庆娃，你昨天偷吃石榴了没？"我急忙狡辩说确实没有。见此，外爷并不着急，只是让我对他说实话，并一再对我说他一定替我保密。见我还在犹豫迟疑，他一把将我拉到他跟前，指着汗衫上的片片石榴汁印痕问我这到底是怎么回事，并说他昨天就已看出石榴是我偷吃的，为让我主动承认错误，并未当众让我难堪。我立马不好意思起来，连忙低头向外爷承认了错误。听完我的叙述，外爷拍肩安慰我道："孙儿，人犯了错误不要紧，关键要敢于承认，并勇于改正才对，千万不可一错再错。"我听后不住地点头称是。外爷果然信守承诺，之后他一直未将此事告知妗子，为此我很是感念。

转眼，这件事已过去四十多年，外爷去世也已四十年了，但我心中却一直记着这件事，也十分佩服外爷处理这件事时的智慧和艺术。

批评并非越严厉越好。对待一时犯错误又不敢承认的孩子，当众揭露其错误并将之揪出示众绝非解决问题之上策。

这件事使我不经意间又忆起我那慈祥温和，见到我们这帮孙儿便眉开眼笑的外爷来！

外爷，来世孩儿还做您的外孙，好吗？

渭北杂烩菜

杂烩菜是北方一道颇受人喜爱的家常菜,在不少饭店酒楼都能寻见这道菜。

我特别喜欢吃杂烩菜,但吃过大小不少店家,都没有吃到童年时那种清淡鲜美的喷香味道。

童年时的杂烩菜,闻之垂涎欲滴,食之满嘴溢香,其美味的确令人难忘。

那时候乡间红白喜事待客,席间少不了会有一道杂烩菜。这种菜虽不荤不素,但特招食客的喜爱,常常是菜刚上桌便被大家夹了个精光。有的老人还将菜盘端到跟前,用软馍将菜盘中的汤汁擦个干净。

出门吃宴席,除了扣肉(又称条子肉),我最喜欢吃的菜便是杂烩菜了。一次,我们姊妹几个出门吃席,当着众人的面争相告诉父母自己就着杂烩菜吃了几个馍,遭到父母好一顿训斥。此事至今想来仍觉好笑。

渭北杂烩菜,所用食材极其简单,无非是些诸如红白萝卜、白菜、豆腐、粉条之类的大路菜,辅之以常见的食盐、花椒、辣椒等简单佐料。这道极其普通的菜肴之所以美味诱人,使人胃口大开,一个最重要的原因便是烹饪时火候十分到位。据老一辈厨师介绍,杂烩菜看似制作简单,其绝妙之处还是在高汤上,可谓"火候不到,猪头不烂,肉烂味自香"。过事时,前一晚上厨子便将宴席所用大肉煮入锅中,待开锅后又用文火小煮数小时。肉要煮烂煮好,没有三四个钟头是绝对不行的。烩菜时,将所切菜悉数倒入肉汤中,再炖制个把钟头,这时,汤入菜内,菜煮汤中,汤菜相融,其鲜美味道氤氲弥散,香气扑鼻,直诱得食客味蕾大开,驻足不前。

而现今,凡事追求高效快捷多产,食堂做菜更是现买现烹,急火烧就,这样做出的杂烩菜哪有汤菜相融、香味生发的时间。这样一来,也难怪就品尝不到孩提时乡间宴席上杂烩菜的鲜美味道了。

前几年,去蒲城做客,宴席间一碗杂烩菜又让大家品尝到了昔日久违的味道,吃后觉得不过瘾,欲向厨房再讨要一碗,岂料烩菜早已让人抢完,为此,大家惋惜遗憾了好一阵子。仔细一打听,烹制这道菜果然无甚妙方,只是肉汤素菜熬制时间长一些而已。

大道至简。传统的经典的东西其制作方法往往是简单的,甚至是粗笨的,但这些东西随随便便却是做不成,也做不好的。它一要靠时间精心打磨,二要靠用心专注去做。

关中杂烩菜当属这类传统的东西,它虽用材和烹制极其简单,但却美味飘香,使人难抵诱惑。说到底,靠的还是专心和专注。

愿我们的烹饪大师通过专注和专心,能挖掘开发出更多的地道传统的美味菜肴,那将是亿万食客的口福。

为此,我满心期待着……

往事回忆

　　身处现今社会,分享着经济社会快速发展的成果,自己深感无比幸福和荣幸。我是个在生活消费方面层次较低、容易满足之人,我经常对亲朋好友讲自己对生活的感受:我每天都被幸福包围着,可谓幸福得没法说。

　　记得20世纪70年代初期,入村办小学发蒙时,老师在两间简陋破烂,坐在房间里可以望见天上星星的复式教学班教室里,向我们描述共产主义社会的诱人前景,说共产主义社会是"楼上楼下,电灯电话,细面白馍,多吃不怕"。老师的话听得我们一帮孩子如痴如醉,每天眼巴巴地盼望着共产主义社会早点儿到来。

　　1978年底,"农业学大寨"运动仍在广大农村如火如荼地开展着。一次,学校举办形势教育大会,我们的政治老师在报告中讲道:"同学们,你们知道不知道,大寨人现在的日子过得好到哪一步了? 我告诉你们,大寨人现在已过上了天天吃点心的日子……"听了这话,大家对大寨人啧啧羡慕了好一阵子。要知道,那个时候,在农村,我们一日两餐连玉米红苕都难以填饱肚皮,酥皮点心对我们来说,无异于传说中的仙果,不到过年是根本不可能尝上的。

　　1978年秋冬季节,村上有二十多位学生在南七社中上学。村子距学校四五里路,途经一片乱葬坟,大家平日极少单独上学。我们每天三晌就是这样杠腿跑路,当时,几乎没有一人骑自行车。白天还好办,最让人发愁的是早晨上学,学生每天最迟6点就要到校上早操,去迟了得在全校师生面前罚站,因而大家都害怕迟到。那时,有四十多户人家的水里村只有三两户人家有闹钟,且这些家中孩子因年龄小并未和我们在一起上学。没办法,我们上学时间全凭大人数星星观天色,因而起早贪黑是常有的事。记得冬日一个月黑风高的晚上,不知是谁喊了同伴一声,于是大家齐刷刷全部出门上学,不一会儿便来到了学校。校园里漆黑一片,四下无人。我们只有来到看门老汉屋前叽叽喳喳一番,吵得老汉睡梦全无,气得怒骂道:"现在才凌晨2点多钟,你们这么早跑到学校死来了!"听后大家再不敢大声说话,只好依偎着东倒西歪地眯瞪了一会儿,直到一个个被寒风冻醒……

现在,城乡居民的生活条件越来越好,单就看时间而言,方便可谓无处不在,手表、手机,各类汽车里的表、室外大钟等抬眼可望,低头可寻,小时候我们梦寐以求的闹钟几近淘汰。

每次抬手看时间,我便忆起三十多年前大人夜晚几次三番起来帮我们数星星观天色,生怕我们迟到的辛酸情景。

今昔对比,我们的孩子可谓生活在天堂,他们实在是太幸福了!

赏 春

我居住的幸福城小区是个绝佳的赏春之地。

幸福城小区位于渭南高新区西北角，与高新时代广场毗邻，占地近三百亩，有五十多栋楼房，目前属渭南城区面积较大，入住率较高，人气较旺，开发运营较成熟的小区。

小区绿化在渭南居住小区中数一数二，区内植有五十余种树木花卉，可谓四季见绿，三季见花，两季见果。

早春2月，幸福城内已隐约见春，最早开花的当属有"满天星"美称的迎春花，随之，多种花儿次第绽放。先是白玉兰和紫玉兰，接着是白莹莹、粉嘟嘟的樱花，火红火红的梅花，紫色的紫荆和粉色的丁香花，红艳艳的垂丝海棠花，杏黄的连翘，还有景观树中少见、枝条上挂着毛绒绒花絮的核桃花……这些花儿像赶场似的，你不让我，我不让你，相挤相拥，竞相开放，争奇斗妍，煞是惹人喜爱。

我是个极喜爱花红叶绿之人。春天，徜徉在花海柳浪中，心情甚是愉悦。每年春天，我都会拍下各种花卉在阳光下恣意生长舒展的美照，闲暇时拿出来仔细欣赏，一赏便是大半天，那份欢喜愉悦简直难以言表。

我家楼前楼后植有各种景观树。每至春季，满院鲜花怒放，蜂蝶飞舞，一派春意盎然的景象。楼后有条长约百米的樱花带，有白色、粉色、浅绿色等各种樱花树种。清明前后，百花盛开，樱花更是恣意绽放，吐出满树彩霞，抬眼望去，眼前如云似雪，又如天边彩虹，景色煞是好看。进入4月中旬，花期尽至，大瓣大瓣的樱花开始缓缓坠地，一夜春风，树上忽降樱花雨。此时此刻，空中地下皆是各色花瓣，爱美的少男少女纷纷伫立树下，做着各种有创意的动作，任花瓣飘飘洒洒掉在头上，掉在身上，掉入脖颈，甚至掉入他们微翘着的嘴巴里，这时候，景中的每个人似乎都成了童话世界中飘飘欲飞的仙子。那种美妙惬意，简直不可言传。

春天是美好的季节，美好的事物总是短暂的，植物的花期更是如此。短则三五天，长则十天半月，你稍不留神，满树满枝的绚烂花朵便会红颜褪衰，掉落地上，化作春泥。

常言道：惜春晨起早。的确，花儿的生命最短暂，要不怎么会有"昙花一现"这个词呢！百花盛开期间，我常常起个大早散步赏花，并随手拍下不少绚丽多彩的花卉照片。这不，昨天早晨我刚在院内拍了不少心仪的花草照片，晚上一场中雨便使得满树大朵大朵的花瓣撒落一地，地上洇红一片，让人很是伤感。故而赏春贵在早，贵在快。

赏春亦应有好心情。美景加上好心情会使春光更明媚，春意更盎然，人生更美好。而灰色郁闷的心情是感受不到生活和自然之美的。如同心情好时看长城像一条蜿蜒爬行的东方巨龙，而心情灰暗时观之，则如一条灰色的僵蛇，丝毫感受不到它的美。

有一年清明前后，正是草长莺飞、鲜花盛开、花团锦簇的大好时光，家中突遇不快事件。那几天，我行色匆匆地奔波在渭南与（福建）永安间，途中顾不得吃饭，顾不得喝水，自然也没心情欣赏春天美景。待个把礼拜处理完家事，想静下神来仔细赏春，哪知花儿早已凋零。望着树下片片落红，我不由怒从心起，直怨家事扰得我失去静心欣赏春天美景的机会。为此，我竟伤感得泪眼婆娑，心情好一阵才缓过来。

春天是美好的，可又是短暂的，它稍纵即逝。年轻人，千万莫负了大好春光！

人生滋味
RENSHENG ZIWEI

五味人生
WUWEIRENSHENG

走进监狱

监狱,对大多数人来说,都是一个陌生的概念,我亦如此。

监狱因其场所特殊而充满神秘,大多数人对监狱的了解都是通过影视剧获得的。

"高墙电网,大兵长枪",一直是我想象中的监狱形象。

小说及影视剧《红岩》中渣滓洞、白公馆监狱的情景更固化了我对监狱的负面认识。

现实中的监狱究竟怎样?犯人吃住怎样?有没有自由?还用不用酷刑?所有这些,都成为大多数人的好奇和不解。

2014年初冬,渭南监狱、渭南广播电台、渭南文艺评论家协会联合举办了渭南监狱"心航之声"广播开播仪式暨渭南文化艺术进基层活动,作为特邀嘉宾,我有幸成为踏进这块神奇领地的探秘者。

这一消息使我的心情好一阵激动和兴奋。活动当天,我早早便来到指定地点耐心等待。

中午2点多钟,在监狱领导的带领下,我们进入监狱第一道大门。经过了比登机还严格的检查后,由监狱领导带着,我们排着队进入监区。我们简单参观了制衣车间和锅炉生产车间,感觉与普通工厂并无二致。随后,我们参观了犯人宿舍,干净整洁、整齐划一的宿舍仿佛把我们带入了绿色军营,宿舍窗明几净,被子四棱折叠,生活用具一字排列。之后,我们又重点参观了服刑人员心理理疗室,理疗室设施先进,工作人员温文尔雅,业务娴熟,他们都具有国家一、二级心理咨询师资质。除心理理疗室外,监狱还设有宣泄室、沙盘画室、技能培训室、视频摄像室、播音室等。目睹这一切,我们简直不敢相信自己的眼睛,眼前的一切彻底颠覆了我们对监狱的固有印象,头脑中开始建立起民主、文明、人性的监狱新影像。

渭南监狱的基础建设设施尽管老化、陈旧又落伍，但监区整体环境干净严整，文娱活动设施齐全，个性化多样化服务突出，文化监狱、书香监狱建设成为亮点和特色。单国家建立高等教育自学考试制度以来，就先后有150余人获得大专学历，近20人获得本科学历并被授予学士学位。知识熏陶、文化改造之成就可见一斑！

监管人员对我们介绍说：服刑人员首先是人，在惩罚其犯罪的同时，我们更加注重保护和尊重他们的基本人权，并努力为其创造宽松文明的改造环境，尽可能使其服刑期满后，积极回归社会。现在的狱警扮演的早已不是单一的酷吏、打手形象，而是兼有家长、教师、医生等职业特性的复合型角色。

半日紧张神秘的监狱探访，使我们对现代监狱有了初步了解和全新认识，从中我们也感受到了法治的力量和党的十八届四中全会提出的建设法治中国的重要性。

这次文化进基层活动中，我特意向监狱捐赠了我的处女作《我这三十年》等书籍共十八册，监狱还将《我这三十年》予以收藏，并向我颁发了收藏证书。对我来说，这是一件很有意义的事情，能为监狱做点儿事，能为服刑人员做点儿事，我感到由衷的高兴和骄傲。

监狱之行，为我打开了一扇了解社会的神秘之窗，丰富了我的人生阅历，此行使我永难忘怀。

狱中半日，我们的手机、相机等现代传媒工具被全部收存。这段时光里，我们恍若隔世，仿佛能听到时间消逝的"滴答"声。

监狱之行的独特体验，使我们真切地感受到自由、阳光、亲情的珍贵和重要。要论此行的真正收获，那就是：我们长期愤懑、抱怨的心气平顺了，我们对生活的满意度、知足感，甚至幸福感明显提高了！

走出监狱大门，阳光依然灿烂，行走在洒满阳光的街道上，我全身温暖舒适，周围一派幸福祥和。

呼吸着自由的空气，沐浴着和煦的阳光，享受着平淡温馨的生活，这种感觉真的很好！

愿我们人人都能成为遵纪守法的公民，希冀自由和阳光铺洒在每一个人的身上。

我与残疾人

　　我天性善良,自小至今,遇见可怜人,或多或少我都要给予一定的钱物相助,故而,我时常称残联为"天下第三菩萨"(最大的菩萨当然是我们的共产党人了)。我自知自己之善行善举与菩萨比相差十万八千里,因而几十年来,自己在帮残助弱方面一直在坚持,在努力。

　　掐指算来,自己从事残疾人工作已有十七八年了。这期间,自己从这个群体身上真切地认识到了什么是家徒四壁,什么是一贫如洗。更亲身感受和见识了一户多残家庭在生存生活上的无比艰难⋯⋯所有这些,都成为我自觉做好残疾人工作的内动力。这些年,我除了发挥职能做好本职工作外,还积极发动社会力量帮残助弱,收到了较好的社会效果。我个人更是倾己所能,积极捐款捐物,为弱势困难群体献爱心。近年来,我以个人名义累计捐款达万余元之多。

　　我很赞赏东北某省一位领导在全国"助残日"活动上感人肺腑的讲话,他说:"残疾人是社会的弱势困难群体,关心尊重扶助残疾人是全社会的责任。现今社会,一场疾病、一个车祸、一次灾难,健全人瞬间就会成为残疾人,因而我们每个人都要视残疾人如兄弟姊妹,要设身处地地关爱他们,积极帮助他们做些力所能及的事情,而不仅仅是同情和怜悯。"

　　从事残疾人工作近二十年,我和残疾人建立了深厚的感情,也结交了不少积极向上的残疾人朋友。目睹他们的生活状况,我真实地感到了自己是多么的幸福。他们自强不息的奋斗经历让我感受到了生命的巨大力量,在平复我患得患失浮躁心态的同时,更增强了我战胜人生困难的勇气和力量。可以说,残疾人成了我体会幸福、奋斗人生的参照物。

　　在同情资助贫困残疾人的同时,我更注重帮助身残志坚、锐意进取、战胜自我的残疾人，深知他们之励志事例对残疾人朋友的积极示范效应。

杨凌农高会上，看到残疾人作家郑绪林签名售书，我立马掏钱买了几本他的散文集《生命的浅唱》，并与他合影留念，对他自强不息的奋斗精神表示敬佩。遗憾的是，自己当时身上未带过多的钱，不能很好地资助他。

"无臂万里行"的残疾人王宏武到单位售书，我一下买了十多本《大地行者》，并个人赠予他三百元钱，聊表对他的敬佩之情。我在办公室为之擦汗喂水的过程，被在单位采访的渭南电视台记者无意中摄入镜头，并编辑在他们的专题片里。

在肢残协会举办的联谊会上，我见到了来自我省旬邑的残疾人作家连忠照，他赠我一本他的小说《生命的微笑》。我被他挑战命运、顽强拼搏的奋斗精神深深打动，打电话让妻子送来六百元钱悄悄地赠予他和另一个一户多残的残疾人，以表对他们的同情和支持。

郑红军是我区一名优秀的肢残大学生，他锐意进取，刻苦钻研家电修理技术，成为这方面的专家。十余年来，他通过这一技能融入社会，并创造了较好的经济效益。据他讲，平日维修家电对残疾人从不收取维修费，即就维修配件，他也是一贴再贴，仅此一项，十多年下来，他也贴补了万把块钱，听后不由使人肃然起敬。由于此，我将他聘请为残疾人专职委员，并在家庭盖房和孩子上学方面给予力所能及的照顾。目的只有一个，那就是让他积极发挥自身专业技能，更好地为残疾人搞好服务。

一次下乡走访中，遇到一位二十来岁的农家姑娘。她身材窈窕，白皙美丽，可就是双腿发软，行走须扶墙才能艰难前行。与之交谈后得知，她叫小奎，患此病已有十余年了，求诊数次没有效果便放弃治疗，只有在家痛苦煎熬。得知这一情况，我马上给我在西京医院工作的表妹打电话，让她联系一专家给其治疗。三个月后的一天下午，我正在办公室忙碌，一漂亮女孩敲门进来。她手提礼品，我起初一下没认出来，待她满怀激动地说明情况，我惊喜得连忙上前让其坐下细谈。看到小奎现在行走自如的样子，联想起三个月前初见她时行走艰难的情景，我高兴得两眼溢满泪花。现在，小奎在市内一单位上班，听说情况还不错，我从内心祝她生活更加美好！

做了近二十年的残疾人工作，我对这一工作充满感情和热情，可以说，残疾人工作已融进了我的生命。他们的冷暖安危与我息息相关，一段时间不见他们，我便惶恐不安，总感到生活中少了点儿什么。

五味人生

诚愿与我同在一片蓝天下的残疾人朋友每天都能痛苦少一点儿,幸福多一点儿,生活质量高一点儿。

　　这便是一个基层残疾人工作者的美好梦想。

残疾人老李

残疾人老李今年七十来岁，是我辖区街道办的一户居民。

第一次见到老李，是二十多年前的事。那时我刚调回渭南，在开发区统筹办上班，压根儿就不认识他。

当时的公安局与我所在的单位在一个院子。有段时间，老有几个村民在大门口找公安局闹事，说是公安局误伤了人要求赔偿。事态严重时，他们甚至堵了办公院大门，以致我们上下班都难出难进，此情此景实在让人沮丧。我时常看到穿一身草绿色服装的中年男子挂着根棍子，站在大门口，以快板形式喊冤叫屈，让人颇感新鲜。后来得知，这位中年男子姓李，是附近村子的村民，因公安抓赌误伤，使其行动不便，生活难以自理。由于赔偿不到位，他同家人时常找公安局论理闹事，可事情几年都未妥善解决。

转眼，五六年过去了，我开始从事残疾人管理工作。有次下去走访一小商店时，觉得店主十分面熟，仔细一想才知道此人便是几年前找公安局闹事的那个中年男子。我对此人顿时没了好感，没多停留便离开他的商店回办公室。

由于他的事一直未能妥善处理，因而他用大量的时间不停地上访，区公安分局——乡政府——管委会——市公安局——市政府，他数十次地来回奔跑，甚至还几次跑到省上上访，影响极大。一时间，老李的名气越来越大，以至于成为开发区有名的缠访户，领导见到他便头疼，遇到他常常躲着走。

老李也到残联来过几次，找我反映他的现状，诉说他的困难，请求帮忙解决一些生活问题。我和残联其他同志尽己所能，帮助他解决了一些生活具体问题：给了他和老伴一人一辆轮椅，出车帮助他去外地给老伴买药，协调城管部门帮其解决商店拆迁重建问题，对他家进行了无障碍改造……

对此，老李很是感激，几次三番地向我们表示谢意。借此，我们对老李有了更深的了解，慢慢地，竟和他成了好朋友。

老李 20 世纪 60 年代中期初中毕业，后到部队服役，人很有才，能说会写，还做得一手好木活。部队回来后，他原本可以顶班当工人，但考虑到弟弟的实际困难，便主动将这天大的好事让给弟弟。因为这事，多年来他没少遭家人误解和埋怨，而他却总是一人独咽苦果，从不辩解争论。

了解到这一切，大家对老李更加佩服，与他的交往也越来越多，如今我们已成为"忘年交"。

好几次，老李提着时令水果和香烟，艰难地爬上四楼探望我们，并说他这是"走亲戚"。我们感动得眼眶湿润，只好留下少许水果，香烟则坚决让其带回卖钱。

这两年，老李年龄大，身体差，行动很不方便。可一段时间不见，他便会给我们打电话，问长问短，话叙思念之情。工作之便，我们也会绕道去他家看他，有几次见到我们，老李竟激动得孩童般地失声大哭，惹得我们不由眼圈发红，心情一时难以平静。

一天上午，我桌上的电话响了起来，看到是老李那熟悉的电话，我赶紧拿起话筒。老李听到我的问候声，哽咽得半天说不出话来，我以为他家出了什么大事，急忙问老李咋了。看到我着急的样子，他才缓缓平复情绪告诉我，他一切都好，打电话也没啥事，就是想我们了。我这才松了一口气，不停地安慰他，并承诺抽时间去看他，他这才放了电话。

放下电话，我好一阵愣神。

我在想，一个上访省市区十余年，让领导干部望而生畏的上访难缠户，我们仅仅履行了自己的工作职责，帮助其解决了一些生活上的小问题，他竟和我们成为了好朋友，进而成了亲戚关系，这究竟说明了什么？

我们时常口口声声高喊亲民爱民，为民办实事。其实老百姓对我们的需求并不多，要求也不高，他们仅仅需要我们能视他们为亲人，耐下性子倾听他们的诉求，了解他们的苦衷，并力所能及地为他们解决一些看似琐碎的生活问题。

仅此而已。

想到这儿，我的脸唰地一下红了，并感到阵阵热烫……

遭遇车祸

2005 年 9 月下旬，我遭遇了人生四十余载最严重的车祸，那情那景，至今忆起仍使人战栗不已。

那年 9 月，我们一行三人去重庆游玩。可能该出事，原打算游完长江三峡后从宜昌返程，但同伴再三要求顺游武汉后返程。没办法，我只好不大情愿地答应了他们的这一要求。

船到宜昌已是凌晨 3 点 40 许，岸上夜色朦胧，雾气弥漫。在司乘人员的急促招呼下，我们匆忙上了一辆大巴。没待我们坐稳，大巴便疾速地摇摆着驶出城区，驶向茫茫夜色中的高速公路。

我本在车中间坐，因无睡意，为了观景，便与坐在窗边的乘客商量调换座位，这位乘客很不情愿地离开座位，我坐在了车窗边上。这当中，车辆一会儿超速行驶，一会儿紧急刹车，好似风浪中飘摇的一叶小舟，其行驶轨迹多呈 S 状，看到这，我不由捏了一把汗。

不待车辆驶入高速，车上乘客便发出此起彼伏的酣睡声。我睁大眼睛注视着道路两旁，除了漆黑还是漆黑，我不免有些睡意，可车辆颠簸得使人难以入睡。无奈，我只好睁大眼睛注视着前方，窗外的景物影绰可辨，不时地映入眼帘，我费力地看了看手表，时针已近凌晨 5 时，车辆仍在颠簸中疾速行驶，我心头不由一阵阵紧张。正在这时，只听前方旅客传来"哎哟"一声惊叫，这声音一下惊醒了车内熟睡的乘客，待我放眼看时，车辆已撞断高速路护栏，向路下猛冲。生死瞬间，我清醒地意识到：完了，自己就这样"壮烈"了，真不甘心呀！我知道，湖北湖南一带山高沟深，出车祸一般必死无疑，待我再次睁开眼睛时，车辆已死死地夹在路旁十余米处的两棵大树中间。顿时，车内一片混乱，吼叫声、怒骂声、哭喊声混成一团。慌乱中，大家都在急迫地寻找自己的同伴,深为他们的安危担忧,其惊恐情景让人难以忘记。烟尘过后,我看见了我的两个同伴,他们惊魂未定,但毫发无损,见到我,老姚哥不由惊叫道:"小赵,你的胳膊!"我这才发现我的左臂肘处已碰得骨肉绽露,左脸上也有几道划痕。尽管如此,看见他俩安然无恙,我心里一下子踏实起来,忙对他们宽慰道:"没事,我这伤不算啥,只要你俩没事就好!"

事后才知道,车祸主要还是因司机车速太快,加之能见度差,司机紧急避让障碍物不当所致。出车祸处距潜江市仅二三十里地,我们就是在潜江市医院紧急治疗的。包扎完伤口后,才发现同伴所带的小皮箱已挤压得严重变形,我装在裤兜中的 MP3 显示屏亦撞成碎片,足可见车祸时车辆撞击之猛烈。

这之后,我便永远地记住了处在宜昌和武汉间的潜江市。

到武汉几天里,我每天第一件事便是打消炎针和换药。就这,我还忍着伤痛和酷暑,领着我的同伴游览了武汉长江大桥、黄鹤楼、武昌起义纪念馆、东湖风景区、汉正街市场等旅游点。我的勇敢精神博得朋友阵阵夸赞,他们直称我"够朋友,够哥们"。

在武汉的那几天,我们每顿都要吃条武昌鱼。我一直记着老姚哥说的那句富有哲理的话:"车祸把人惊灵了,也让咱想开了,想吃啥你俩吭声,甭管价钱贵贱。前几天算咱幸运,一旦'报销',想吃都吃不上了,还不知钱成谁的了!"

老姚哥这句话在 2008 年汶川"5·12"地震后成为经典语言和普遍真理。

自那场大地震后,国人明显想开了,也舍得花钱了,国内消费市场一下活跃了,也旺盛了!

人生
滋味
RENSHENG ZIWEI

在大酒店吃饺子

"店大欺客"这句话，平时只是说说而已。

2007 年 7 月，在山西某大酒店，我真实地经历了一回"店大欺客"的遭遇。

这天，我和朋友一行五人游完鹳雀楼、普救寺后来到市区吃饭，我建议吃山西特色小吃牛肉饺子和刀削面，大家一致同意。经过一阵苦寻，我们终于找到了当地的美食一条街，转了一圈，进了不少店面，大家都觉得街边小店卫生不过关，只好另寻吃处。正在这时，我一眼瞅见了路边矗立的高大气派的某大酒店，便吆喝大家进店用餐。

我们几个人，左手提着山西油酥饼，右手拿着矿泉水，一副农民进城的样子，连我们自己都觉得不好意思。

不待大家进门，几个服务生便跑出来热情地招呼我们，没待坐定，热腾腾的茶水便递到每个人手上。随即，服务员拿来菜谱让点菜，并热情地推荐酒店新推出的石锅鱼、烩海鲜等大菜，见我们对此没有兴趣，另一服务员又拿来酒水单殷勤地问我们需要什么酒水饮料，我们几个挥挥手中的矿泉水瓶，示意不需要这些。

看到我们既不点菜，又不要酒，服务员便一个个离我们而去，不再搭理我们。无奈，我只好走上前去要了两斤牛肉饺子和一碗刀削面，服务员爱理不理地应答着，并让先交钱再用餐。

左等右等，约摸半个钟头过去了，我们要的饺子和面还没上来，问服务员，服务员让再等等。快一个钟头了，还是没见饭的影子，同行的小王顿时不高兴起来，嚷嚷着问饭啥时能上来，服务员支吾着说已催了后堂，饭很快就上来。

正在这时，我无意中瞥了一眼窗外，发现一服务员刚好提着一袋饺子从路边一小店走出，那个小店正是我们刚才进去又出来，嫌其卫生条件差而"淘汰出局"的饺子铺。很快，我们要的饺子分成两盘端了上来，饺子又粘又坨，我先尝了一个，除了黏口发咸外再没别的味道。大家吃着，嘟囔着，抱怨着，异口同声地指责我选来选去怎么选了这么个店，让他们遭人白眼，受人冷落。我心中五味杂陈，一时也说不清是什么味道，只有苦笑着说："店大欺客，店大欺客，大家将就着点儿，一会儿回去我请大家喝潼关的鲶鱼汤。"

饺子吃了一半，发现竟没有蘸汁，小王喊来服务员，服务员应声去取，可直到饺子吃完，也没见蘸汁的影儿。中间，一女伴还想要碗饺子汤，同样是望"汤"止渴，没有结果。

回过神一想，这餐饭吃得太不划算，路边小店的饺子，因在大酒店吃，每斤便涨了十多块，受捉弄不说，还挨了个大价。酒店也太欺人了！

走出永济大酒店，大家一直闷闷不乐，任我怎样开导也无济于事。待想起喝鲶鱼汤时，车子早已驶过港口黄河岸边。

永济的景色风光的确不错，但某大酒店的用餐之特殊经历更让人难忘。

店大欺客，此话当真！

原创小幽默(六则)

三八节咋表示

妻:亲爱的,今天三八节,你对我有啥表示?

夫:这简单,我把你上午蒸的包子热一下给你吃。

妻:……

老赤贫的感叹

小时候,广播上常宣传毛主席、周总理等老一辈革命家省吃俭用、艰苦朴素的故事,称他们所穿衣服大都是洗过补过的旧衣服。村中一老赤贫听后感叹道:"毛主席他们还有旧衣服和打补丁的衣服穿,我穷得都没衣服穿也不见他们宣传。"

听后不由使人心酸。

猿人的真头骨在这儿吗?

去××猿人遗址参观,在展厅随口问工作人员道:"猿人的真头骨在这儿吗?"

工作人员含笑道:"如果猿人的真头骨在这儿,我们的头骨就不在这儿了!"

听后,暗叹工作人员回答之幽默。

不知"羞耻"

儿子上小学一年级,一次因考试成绩差被我训斥,当我骂他不知羞耻时,他竟天真地问我:"爸爸,羞耻是啥? 不知羞耻是啥意思?"

听后我哭笑不得，只好作罢。

紧　张

一青年教师初上讲台，由于过分紧张，在向学生介绍自己的情况时弄出了不少笑话，听后让人捧腹大笑。

同学们：我是你们的新老师，我姓胡，大家以后就叫我王老师。我与大家年龄相仿，大家今后可以叫我哥哥，也可以叫我姐姐。我教大家语文，以后你们在数学方面有什么问题可以随时找我。我性格活泼，爱好广泛，虽不会唱歌跳舞，但我可以教大家唱歌跳舞。

我的介绍完了，谢谢大家！

难道还能把我撵到城里当工人

一日，一农村同学向我谈及他经商中所受到的委屈，大骂某些执法人员不是东西。我劝他忍让一下，不料，他却大声吼道："咋的，我一个农民我怕啥！他们能将城里人撵到农村当农民，难道还能将我一个农民撵到城里当工人！"

我禁不住失声大笑。

发　蒙

生活中，人一时发蒙是常有的事。我就遇到过因发蒙而引发的有趣故事。

中学那会儿，我们一帮男生上课迟到是常有的事。有一段时间，迟到旷课现象日益严重，学校决定由校领导带队，抽调专人在教学楼前盯着，抓几个典型狠狠地整治一下，以保障良好的教学秩序。

学校专项整治活动悄然进行，事先连一向同情我们的班主任也并不知情。

一天上午，已过 8 点 20 分，我们几个男生还在宿舍磨蹭，不知是谁发现校领导带队检查迟到这一情况，赶忙向我们通风报信。闻知这一情况，我们五六个男生倾巢出动，动作一个比一个麻利。打老远我们便看到杨副校长站在教学楼前的空地上，满脸怒气地注视着我们，旁边站着几个拿着本子和笔的值周老师。大家吓得谁也不敢看杨副校长的脸，只想着赶紧逃脱杨副校长的视线。不料，还没待走到校长跟前，校长便厉声呵斥："站住!"吓得大家不由停下慌乱的步子，我也和大家一样停了下来。没停下三秒钟，我急中生智，腾地一下朝前跑了起来，副校长赶忙喊道："站住，不许再跑!"我当时不知哪来的胆，竟边跑边嬉笑着对副校长说："杨校长，上课要迟到了，下课我再找你吧!"我的举止让杨校长一下发蒙，他面无表情地注视着我跑进教室。不知怎的，那次迟到被抓的四五个人皆被学校大会点名批评，唯独我得以逃脱。事后，大家议起此事，都为我感到庆幸，不少同学竟说是我与杨副校长有特别关系，是他有意包庇我，而我却不这样认为。我一直以为，肯定是我之反常举动让杨副校长瞬间没有反应过来，待他回过神来，我已逃离。他可能佩服我一时的机智，事后也没再追究我。

果不其然，事情过了一段时间，杨副校长在校园遇见我，笑着对我说："没想到那天你小子还有这一手，要不是你当时一下蒙住我，我非狠狠地收拾你不可！算你幸运，以后可不敢再耍小聪明了！"我连忙回报校长一个灿烂的笑容。

类似的事情我还经历过一次。

一个周日，我去一副食店买东西，副食店顾客盈门，生意兴隆。买完东西刚要付钱，突然遇到单位一同事两口，我只顾和他们交谈，竟忘记付钱。我大摇大摆朝门口走去时，临走还不忘向他俩打招呼，我清楚地看见售货员微笑着目送我离去。

回到家里，才发现自己在副食店买东西时没有付钱，尽管只有两块来钱，但我心里却过意不去，本打算当即送过去，只因副食店下班而作罢。第二天上午，我早早来到副食店，不料那位售货员却休假未在。不几天，待我再次去副食店付钱时，却发现副食店不知啥时已改换门面。之后，自己再未见过那位售货员，付钱之事自然也就无法兑现。

为这事，好长一段时间，我都自责不已，觉得良心上过不去。

世上的事就是这么奇怪，有时候人往往容易因注意力分散而被一些现象干扰，从而变得无所适从，以致于犯错失事。

一看你就是个老实人

"一看你就是个老实人"这句评语自小到大我听过数百次,但其中两人对我说这句话的情景让我难以忘记,更使我相信自己的确是一个真真正正的老实人。

那是二十多年前,我和某领导去北京出差,领导一家随行,当时,领导女儿不满十岁,上小学三年级,我们旅途因有孩子相伴显得格外快活。领导女儿活泼可爱,一双大眼睛清澈透明,似乎会说话。她一路欢笑一路高歌,特爱思考问题并不时发问,小孩之无拘无束在她身上得以充分体现。一次在宾馆,大人闲聊,记得当时领导正在给夫人介绍我,她在一旁静静地听着,不时地注视着我。大人说话空隙,她突然插话道:"我一看叔叔就是个老实人。"我们听后不由一惊,一个小毛孩竟也能看出人的性格特点来,领导随口问道:"源源,你咋说叔叔是个老实人?"听罢,她一下来了劲儿,然后一板一眼地说:"老实人嘛,就是一个人特别听话,从不乱说乱动,这样的人,容易被坏人骗走,卖掉……"还不待她说完,领导夫人便一顿指责,使得小源源不再吱声。领导和夫人生怕我难堪,急忙打圆场道:"孩子口无遮拦,纯属瞎说,你千万别在意!"我连忙答道:"我不在意,我不在意!"此事让我真实地看见了自己在一个八九岁孩子心中的印象:老实、本分、乖巧顺从。

前段时间,有幸与中央某位已退休首长零距离接触,天生胆小的我心中一阵诚惶诚恐。与首长接触不大一会儿,我的紧张情绪便被他和蔼可亲的言语融化,我开始与首长无拘无束地交谈起来。他问了我许多渭南的发展变化情况,并大赞渭南市领导有眼光,有气魄,修建东部生态公园造福百姓,泽被后世,真的不简单!他详细询问了我的工作情况,并就农村居民培训就业问题与我探讨交流,还不时提出自己的意见和看法。大领导平易近人的言谈举止让我感动不已,陪他吃完家乡荞面风味小吃后,在回来的路上,他对我说:"一看你就是个老实人,现在总书记提出不让老实人吃亏,但愿你这样的老实人不再吃亏。"听后,心头一阵温暖,更坚定了我做个老实人,当个好干部的信心。

风风雨雨几十年,我因老实放弃了不少既得利益,却也赢得了良好的口碑,我觉得做老实人真值!

我愿做一辈子老实人。

我所遭遇的奸商之奸计

无商不奸是人们对奸商行为的高度概括。可以说"奸""诈"是不法商人的本性。

小时候吃过父亲从渭南买来的花生，只记得那时的花生，个个颗粒饱满，形如蚕茧，白净均匀，吃起来那个香呀，让我一辈子难忘。故而，年幼的我竟天真地认为炒花生是这个世界上最好吃的东西。

长大后，吃花生的机会多了起来，感到花生香味已大不如从前，更让我奇怪的是，买回的花生壳内竟有不少沙粒，吃起来碜牙咧嘴。我纳闷，花生壳内咋能"长"这么多沙子！后来，才听知情人讲：花生壳并不"长"沙子，壳内沙子是小贩用沙土炒花生时，边搅边用大扫帚把儿轻砸锅内的花生，沙子这才进了花生壳内。困惑了我好多年的疑问终于有了答案，我不由佩服起商家的"智慧"来。

几年前，一次去菜市场买排骨，比较了几家，最后在一摊贩处称得三斤多排骨，称完后小贩在货台底下剁碎装袋。拿回去后，妻说排骨变质有味，我说根本不可能，并声称买排骨时我专门挑拣了几家，见中年男子所卖肉新鲜干净，这才买了他那儿的排骨，怎么可能会变质呢？妻说不信你仔细闻闻，我凑近一闻，果然臭味扑鼻，我顿时瞪大了眼睛，见状，妻指着我说："你简直一呆子，肯定是让小贩把你骗了！"我气得欲找小贩讨说公道，妻再三劝阻不让去找，她将排骨逐一细闻，将变质有味的排骨拣出放置一边，竟挑出多半斤变味排骨。一次与单位同事闲聊，其中一人买肉遭遇竟和我相同，我俩对此大感不解，单位一经过商的老同志听后笑道："这只是小贩给你们耍的一个小伎俩。小贩在底下给你们剁排骨时，下面就放着一些烂肉，一般趁人不注意时，都会给你的肉中拨拉几块烂肉，神不知鬼不觉，顾客拿回家不一定马上发现，再去找他，一切为时已晚，即就去找，卖肉人老远望见你便急忙躲开，这样一来二去，你只能自认倒霉，也就没心思再去找其闹事讨说法了。"听后我恍然大悟，不由憎恨起这些黑心小商贩来。

一次买蔬菜，因不认得杆秤被骗。买了三四斤西红柿，总觉得分量不够，想来想去觉得不对劲儿，拿去工商公平秤复称，竟少了四五两。气呼呼地去找商贩，只见摊贩指着一旁放着的两个西红柿对我笑着说："我知道你会来，你刚装西红柿时，有两个滚到了一边，喊你，你未听到，这不，你赶快装上，我们不能让顾客吃亏！"听后差点儿喷饭，直叹这帮奸商唯利是图手段太高明。

奸诈商人，就是这么狡猾和无赖，和他们打交道，我们每个人都得擦亮眼睛，处处留神，以免上当受骗。

多　多

我从文几十年里很少为动物留下笔墨,应当说,这是我写作上的一个空白点。

这几天看见不少男男女女饭后领着宠物在小区遛弯,我忽然想起了我们家的"多多"。

"多多"是我们家曾养过的一条小狗的名字。

那还是七八年前的事了。

一日,从陕北榆林放假归来的儿子不知从哪儿带回来一条小狗,小狗毛色杂乱,眼睛一大一小,其貌不扬,本来就不喜欢动物的我俩极力反对这只小狗进入我们的家庭。在儿子的苦苦哀求下,我俩才勉强让小狗进了家门,并让儿子尽快给其找下家。

儿子让给小狗起个名字,我想也没想随口说道:"干脆就叫多多吧!反正它在我们家是多余的。"于是小狗便有了听起来并不悦耳的名字——多多。

多多刚来家时,年幼体弱,一时难以站稳,儿子便悄悄省下自己喝的牛奶喂养它。没出半个月,多多身体一下强壮了,也变得好看了,尤其一对眼睛,眼周围一圈黑色,好似国宝熊猫,我们对之一下喜爱起来。

多多一天天长大,变得越来越讨人喜欢,一日不见,我们便会想它。

那段日子,我们两人无论谁从外面回来,多多老远听见从楼道传来的脚步声,它就会屏气闭声仔细辨听,只要听到钥匙进锁孔的声音,它便欢快地跳到门口,静静地等待主人进门。不待我们进门,它便飞快地扑上来与我们亲近,然后便摇头摆尾地跟在我们身边跑来跑去。我们坐下来休息,它便静卧一旁眯眼假寐;稍有动静,它立马睁眼静观,生怕我们丢下它悄悄走掉。

我们每次外出,它都调皮地跟前伴后,有时还咬住我们的裤脚不让走,我们得好一阵哄说它才丢口,然后眼巴巴地望着我们关门离去。

有时去集市买菜,它就一步不离地跟着,一会儿在我们前面一阵猛跑,然后回望,见我们没跟上,它便在前面耐心等待;一会儿左顾右盼地追赶蝴蝶飞虫,见我们走远又奋力追赶一番。菜市场熙熙攘攘,人来人往,有时刚买上菜便不见它的踪影,正当我们着急四望时,不知什么时候它又摇着尾巴跑到了我们脚下。

多多过马路的情景更让我们觉得好笑又难忘。

小区空间大,它常常一阵飞奔跳跃,不时地与我们东躲西藏捉迷藏。可一到马路边,它便与先前判若两物,总是放慢脚步,东张西望,只要没车通过,它便会箭一般地疾速穿过,然后在路边等着我们。它就像一个懂交规的小学生,只要有车通过,绝不抢先通行,总是等到没车时才安全通过。我俩时常感叹多多的聪明和机智,对它也更加喜爱。

有段时间我俩外出,只好把多多托付他人代管。临别时,多多吼叫不停,几次挣脱他人跑到我们跟前,我俩费了好大劲儿才将其摆脱,而它的哭叫声却让我们好一阵难受。

没有多多陪伴的日子,我们生活中虽多了一份宁静,却少了一份快乐,对此,我俩很不习惯。妻说好几次她都在梦中见到多多调皮缠人的模样,我听后一阵怅然若失……

好不容易挨到了回家之时,在车上,妻和我一起猜想着多多回家见到我俩时调皮的模样,不一会儿我俩便在车辆的摇晃声中昏昏欲睡。一阵手机声将我俩惊醒,只见妻声音发颤地惊问道:"多多什么时间不见的?你们寻找了没有?"电话那边传来朋友焦急的声音:"我们已经找了大半天了,找不到才给你们打的电话。"

我俩顿时无语,脸上满是焦急无奈的神情。

回到家里,放下行李,顾不上擦把脸,我俩便分头在附近大声喊着"多多"的名字寻找多多,直到天黑我们也未见到多多的影子。

这天晚上,我俩一夜无眠,妻特意将大门虚掩,满怀侥幸地等待着多多。整个晚上,她起来了四五次……

天亮了,还是没见多多,我俩的心不由一阵吃紧。三天过去了,多多没有回来;五天过去了,多多还是没有回来;十天过去了,多多仍旧没有回来……

看来,我们的多多真的回不来了!

七八年过去了,每每想起多多,我俩便好一阵念叨。

我俩怎么也忘不了我们家的小宝贝,我们心爱的朋友——多多,但愿它来生还能再来我们家做客,当我们的朋友。

多多,你的老朋友想念你!

记忆中吃得最撑的那顿饭

可能是出身贫苦之故，自小至今我的肠胃一直很好，不但饭量大，而且喜好宽、厚、硬、筋之饭食。刚参加工作那会儿，曾创下一天吃十五六个馒头的记录（每个馒头足量二两），就这还不算肉菜副食。正因为此，学生时代每月三十来斤定量根本不够吃，常靠饭量小的女同学接济生活。

我是个暴饮暴食之人，能饿能吃，最能耐时曾两天里没吃一点儿东西，只喝些水勉强支撑。

在青海那会儿，一次为了争房子，自己硬是焦急得一天半没吃一口饭，待拿到房子钥匙时，差点儿饿虚脱，朋友急忙领我外出吃饭。当时清真烩面一碗相当于现在家中的一小盆，光净面就有半斤多，我一下吃了两小盆，以致吃完一时竟撑得坐不起来。朋友忙笑着搭手搀扶，我这才起来离开饭馆。

七八年前的一个下午，几个好友相约去市里某饭店吃特色。我们先点了个一鸭三吃，吃完鸭饼，又要了一盘辣子锅盔，正吃着，一个朋友又说这里的甲鱼老鸹膤很不错，于是又要了份甲鱼老鸹膤。四个人中数我吃得最多，肚子撑得鼓鼓的。就这，到最后还是剩了不少，没办法，只好吃不了兜着走。坐车到贸易广场，我便赶快散步锻炼消化。让人难以想象的是，我在贸易广场门前走了足有十三四圈（算下来也有五六里路），可肚子仍撑得难受。走了这么多路，似乎没任何轻松感，可见自己当时暴食程度之严重和可怕。

回到家，我将此情况给妻一说，立马遭到妻好一阵训斥。她说你真是个"二百五"，东西再好吃也不能不要命啊！她哪里知道，我是心疼那剩下的饭菜，觉得浪费了太可惜，谁知竟把自己吃成那样！就这样，还是浪费了不少，为此，我心疼了好一阵子。

从那以后，我再没敢像上次那样不要命的耍二杆子了，也明白了暴食暴饮对身体的严重伤害。

毕竟，身体是自己的！

五味人生

捡到有重谢

"捡到有重谢"是寻物启事中常见的一句话,没有它,似乎便寻不到丢失之物。

先前,我对这句话颇感神秘,不知到底何为重谢,终于,一次失物招领让我长了见识。

那是十多年前,一天,我到单位上班,无意中在门口黑板上见到一则寻物启事,大意是丢了承包工程资料之类的东西。估计丢失的东西较重要,只见黑板前一大款模样的人坐在那儿焦急地挠头抓耳,显得焦躁不安。第二天上班路过门口,见寻物启事还在,不同的是失主在寻物启事"捡到有重谢"后重重地加了三个感叹号,见此我便明白两点:一是丢失的东西很重要;二是丢东西的人很着急。我无缘捡到此物,只是在心里暗暗替丢物人着急,盼望他及早找到丢失的重要资料。

晚上去市内朋友店中闲聊,朋友告诉我,说他儿子前两天在我们院子里玩时捡到一个档案袋,里边装了不少材料,想着丢东西的人一定很着急,让我帮着打听打听,看能不能找着失主。

此事一下引起了我的兴趣,我便将这几天院门口所见寻物启事告知他,朋友忙说:"那咱赶快将东西送给人家,免得人家着急。"我恰好记着失主留的联系电话(那时尚无手机),于是便拨通了电话,只记得电话那端失主很激动,也很着急。失主问清朋友门店的地址后,说马上就到。才二十来分钟,只见路边出租车上下来一个中年汉子,我一眼就认出此人正是前两天在寻物启事牌前焦急等待的那位老板。问清情况后,他忙不迭地给我们递烟,点烟,感谢的话一直说个不停,搞得我和朋友受宠若惊,诚惶诚恐。拿到档案袋后,老板再次感激得不知说什么才好,一番千恩万谢之后,他便向门外走去,走了两步,他又回过头来,从包中掏出两盒红猴王,硬塞到朋友手中,然后急速离去。

我和朋友面面相觑,做梦都没想到带有三个感叹号的"重谢"竟是两盒不到十元钱的普通香烟,这令朋友哭笑不得。

朋友妻告诉我,孩子捡到东西后,不少人认为这么重要的东西,再怎么失主也会重谢你们,孩子给你们挣几百元钱不存在问题。

朋友憨厚地说:"咱怎么能要人家的钱!找到失主给人就是了。"朋友妻也附和道:"即使人家给咱几百元钱咱也不能要,要人家的钱咱成啥了!"

可让大家做梦都没想到的是,大老板寻物启事中所承诺的带有三个感叹号的"捡到有重谢"之"重谢",竟会是两盒不足十元钱的普通香烟!

信啥也别信广告,寻物启事其实是另一种广告,对其承诺只是听听而已,千万不可当真。想到这,我们只有一笑了之。

两件有趣事

人生几十年,会碰到无数大大小小颇有意思的事,不少事随着时间推移会慢慢淡忘,但有些事却会令人难以忘记。

我五十年的人生中,有这样两件有趣事因其稀奇好笑而让人难忘。

小学时,我转学至一镇点学校,镇点学校明显比我原先所在的村小学规模大,学生多。我的班主任是个语文老师,我因语文学得好,尤其是作文写得好,很得老师赏识。一次体育课,我随大流逃了课。这天正上自习,班主任拿着作文来到班上,在读了我和班上其他三个人的作文后,老师重点对刚转来这个班的我进行了点评。他偏爱地说我的作文之所以写得好,关键是听大人的话,不受不良习气感染,自觉性强,并说我不光语文课,即就体音美也不会随意为之,私自逃课等等。听后,我脸上一阵发烧,暗想着自己刚才体育课逃课之事。正想着,只见体育老师怒气冲冲地走进教室,随手递给班主任一张纸条,让纸条上记下的人下课到他办公室接受处罚。看到这一切,极爱面子的我一下子不自在起来,恨不能地上裂个缝好钻进去。当班主任老师念到我的名字时,不知何因竟磕巴了一下,我悄悄地瞅了老师一眼,发现他与刚才判若两人,表情很不自然,念完名字后盯着名单长久发呆……我不由心头难受起来,深感对不起班主任老师之苦心栽培。

2003 年 7 月的一天上午,我去市上某局找一我尊敬的领导大姐闲聊,快下班时,大姐说外面也没啥好吃的,让我随她回家给我做好吃的。我诚惶诚恐地随她下楼上车,坐在车上,她问长问短,对我甚是关心。快到家属院门口时,她夸我车开得好,平稳,安全。我谦虚地应答道:"开得好主要还是我开得慢。"大姐点头称是。家属院大门关着,侧门只开了多半扇,本来慢点是可以过去的,我因转弯角度小,导致车左前页子板撞到了侧门上,一下子将前保险杠左侧撞脱落。见此，大姐连忙自责道："怪我多嘴，不该这时夸你！"见车前面围了不少人，我极不好意思地将大姐支走，然后自己手忙脚乱地打电话联系保险公司……这个小事故干扰得大姐根本无心做饭，她时不时地在楼上张望，并几次打电话于我，问我事故处理得如何？还需要她帮什么忙不？我羞愧难当地告诉她真的不需要……

　　小事故虽然得以较好处理，但我心中很不是滋味。我暗暗自责：怎么迟不碰早不碰，偏偏等大姐刚夸赞完便碰坏了车，这岂不是当众制造难堪吗？

　　前后两件小事，虽然时空距离不同，但又何曾相似！它们让我的自尊心实实在在地受到了一次打击，使我难堪不已。

　　这之后，本来就务实低调的我变得更加低调务实了！

野　炊

野炊,顾名思义就是在野外集体活动并烧火做饭。

在青海教书时,我曾带领学生外出野炊过多次,感觉有趣而难忘。回渭南后,一直忙于工作,竟无暇户外野炊。

去年深秋,朋友邀约一起户外野炊,心中自然欢喜无比。

中午,我们便来到城东的东部生态公园。在公园一角,我们安营扎寨,挂吊床的挂吊床,铺防潮垫的铺防潮垫,支自助烤箱的支自助烤箱,不大一会儿,一切就摆置就绪。见时间还早,女同志打开音响,随着飞扬的舞曲跳起了健美操,男同志则在一旁玩着扑克。

下午3点多钟,大家开始忙张起来。支桌子的、生火的、拿肉串的、端调料的,万事俱备,只待烧烤。第一炉烤肉,大家让朋友之子于冬操持,于冬先前曾参加过几次自助烧烤,这方面颇有经验。只见他手持肉串,仔细认真地烤着,涂油,抹料,撒盐,他操持有序,临阵不乱。不一会儿,羊羔肉的醇香味扑鼻而来,肉香味诱得我们谗涎欲滴。"快来尝尝,肉烤熟了!"于冬热情地招呼着,大家一拥而上,不一会儿,一二十串烤肉便哄抢一空。我吃了几串,味道确实不错!第二炉大家推选职校副校长小李操持,小李是标准的回民,早期曾摆摊烤过一段时间肉,内行上场,手身不凡。他将肉一把把拿开摆匀,先自如地翻烤几下,待肉串油脂"刺啦"微响,便涂上明油,再抹上调料,撒上食盐。很快,一把黄亮喷香的烤肉便宣告完成,大家一品尝,还真是不错,肉香,肉嫩,肉滑溜,吃起来不干不柴,调味适中,真可谓行家里手。之后,大家又各显其能,争相献艺,烧烤出风味各异的烤肉让大家品尝,细细一吃,还真像那么回事!所有人烤出的味道都不亚于平日烧烤摊上的味道。

这么多年来,天南地北、各式各样、风味独特的烤肉我吃过无数,但仍觉得我们自助烧烤烤出的肉是我今生吃到的最好的烤肉,它味香,味纯,味正,加之烤肉材质地道,因而吃后让人念念不忘,回味无穷。

我期待着有机会再吃上我们自己烤制的味道纯正、口感地道、满嘴飘香的烤肉。

自助烧烤,让你品出不一样的味道。

我喜爱自助烧烤,它绿色,环保,真材实料。最主要的是,它是我们自己辛勤劳动的结果。自食其果,会让你品出别样的感受,那就是:

——自己动手真好!

——劳动创造真美!

劳务输出中的奇葩事

　　20 世纪 90 年代末至 21 世纪初的十余年间,正是"农业大市、劳务输出大市"渭南劳务输出工作如火如荼、方兴未艾之时。其时,渭南每年劳务输出量大都在五六十万之众,据官方统计,劳务人员每年可从外挣四十多个亿,对以传统农业为主的渭南来说,这是一笔了不起的收入。

　　紧随其后,我们亦组织了几十批务工人员外出,其中之酸甜苦辣,之奇葩怪事,常常让人哭笑不得,难以回答,真正是"秀才遇到兵,有理说不清"。

奇葩怪事之一

　　一日,一批务工人员到厂的第三天,中午 12 点半左右,正准备回家的我突然接到一个电话,电话里一个男子粗言粗语问我道:"领导,你说这该咋办?"我心里头不由一紧,赶忙问其出了什么事。对方反问道:"领导你看看现在几点了?"我不解地答道:"12 点半刚过,咋了?""食堂停电,到现在开不了饭,你说咋了?"听后我一阵无语,随即答道:"那你说咋办?你看这样行不行,你想吃什么,我从渭南买上给你送过去,咋样?"听我这么一说,对方急忙喊道:"领导你这是在儇我!"说罢随即挂断了电话。

奇葩怪事之二

　　务工人员入厂一周后,一天,正在上班的我忽然接到一个务工者家长的电话。他核实我的身份后,低声和气地对我说:"领导,我给你反映个事,我娃在家爱吃饺子,他打电话说到厂上班一周了,厂子连一回饺子都没吃,你得好好给厂子说说,不能在伙食上亏了咱娃。"听了他的话,我一时不知该如何回答。电话里不时传来这位家长等候回话的催促声,很快,我灵机一动,计上心来,立马回答他道:"这样吧,我记得他们厂子门前有不少饺子馆,你给娃多寄些钱,让娃往囤底地吃,咋样?"想象得来,对方听了这话一定不满意,只听他生气地说:"你是个领导,咋能这样说话呢,真是的!"

奇葩怪事之三

务工上班不到二十天,一大早,一个家长带着他的孩子急匆匆地赶来找我。一见到我,他便焦急地问我:"局长,你说这事咋办?"我以为又出什么事了,听他仔细一讲,我总算明白过来怎么回事。原来,孩子回来对他讲,厂里老职工说厂子都快倒闭了,他们已多半年未发工资,你们还来这儿干什么?儿子这么一说,父亲一下便坐不住了,于是便来渭南找我。我听后先是无语,进而反问道:"你说说你娃和老工人谁负担重?七八个月不发工资老工人一家喝西北风呀!人家明显是欺生排外,怕你们一帮小青年去后对他们构成威胁,你们咋就不动脑筋呢!"经我这么一说,父子俩似乎明白过来,笑着离开办公室。随后他儿子又回厂子打工,听说后来干得还真不错。

奇葩怪事之四

一天,我正埋头写材料,办公室又来了一对父子,没等我开口,孩子父亲便一阵苦诉:"领导,这样上班不行!"我忙问其故,他说:"我娃在家8点之前从来没有起来到地里干过活,现在倒好,厂里每天让他七八点就起来干活,我娃受不了!"听着他这些可笑话,我一下竟不知该怎样回答他。想了一会儿,我便问孩子父亲道:"请问你在哪个县当县长?"孩子父亲一下被我问蒙了,连忙说:"领导,你就别儇我了,我一个农民当什么县长!"我"哦"了一声,然后说:"我还以为你孩子是哪个县太爷的公子呢,原来不是。你知不知道咱孩子为什么要出去打工?因为他爸不是县长,孩子也不是公子,需要用人肉去换猪肉吃。你把你的孩子当成什么了?"一句话,臊得父子俩顿时不好意思起来,很快便扭头离开了办公室。

当年劳务输出工作就是这样,每天都在上演着情节大致相同的故事,直让人不可思议,哭笑不得。

不少农民就是这样,孩子在家一文不值,可一旦要出外锻炼,他们便马上视其为金蛋蛋,怕磕怕碰怕摔打,让人不知如何是好。

一些农村人,别的本事不一定有,但在娇惯孩子方面,的确让人惊叹!

人呀,别把孩子过分当事,你把孩子太当事,孩子就会把你不当事。这是万千家庭用血泪凝成的教训。

男儿当自强,自强先吃苦,有苦才有甜!

"局长"桌

我到××局报到时,原局长已荣调至某县当县长,他的办公桌由刚升任局长的原副局长使用。不久,局长买得一新办公桌,将原办公桌搬至办公室给分管民政业务的老杜使用。没多长时间,老杜便升任某局局长,"局长"办公桌暂时空闲起来。

我到办公室后,副局长特意给我介绍了这张桌子的来历,并称之为"局长"桌,说是前后三任局长都是坐这张桌子后升迁的。他让我就坐在这张桌子上办公,我紧张得满脸通红,连忙推让,他赶忙说:"你就坐这张桌子吧,你还年轻,说不定若干年后又是一个局长。"他这么一说,我更是坐立不安。

还真奇怪,经过两三年的磨炼,我真被组织培养提拔为某局局长,尽管是二级局局长,但再小也是局长。这天,副局长微笑着对我说道:"怎么样,我说的没错吧! 啥时请客?"我连忙回答道:"一定请客,一定请客!"

我履新后,"局长"桌主人换成了小任,不到两年,小任又被提拔至某单位任职(只不过该单位不称局长称主任),这之后,"局长"桌主人换成了谁我尚不得知。就在人们翘首等待第六任局长产生时,管委会风云突变,××局被撤,干部纷纷下岗竞聘,如同20世纪80年代初农村分田包干,一下秩序混乱,人心涣散,国有资产流失不少。待认识到该桌的文物价值时,"局长"桌早已不知去向,一说是捐给某个学校了,另一说是被当作破烂卖掉了。只可惜年头太长,我当年又没留下任何记号,一时也没法寻找。想到这,我不由暗自伤神,徒有哀叹了之!

世事真是变化无常。假若当年××局机构不散,"局长"桌不知又该坐出多少新"局长"!

难忘我曾经的"局长"桌。

我们家的"义务监察官"

上班几十年,有时难免懒散,迟到早退是常有的事。时间一长,妻子也慢慢地习惯了我的这一做派,开始变得见怪不怪,熟视无睹。于是习惯成为自然。

父亲在青海搞了一辈子地质,可谓真正的老正统。每隔几年,他便回老家小住一阵。回来这段时间,他最关心两件事,一是孙儿的学习,二是儿女的工作。

对我们的工作,他最为操心。每至上班,他便会像小时候对我们上学那样,提前半个多钟头就开始唠叨督促:"你们准备准备,该走了,要不就迟到了! 咋还没走,快些走吧! 手里活放下,我们帮你们干,你们快走!"面对他工作上的关心,我们只有听从的份儿,赶快收拾,抓紧上班。他们在的这段时间,我们每天都是提早上班,从不迟到。这引来人家一阵好奇的询问:"人家有老人,工作常常受影响,你们俩这是咋了? 不但不迟到,却还总是早来!"对此,我俩只有笑答道:"不是我俩觉悟高,是我们家来了'义务监察官'。"经我俩细细一讲,大家一阵大笑,他们齐赞:"老革命就是老革命,干啥都当事,干啥都认真。"

"干啥都当事,干啥都认真"的确是父辈身上最宝贵的品质。正是这种优秀品质,奠定了我们今天的好生活,好环境,好条件。

闲谈时,父亲常自豪地谈起他们的过去,谈起他年轻时工作的点点滴滴,我们很受感动。我们印象最深的是他初参加工作归队时的感人故事。他给我们讲,那是他参加工作后第二次休假。当时他工作的地质队远离省城,且山高路远,遇到雪天,在省城一滞留便是一周半月。当时掐指一算,假满恰在正月初上。无奈,眼看年关在即,他不得不启程归队。走的那天,渭南大雪纷飞,就这,他还是在家人的一致反对下提前归队。当时正值大年,单位院内除一二十户家属外,几乎无人,连食堂都没开伙,他硬是克服困难挨到上班。当时的人心底就是这么简单和淳朴,只要是国家规定的,上级要求的,领导交代的,无论怎样,绝不违反,更甭提投机取巧了。

　　父亲的成长故事深深地打动和影响了我们,他使我们的使命感和责任感进一步增强,我们也更加珍惜和热爱自己的工作了。

　　于细微处见精神。我从内心佩服父辈的敬业精神,亦感谢他对我们工作作风的关注和监督。在此,我向父亲深情地鞠上一躬:我们家的义务监察官,您辛苦了!

　　十八大后,中央整风肃纪,从严治党,纪律规章之弦在公务人员心中愈绷愈紧。现在,提前上岗、准时到岗、按点守岗、爱岗敬业蔚然成风,成为常态。

　　这一切,使我这个老党员、老行政倍感欣喜,工作动力无形增加。

人生滋味
RENSHENG ZIWEI

第一次去北京

在我五十多岁的人生中，曾先后两次去过北京，但使我印象最深，令我最难忘的还是第一次去北京时的情景。

北京是我们伟大祖国的首都，能到北京游玩一直是无数中国人的梦想。打小刚入学唱《我爱北京天安门》时，我便有了长大去北京上天安门的梦想。

岁月悠悠。1994年8月，因去北京参加劳动部举办的《劳动法》培训班让我梦想成真。

为保证培训效果，培训班设在远离城区的朝阳区大羊坊城建北苑宾馆，培训班日程安排得紧张扎实。五天培训结束后，预留两天自由活动时间，我心中一阵欣喜！

自由活动第一天，我和同事一起游览了故宫和颐和园。

眼看就要离开北京了，自己好多地方还没去，此次告别，不知何时才能再到北京。一想到这，我心中便着急不已。

我必须充分利用这一天的时间，将北京城该去的地方去个遍。

决心下定后，顾不得满屋人聊兴正浓，我便早早上床休息，可能过分激动的原因，倒在床上却怎么也睡不着。好不容易挨到后半夜，睁眼一看表，才凌晨3点多，干脆起床，出门，翻越院门。室外黑黢黢的，只有远处街边的路灯无精打采地散发着亮光，四下空无一人，我不免有些后怕。既然出来了，就不能再回去，我自己给自己暗暗鼓劲。知道所住的地方离天安门广场不远，我便决定先去天安门广场看升国旗。由于夜色正浓，直至到了天安门广场近旁，我还问一晨练者广场在哪儿，经人一指，才知天安门广场已近在眼前。进入广场，望着四周黑压压的人群，我心里震撼不已。不一会儿，庄严的时刻到了，只见从天安门城楼下列队走出威武整齐的升旗班队员。国旗在国歌声中冉冉升起，在这激动人心的时刻，伴着雄壮的国歌声，我和广场万千观众含泪向国旗行注目礼，周围一片庄严神圣。

看罢升国旗，我在广场周围漫步，等待着新的一天的到来。8时许，我开始登上心中的圣地——天安门城楼。在城楼，我凭栏伫立，眺望广场四周，自豪骄傲之情油然而生，眼睛不由一阵潮湿，良久不愿离去。走下天安门城楼，我又进入雄伟壮观的人民大会堂，仔细参观一番后，缓步走出大会堂。之后，我便排队进入毛主席纪念堂瞻仰毛主席遗容。生长在毛泽东时代的青少年，自然对伟大领袖充满特殊的感情。目睹水晶棺中主席安详的遗容，我情感难抑，泪如泉涌，心情久久不能平静。

走出毛主席纪念堂，我又来到人民英雄纪念碑前仔细观赏周总理亲笔题写的碑文和碑身四面的浮雕，深切缅怀革命前辈的辉煌业绩，更加感到今天美好幸福生活的来之不易。

首次游览北京能一下将天安门广场、天安门城楼、人民大会堂、毛主席纪念堂、人民英雄纪念碑等标志性场所游完的确不是一件容易事。这之后，我的不少朋友去北京游玩，很少能一下将这些地方转完，有的去北京两三次都未能如愿。其中个别场所不是维护修缮，便是有重大活动不予开放，搞得他们京城之行总感美中不足，只有徒留遗憾于日后。

匆忙用完午餐，我又先后来到中山公园、景山公园和北海公园走马观花式地游览，以了自己多年的心愿。离开北海公园已是下午五六点光景，为赶时间，顾不上吃饭，我又马不停蹄地去了趟王府井大街、宣武门大街和珠市口大街，直到夜色苍茫，街上行人稀少我才步履蹒跚地赶回招待所。走进招待所抬眼一看，已是晚上11点多钟，一进房子便遭到随行领导一阵劈头盖脸的训斥怒骂，我吓得一声不吭，只好悄悄地溜出房子洗漱。

事后，细算了一下，临离开北京前一天，我凌晨3点20左右钻出招待所，直至深夜11点许返回，在外游览逛逗了近二十个钟头，除去中间吃饭用去个把钟头，游览行走竟达十八九个钟头之多。按一小时十里路程计算，自己一天下来行程就近二百里，难怪那天回招待所时双腿重如灌铅，行走艰难。要知道，地质队员出身的我，平日行走百八十里路根本不在话下，由此可见临离北京这天，自己的行走的确严重超量了，否则是不会有那种沉重艰难的感觉的。

这就是我青春时代的首次北京之旅，至今想来仍觉不可思议。多亏那时年轻，要搁现在，一天百十里路跑下来都够呛。

年轻真好！

送 礼

　　我是个极不习惯求人办事、给人送礼的人，可人在江湖，许多事身不由己。

　　送礼绝不是一件简单容易的事，它需要勇气，需要智慧，更需要耐心和信心。客观地讲，送礼并非什么丢人现眼的事，相反它还是一个人不满自我，积极向上，有激情有活力的具体表现。

　　在送礼之风盛行的 20 世纪 90 年代，为了给亲朋好友办事，我的确没少给人送礼。现在一想起当初给人送礼频次之高，频率之繁，我都不由佩服和赞叹起当初的自己来。送礼求人，那该是多愁人的事呀！

　　20 世纪 90 年代，送礼虽司空见惯，但往往"礼轻情意重"，送一次礼也就一二百元，当时尚无大把送钱之先例。

　　我是个极好面子之人。记得我刚调回渭南时诸事不顺，一切尚未到位，送礼之事自然难免。那时最头疼的便是四时八节，既要考虑送礼之事，又要思虑送什么东西好，送多大合适，这些事一度让我伤神不少。

　　选好礼物后，便要瞅合适的机会送出去。那时送礼主要是到人家家里，时间常选在暮色苍茫时。当时电话甚少，即就人家有电话，也不好意思打，无奈，只得采用笨办法——瞎碰或蹲守，常常是高兴而去，失望而归，送个礼得跑好多次。起初送礼自己生人生面，没人认识，可上班一段时间后，认得不少人，这时最尴尬的就是送礼时遇见熟人。在外面遇见熟人还好，随处躲一躲，可在领导家里就难，只有尴尬的份儿。我感觉在领导家里送礼遇到熟人，其难堪情形和约会情人遇到熟人一样。

　　自己为人老实，又未见过什么世面，因而根本不会送礼，为此常常弄出不少笑话。

那时送礼简单实在，没有卡，也不送现（金），主要以物为主，且大多是烟酒副食。自己送礼时愚笨到竟不知要个纸箱和袋子，而是像乡下人出门做客那样，背个大布兜，装上礼品，到人家家里先是一顿客套寒暄，临走时才将东西一一掏出，好似展览一番，遇到生人，其复杂表情简直难以言状。说到这，真要感谢我那位领导夫人的淳朴善良。多年后的今天，每次遇到嫂子，我都对她充满深深的谢意！我不会忘记她当初对我不厌其烦的接待和对我托办之事的在心。在此，我要深情地道一声："我真诚的领导老兄和可亲可敬的嫂子，我谢谢你们了！"

仔细想想，自己当初送给人家的根本就算不上什么礼，充其量那不过是一份极普通的人情。

实难忘那段与领导初相识的情分。

人生
滋味
RENSHENG ZIWEI

羡慕住院

虽已人过半百，我的身体却一直较好，记忆中极少有生病住院的时候。

奇怪得很，无病无灾的我好几回竟羡慕生病住院的人，有时巴不得自己也生病住回院。

小时候，羡慕住院主要还是眼馋住院者床头柜上摆放的各种水果罐头、糕点和其他一些营养品。

我家弟兄姊妹五个，拖累较大，加之初到青海两三年里一直没有商品粮户口，因而我们这些"城里娃"平日是没有什么零食可吃的。那时候，即就五分钱一根的冰棍，平日里也是很难尝到的。

一次，爸爸让我陪他一起去医院探望他的一个老同事，我很不情愿地与之前往。到了病房，看见那位伯伯床头柜上摆放了不少吃货。见到我，老人赶忙打开一瓶水果罐头让我吃，说话间他见我一瓶罐头已下去多半，于是又打开了一瓶递给我，我高兴地接过第二瓶罐头。水果罐头实在太甜，第二瓶吃了一半我怎么也吃不下去了，不好意思剩下，只好艰难地吃着，约摸二十来分钟，才将第二瓶罐头吃完。见我将罐头吃完，父亲这才告辞回家。路上，父亲揶揄我道："让你陪我到医院你还不来，不来哪能吃上罐头？"接着他又说："平日里我不知你胃口到底有多大，这回总算见识了，连两瓶罐头都吃不了，不咋地嘛！"听着父亲的话，我一言不发，心里直犯嘀咕，自己今天到底怎么了，咋就连两瓶罐头都吃不了，这让弟兄姊妹知道后岂不笑话……

长大参加工作后一段时间里，我又羡慕起住院的人来。

两年前，我手指不慎被乡间野仙人掌刺扎了一下，当时并未在意，不想没几天伤口竟发炎化脓，手指肿得红萝卜般大小，且疼痛难忍，只好到医院做了创伤小手术。手术后几天需打针消炎，朋友妻在医院工作，为我联系了一间靠阳面的病房。每天正午扎上针半躺在病床欣赏着自己喜爱的电视剧，感到惬意无比，为此时常抱怨吊瓶太小，吊针时间太短，在病房还没待够针就完了。

此一时彼一时，我心里很明白，自己现在羡慕的并非是他人住院时遭受的痛苦和难受，而是病人住院时的那种平和安静的心境。

一次，我将自己这种奇怪的心理讲给一身体欠佳、时常住院的朋友听。朋友说我是"站着说话不腰疼"，又说我太矫情，是"抱着不哭的娃喊落怜（麻烦）"。听罢他的话，我半晌无语。

平日太过忙碌的我们，有时真需要忙中偷闲，"住院式"的休整调节一番，好让身心轻松舒缓一些。

那些年，劳务局那些事

整治非法职校

20世纪90年代末期，素有西北厨师培训城称谓的渭南民办职业培训学校发展达到了顶峰。城市规模不大的渭南城区已注册的各类职业培训学校多达四百余家，我所在的开发区虽是弹丸之地，亦有三十余家职校。就这，还不算当时遍布偏街僻巷的黑职校。那段日子，渭南一城两区每天都能接到十几起甚至几十起学生及家长投诉民办职校坑蒙拐骗的信件，几乎天天都能听闻职校间为争抢生源大打出手，上演"全武行"，致人伤亡的恶性事件。由此可见渭南民办职校的确已到了非整治不可的地步。

我就是在这种大背景下走马上任开发区劳动就业服务局局长的。

上任不几天，我便按照上级的要求，着手整治区内民办职业培训学校。

一天，我们来到××村街道旁一家挂有"渭南开发区劳务局××职业培训学校"招牌的民办机构进行检查。此前"校长"闻知我们整治检查的风声，已早早离校躲了起来，"学校"只剩下房东兼"副校长"李××。为应对我局检查，他们显然也精心准备了一番。打听到我是个儒雅之士，于是他们决定先来点儿横的好给我个下马威。

我们检查进门时，只见"副校长"老李独自一人坐在门口一方凳上，手抠着脚丫子，乜斜着眼睛，冷冷地问我们："哎，找谁？"不待我们说明来意，他便不耐烦地挥手撵人："'校长'不在，你们改日再来。"他这种不配合的蛮横态度一下子把大家唬住了。看到这里，我静了静神，目光直逼"副校长"足有十几秒钟，看得出"副校长"开始有些慌神。他故作镇静地狠声对我们说："我是个大老粗，我不懂你们那些什么规定和要求。"我郑重其事地对其说："老李，我不管你是粗人还是细人，你既然干了'细活'，就得按细的来。"我进而

五味人生

责问道:"你们知道开发区劳务局在哪儿,门又朝哪边开? 为什么竟敢冒用我局名义办学,你知道这种违法行为的严重性吗?"听罢我的话,他一时语塞,可冷不丁又冒出句话:"我是××村人,在这儿我谁都不怕!"听到这话,我感到他明显是在威胁我们,于是我表情严肃地回敬道:"老李,你是××村人,我们也不是天外来客,只要不违法,我姓赵的不怕任何人!"言毕,我特意瞥了他一眼,发现"副校长"蛮横之气明显舒缓。僵持了足有两三分钟,只听他说:"你们也不要为难我,我又不拿事,我可以把你们的话传给校长。"见他态度一下软了下来,我这才认真地对其介绍了这次整治的具体要求,并限定其校长三天之内来我局办理相关办学手续。

第二天,他们校长便来局里见我。我对其批评教育后帮其补办完善了有关手续,他拿着手续满意地离去。望着他离去的身影,我紧皱的眉头终于舒展开来。

职校招生经历

在民办学校,招生始终是学校的生命线。因而,民办学校校长的主要任务便是招生。

七八年前,我曾有一次与职校校长招生的经历,深感民办职校办学招生的艰难和不易。

一天,我打算去外县办事,尚无车辆的×职校校长希望能顺道捎上他,我们便一同前往。

办完公事后,校长让我们送他去附近的一个村子招生。不一会儿,车子便到了那个村子,经过一番打听,终于找到了一个学生家里。学生家刚盖了房子,一切还很零乱,看得出,这个学生家境一般,父母都是本分人。一进家门,校长便一阵招生宣传,他滔滔不绝、朗朗上口、颇具煽动的演说听得家长学生一家三口目不转睛,不时地点头。这时,校长拿出一叠学员安置照片给他们看,并大谈其中不少学生分配出去后通过自己的努力,在大城市落了脚,买了房,娶了妻,还购了车。这一家人显然被他一番招生广告所打动,校长趁势又拿出招生协议让其阅读和签名,并催促家长准备好学费和行李让学生立马上车。听到这儿,学生家长面有难色。一番思考后,他们对校长说:"还是过两天再让孩子去吧!"我们一下明白过来,他们肯定是为学费犯难。校长继续说道:"学费总共不到两千块钱,你们现在有多少钱? 一千五百元有没有? 一千元呢? 八百元……"学生家长听后一直摇头。"五百元有没有?"学生家长听后仍摇头。"那你们到底有多少钱?"学生家长嗫嚅道:"家中只剩下一百元钱了。"校长听后半天无语,随即大手一挥,"不说了,拿行李,上车。"

这就样,一个学生终于搞定。"揣着一百元钱上职校,这行吗?"事后,我不止一次地问这位校长,并替他担忧。他说:"这是没办法的事,我们这样的学校,不降低各种标准,哪能招得到学生!"我听后沉默良久。

果然如我所料,这位校长办学历程的确艰难,苦心经营几年下来所挣无几,学生欠费倒不少。八九年前学校停办,仔细盘点了一下学生的欠费条,竟有七八万元之多。现在,学校已停办近十年,可至今七八万欠费仍是七八万元欠款,一分钱都没收回。每次提起这事,校长总是苦笑道:"干事哪有不付出的,这很正常,但愿这些学生都能凭借在我们学校学得的技术挣得大钱,活得出息。至于那些欠款,对我来说,真的无所谓!"

听了校长朴实无华的话语,我不由对他肃然起敬。

那些欠费生,真应当感谢他们豁达宽容、充满仁爱之心的校长,他可谓他们生命中的贵人。

与不法商户较劲

我初到单位时,单位曾有几间门面房,因临街而成为香饽饽,不少人都想得到这几间房,商户王×三个月前便通过关系租下了这些房。王×是开发区本地人,为人精明狡诈,黑红两道皆通。他之所以看上这几间房,一是觉得单位房用起来麻缠少,二来听闻此房很快将拆除,到时还可以趁机得些补偿。

我到任后,王×并未将我瞧到眼里,他对我不理不睬,旁若无人。国资局通知我局尽快腾房,以便安排整体拆迁。我一好友与王×较熟,得知这一消息后急忙将此消息告知了王×,王×听后不理不睬。不几天,我让单位两同志上门正式通知其尽快搬迁,他声言见我再说。不见他来,我便主动去其商铺告知腾房事宜,还没等我把话说完,他便高声打断我的话,并嚷嚷着坚决不搬,并让我赔偿他的经济损失。之后我们又多次催促他,可他仍摆出一副死猪不怕开水烫的样子。无奈,国资局领导只好约我们去她办公室协调解决,可王×总以事情忙为由推三拖四。经我们再三督促,他终于勉强同意过去说事。在国资局,一开口他便对我们大加指责,矢口否认我们通知他搬房一事,并说他根本就不知道搬房一事。我听后肺都能气炸,心想这人咋能这样昧良心胡说。我质问他道："我的好友×××给你透露拆迁之事，算不算通知你？"他说："你好友给我说房子拆迁之事，是我们熟人之间谝闲传，这咋能算是通知？再说，他是你们单位的人吗？"我接着又问："那么，我们同志专门告知你算不算正式通知？"他进而狡辩道："你们同志通知我了吗？东西呢？"听罢此言我一下无语，别说是同志，就是我，通知他时也没想到留下任何东西。见我一时语塞，他一下张狂起来："没有管委会的公文，你们谁说也没用。今天你们不要说其他事，先说咋给我赔偿，我的租房损失咋赔，我的经营损失咋赔？"见他这般无理，国资局长生气地厉声呵斥道："老王，你还打算咋让我们赔偿你？我们干脆把这几间房给你得了！你还要得大，跟我们要管委会公文，你租房的时候咋没找管委会？"经国资局长这么一反驳，王×一下收敛了许多，但他仍口中念念有词地说："反正劳务局得赔我损失，少一分钱都不行。"又经过个把钟头的艰难磨蹭，我们终于做出重大让步，这才与之达成以下赔偿协议：一，老王所缴的半年房费全部退还；二，现有门面房三个多月的租费全免。就这，他还一脸的不高兴，不知趣地说："今天若不是看在国资局领导面上，你劳务局再赔我五千元看我乐意不乐意！"听罢此言，我鼻子差点儿气歪。

　　走出国资局大门，他立马像换了个人似的，一个劲地邀请我们中午一起吃个饭，见我们再三拒绝，他这才说出了自己的真心话："真为难二位局长了，我知道这事不占理，可谁让你们是公家单位哩！公家家大业大，吃点儿亏无所谓，我个人是绝对不能吃亏的。再说，你们也不忍心让我个人吃亏，对吧！不过，通过这事我真的还是挺佩服你们的，你们二位局长有德有才有能力，的确不简单！"

　　听了他的一番夸赞，我俩面面相觑，只有苦笑了之。

说普通话

我们那一带农村相对偏僻闭塞，外来人口较少，文明程度不高，至今父老乡亲语言仍以关中话为主，除却个别学生，几乎无人会说普通话。

我小时候就更不用说了，印象中，我在农村读书的六七年里，没有一个老师能讲普通话，我能说标准的普通话主要得益于当时遍布乡村的广播。

那时候，信息网络很不发达，除了极少数家庭有收音机，绝大多数人了解外面世界和国家大事的唯一途径便是村村皆有的高音喇叭。

小时候我的语言模仿能力较强。高音喇叭使我有了随时随地模仿学习的条件，每天早晚两次的中央人民广播电台的新闻和报纸摘要节目是我模仿学习的绝好机会。这个时候，也是我最兴奋最高兴的时刻，我总是认真地听仔细地学。这段时间，我的普通话水平提高得最快。至今我仍难忘记四十多年前自己在弯弯曲曲的乡间小路上对着喇叭鹦鹉学舌的情景。尽管如此，我仍不敢在公开场合学说普通话，一来怕同学们嘲笑，二来怕村民指责我"挑文"（唱洋腔）。

1978年秋天，公社中学举办普通话大赛，我扎实准备，积极参赛，在数千名学生中脱颖而出，终获比赛一等奖。从此，我学普通话的热情更加高涨。

这不久，我便随父转学青海格尔木。格尔木地处柴达木盆地腹地，属青海第二大城市。这个城市的居民主要由天南地北的建设者和驻军两部分组成，可谓真正的移民城市。格尔木的普通话普及率排在全国前列，在这里，我有了讲普通话的良好环境，因而普通话水平提高得更快。加之我应变自如的语言表达能力，在大小汉语类比赛中总能获奖。我出色的朗诵才能更让同学们称赞不已，他们将我誉为"校园男播音"。

有意思的是，普通话的普及使得在我们单位工作的青海本土员工因怕人瞧不起竟不敢说当地话,只有当他们乡党相遇时,才敢无所顾忌地说青海话。当然,这些青海员工的普通话也练得很不错。由此可见环境对人对事影响之大。

回到渭南后,讲普通话的环境一下子缩小,人与人见面全是关中话,即使有人会说普通话也不便自我表现。因而我当时特别羡慕渭河化肥厂和电信部门的员工,他们一口标准流利的普通话让人刮目相看,更让人对之从事的工作充满敬畏之情。

在这种环境影响下,我的普通话功能大为退化,以致现如今说起普通话来磕磕巴巴,绊绊搭搭,听后连自己也感到好笑。不少人称我说的普通话为"醋溜"普通话,这让昔日以说普通话见长的我好一阵难堪。

如此这般,环境使然,这是很无奈的事,一想起这些,我心中不由泛起丝丝悲哀。

说普通话,让我感到骄傲,感到自豪。

我喜爱普通话,更愿国家公务人员都能说一口标准流利的普通话。

慢生活 人生更滋润

真正了解和接触慢生活,才是五六年前的事。

我是个苦出身,除了身体好以外,其他方面可圈可点之处的确不多。四十五岁前,身体一直倍儿棒,即使工作再忙,生活再累也极少感到身心疲惫和体力不支。

近一两年,一天忙碌下来方感身体稍有困乏,这才开始认可和喜欢起慢生活来。

生于20世纪60年代初期的我,打出生接受的便是正统教育,什么"生命不息,战斗不止",什么"一不怕苦,二不怕死",什么"能(肩)挑百斤,绝不挑九十九(斤)",什么"一万年太久,只争朝夕"等等。这些豪言壮语,加之对雷锋等一大批先进榜样人物的渲染,使得包括我在内的不少人忘记了自己只是浩瀚宇宙中的一个凡体肉胎,误以为自身是一台高速旋转、永不停歇的"永动机",根本不懂得惜爱身体。每天除了努力便是奋斗,不是拼搏便是玩命,经年累月超负荷的运转严重透支了生命,导致不少人或英年早逝,或病魔缠身,以致慨叹人生"除了苦还是苦,生活毫无意义"。

很长一段时间,我都视轻松清闲舒适为贬义词,整天是干不完的工作,忙不完的事,一度曾认为节假日都是多余的。

农业学大寨末期,我曾在街镇三姑家借住,那时高音喇叭上整日喊叫的口号都是"大干社会主义,大批资本主义"。一日,听着喇叭上播送这些口号,累得直不起腰的三姑苦笑着对我说:"娃呀!啥时喇叭上能喊大吃社会主义,大歇社会主义就好了。"听得我一阵心酸。三姑一生辛劳,她老人家至死都没能享受到她的这一"人生美想"。

三夏大忙中的一天,我们一帮人上西塬摘杏子,途中遇见好友八十多岁的舅舅正弯腰弓背地在场里碾打麦子,见到我们,老人感叹道:"这些农活简直能把人累死!"听罢,我们一车人半晌无语,但老人的话却如同锥子般扎在我的心里。日后每遇烦恼和忧愁,就想起老人耄耋之年三夏大忙仍在场里艰难忙碌之情形。

最难忘的慢生活还是20世纪80年代中期至90年代初期那七八年光阴。

那时候,我在地质队工作,是个快乐的单身汉,可谓一人吃饱全家不饿,整天没有任何忧愁,真正是心轻如云,快乐无比。

地质队一年只忙夏秋两季,标准的干半年,歇半年。每年初入冬,队上就早早放假,我便回到老家与亲人团聚。回家探亲期间我主要在三姑和姨妈家轮流居住,由于当时人生半径较小,因而生活内容单一,其主要内容便是在很小的范围内走亲串朋,常常一待便是大半天,甚或一两天,短暂的寒暄之余,无所事事的我便穿过村巷去田间地头踱步闲转,等待着吃饭。不安分的我有时待得都有些厌烦,但也感到了某种满足——自己能有足够的时间仔细品味亲情和乡情。

20世纪90年代初期,我曾到陕北子长、佳县等小县出差。习惯早起的我七八点起来锻炼,县城大街小巷极少见行人,锻炼后找不见早点摊。问其故,答曰:"小城人八九点才起床,11点左右开始吃午饭,因而并无吃早点的习惯。"午饭后,人们才开始出外活动,县城单位上班亦如此,上午基本上寻不到人。其间街上极少见行色匆忙者,与神经高度紧张的大都市人形成极大的反差,足可见小城人生活节奏的缓慢和悠闲。这一现象着实让我惊奇了好一阵子,很明显,当时的我并不看好这一现今被美称为慢生活的生存方式。

此后,我由柴达木调回了老家,为干一番事业,自己工作上开始步入人生快车道,每天总有干不完的事,节假日也难得清闲,除了加班还是加班。快节奏的工作将我的空闲时间挤压得所剩无几,就这,还得照管孩子和家庭。

这之后,走亲串朋的时间变得极其有限,20世纪80年代末期那种悠悠闲闲走亲戚的情景变成美好的人生回忆。为节省时间,逢年过节走亲串朋就像官员赶场子一样,总是来去匆匆,风雨兼程,一天走七八家亲戚顾不上吃饭是常有的事。记得耗时最短的一次走亲戚是到舅舅家,从进门到出门不足三分钟，舅舅直叹我是实实在在地走形式。可的确没有办法——时间对我来说真的太紧张。

我常自嘲是"一介草根命，身比总理忙"。没办法，秉性使然。

日前，听到李春波《一封家书》所唱："干了一辈子革命工作，也该歇歇了！"感到非常亲切。迄今，自己也已辛苦忙碌了近四十年，真的也该好好歇歇了。

慢生活无疑是我"50"后人生的首选，慢生活使我的人生更滋润。

我喜爱神闲气定、悠然自得的慢生活。

赠　书

　　近年来，进入文圈后，自己的生活又多了一项新内容——赠书。

　　所谓赠书，就是将自己结集出版的作品送给亲朋好友及各级图书馆等机构阅读和收藏。

　　我是个性格内敛、不事张扬之人。

　　记得小学五年级时，语文课上老师布置一篇作文，要求写五百字左右，同学们听后一阵咂舌叫苦，不料我却随口说出："老师，五百字不多，我都能写八百多字哩！"此举立刻便招来同学们一阵嘲笑，搞得我很是难堪。尽管老师当堂批评了这些同学，但此后处事本来就低调的我更是谨小慎微，不敢有丝毫张扬。

　　正经接受他人赠书是十多年前的事。那时，市上业务部门一领导退居二线，他将平日写就的诗词结集成《六秩吟》出版。老领导亲自上门赠书，并题名留念，令我很是感动。老领导刚走，我便用两个多小时很投入地将此书读完。通过阅读，对老领导的作风、人品、学识、思想等方面有了更多和更深的了解。因了这本书，我和老领导经常走动交流，最后我俩竟成了文学上的知己和生活中的"忘年交"。

　　我的新书出版后，自己是既喜又忧，喜的是经过"十月怀胎"般的磨难，自己苦心孤诣多年写就的文章总算华丽面世，忧的是如何将这些书送到朋友手中。

　　经再三鼓足勇气，我先将书送予最亲近的朋友，以期他们的反响和回应。就这，自己仍觉不好意思，光拿几本书怎行？于是便买些礼品一同赠送。这让妻好一阵揶揄："人家是出书赚钱，你倒好，除不赚钱还贴钱，真是稀奇又少见，实乃一呆子！"见我面情稍有不悦，她很快话锋一转："只要夫君高兴,咋样我都支持!"听罢,我心颇感安慰。

我是一个极爱面子之人,因而赠书时既谨慎又小心。非熟知或志趣不相投者绝不赠送;人家不主动提出多要从不多给;受赠者不自己提出题名也绝不主动题写,生怕人误以为自己书多没处打发,更怕给人留下轻狂张扬之嫌。不少人都是从我之亲朋好友处得知我出了本书,且趣味性、可读性还不错,他们直怨我做人太低调,太保守,出书这么好的事为什么不宣扬?对此,我常常一笑了之,并赶忙拿出自己的作品恭敬相赠。

不少领导和朋友读了我的作品后,感到内容十分不错,认为全书充满青春励志和正能量,他们主动提出购买一些送给单位职工阅读,但被我婉言谢绝。我一再声明自己写作纯属自娱自乐,充实自我,借此结交好友,博采众长,绝无借此交易挣钱之意。自己深知文学是清贫行当,借此养家糊口,非把人饿死不可,更甭说什么赚钱发财了!

读了《我这三十年》《凡人妙语》《昆仑雪·渭水情》后,耄耋之年、深居简出的妻舅特意给我打来电话,情感难抑地约我与其长谈,想说说他的真实感受。幸福城老同志贾如勋读书后心潮难平,为我写下了长长的《读治安＜我这三十年＞感受》,让我和不少亲朋感动。更让人意想不到的是,一向待人处事严苛的父母也对我大加赞赏,认为他们的儿子文笔不错,作品所抒发的真情使他们眼眶发热,泪流不止。素琴、美宁、张萍、锐莉、小维、方洁等红颜知己读后从四面八方将自己的真情实感通过短信、微信发送于我,让我感动,更催我奋进……所有这些,尤疑将成为我继续创作的原动力。

赠书让我结识了不少文友,他们对我作品的喜爱更坚定了我从事文学创作的信心。他们对我文章的中肯批评和提出的意见、建议,像一面反光镜让我看到了自己在创作上的不足,更感到了友情的可贵和真诚。

我把接受我赠书的朋友称之为书友,他们既是我的知己,也是我文学创作方面的诤友。我近年来在文学方面能取得一些成绩,离不开他们的关心和支持,不少文章中亦有他们智慧的光芒。

因为此,我诚心地喜爱这些伴我在文学这条泥泞小路上艰难跋涉并为我加油鼓劲的朋友。

士为赏识者勇。我将为这些可亲可敬的书友辛勤创作,与他们一同迈向充满希望的明天!

由"慎独"所想到的

慎独是古人的一种修养方式,可谓人修身所达到的较高境界。《现代汉语词典》释义是指人独处时谨慎不苟。

人在制度森严、监管无处不在的机关单位工作中做到中规中矩、遵规守纪比较容易,但要在没有任何制度约束和监管之下做到不违背本心,不闪现私念,不违规越矩行事处世难乎其难。能做到这一点,在修行上可谓离圣人已不太远。

受数千年中华传统文化熏陶,不少圣贤先哲在思想道德修养上都达到了慎独这一境界。这方面,我们的老一辈无产阶级革命家更是典范,他们舍小家为大家,抛头颅洒热血,心中只有劳苦大众,没有自己,在道德修养上为大家竖起了一面面旗帜,他们的高风亮节为后世来者所景仰。

说到慎独,我不由忆起了"文革",在那段特殊岁月里,理论武装头脑之功效可谓发挥到了极致。尽管目前对其意识形态中的许多做法褒贬不一,但其中一些做法细想也不无益处。

在那个时候,主流思想和正统理论竟能将人的思想禁锢得密不透风,其效力胜似人间灵丹妙药,的确让人匪夷所思。

听不少老人讲,"文革"中,即就一个人独处,内心深处对伟大领袖连意淫一下的念头都不敢有,更甭说公开反对了。这是真的,我小时候,在家中就曾遇见一件与此相关的事。我四五岁时的一个冬日,晚上烧炕时,不知为什么事父亲对母亲大发雷霆,只见父亲一手指着火炕门洞,一手指着母亲,情绪激昂地训斥着,母亲吓得涨红着脸躲向一旁默不做声……后来才得知,是母亲烧炕引火时,不慎将一张印有伟大领袖和他的亲密战友头像的报纸点燃,这一举动吓坏了大学毕业初参加工作的父亲。一阵训斥后,父亲低声对母亲说："行了,这事再不敢让别人知道,你以后烧东西时可一定要注意哩!"小时候我年幼不记事,奇怪的是对这件事却记得特别清晰。

我的思想定型于"文革"时期和改革开放初期,正统思想和过分严厉的家教使得我体内多了不少圣贤的思想基因。在思想修养方面我可谓一个十足的夫子,生活中总是固守本心,秉性难移,甘于清贫,对于违纪违规的行为,连悄悄尝试一下的勇气都没有。记得七八年前,在西府某地参加省上举办的劳动保障监察业务培训学习,我当时身上有一工商银行的"加油卡",它既可在加油站刷卡加油,又可在柜员机上取现。巧的是,我所住的房间附近恰有一柜员机,不时的有人从柜员机上取钱。待没人时,我也想在柜员机上试一下,看看能不能取出钱,几经鼓劲,我手捏油卡,在柜员机前转了好几圈,就是没有勇气将卡插进去。后来索性不取款了,干脆查看一下油卡余额也行,就这,仍未能下定决心。一番慌乱紧张之后,只好作罢。那种窘迫难堪相,简直与行窃者无异,至今想起仍感脸红。

人生五十载,一晃瞬间过。回首半世人生,其艰难情形使自己不忍回望,一阵盘点后发现,自己今生颇感欣慰之事至少有二:

一是自己虽非圣贤,但在慎独修行方面已望及圣贤项背,大言可以与其为伍,伴其同行。

二是自己在写作方面已进入一个新境界,写作已由苦变乐,成为自己之人生最爱。现在,一有闲暇时间,自己不写点儿什么东西,就感觉浑身不自在。

人能活到这一境界,亦很不容易。为此,自己深感高兴和安慰。

一件糗事

2013 年初冬，我因出版纪念文集《我这三十年》受到渭南市作协领导的关注，他积极推荐我加入陕西省作家协会。由于缺乏自信，此事曾一度搁浅，经领导反复催促，我这才鼓足勇气争取此事。领导将此事托付给省作协一美女主任，让我与之联系，我按其要求认真准备一番，此事万事俱备，只待上会研究。好长一段时间未见结果，多愁善感的我不免忧愁起来。

2014 年三八节这天，我早早拟好了祝福短信，并将之一一发给多位女性同胞，很自然，我给省作协美女主任也发去了祝福。不一会儿，她便回短信向我表示谢意，并告知我入会之事已研究通过。闻知此事，我很是兴奋，我立马便将这一喜讯短信告知我的文学知己，短信中不乏轻狂自大之言，称自己现在已成为省级作家。短信拟好后，我未加思索便将其发送出去。还没待高兴过来，我便大感不妙！果不其然，由于自己当时心情太过激动，短信编好后，竟未转发，误将短信发给了省作协美女主任。我一下懊悔不已，高亢的情绪顿时回落到了冰点，一下觉得很没面子；可此事已覆水难收，只有丢人的份儿。我是个极爱脸面之人，此时此刻，羞愧得如同当街让人扒光了衣服，心里那个尴尬难受劲儿真是没法言说。犹豫再三，我还是给美女主任回了短信，一再说明事情原委，恳求她千万勿见笑，一定多谅解。很快美女主任便回了短信，称自己并不在意。即就如此，我仍为此感到忐忑不安，一段时间里只要一想到此事，我的表情就很不自然，觉得自己当时也太不谦虚，太没城府，以致让人见笑。

此事虽已过去两三年，可我仍难忘这件人生糗事。它就像一盆凉水，让我狂热的头脑清醒了许多。

我在想，人凡事还得沉住气，这样才不致弄笑话。

假如悲剧发生

事情虽已过去一年，可至今想起仍心有余悸。

一年前阳春三月的一天，小弟因家事设宴感谢我们一帮兄弟朋友。正月未完，年气尚浓，大家一起相聚，心情甚欢。坐在我旁边的是我的表哥和一要好朋友。

那天宴席场面很是热烈，大家喝了不少白酒。我的这位好友也喝了不少酒。朋友是个性情中人，酒量一般，但禁不住酒场上人劝，饮酒明显超量不少，看得出，他已有醉意。恰在这时，坐在一旁的表哥又和其较劲，一定要让其再喝几杯。经表哥一番鼓动和激将，朋友又多喝了几杯，交谈中已能感到朋友舌根发硬，吐词不清。散场后，大家各自回家，我和妻及朋友家人则陪送其回家，刚将其扶至停车场，朋友便醉如烂泥般躺倒在地，接着便是一番号叫和呕吐。朋友一百六七十斤的体重，使得我们苦不堪言，无奈，我们只好叫来他的儿子和侄子。经过一阵艰难折腾，我们大小五人总算将其送到家中。原想着他呕吐一番，好好歇歇就会很快清醒过来，不料其回家后情况更加不妙，先是杀猪般号叫，折腾，进而是四肢无力，口吐白沫，白眼直翻。见情况紧急，其妻提议赶忙送往医院。此时已是凌晨，到医院后，朋友又是一阵呼天抢地般的闹腾。三个小时后，体貌特征方显正常，我俩这才离医院回家。

后半晚上，我俩虽人在家中，可心却一直留在医院。7点刚过，妻便拨通了朋友的电话，当电话中传来朋友熟悉的声音时，妻竟情感难抑地失声痛哭："你可把我们吓死了！"我们这才真正放下心来。

细想此事，我不由一阵后怕。

假如悲剧发生，后果将很严重。我们一桌十余人将深陷不仁不义之中，并将承担相应的法律责任,分担高昂的赔偿费。另外,我们每个人还将为此背上沉重的精神负担,遭受道德舆论的谴责。

假如悲剧发生,我将比窦娥还冤。

我生性与酒无缘,人生五十余载一直滴酒未沾,因聚餐酗酒出丑,并弄出人命案,丑闻定会不胫而走,网络定会大肆炒作,组织亦会介入调查处理……届时,我等斯文体面之人必将颜面扫地,遭人指责,最难堪的是,我们将无法面对朋友一家大小。

由此足可见强行劝酒后果之可怕!

饮酒须节制,喝酒当文明。

人生滋味
RENSHENG ZIWEI

地质情结

DIZHIQINGJIE

地质队印象

　　"地质队"系指20世纪70年代驻地在格尔木金锋路（后称金三角）一带的青海省地质一队，后迁址昆仑大街二号，整合后更名为青海省柴达木综合地质大队。

　　20世纪70年代末至90年代初，我曾在那儿生活工作了十四个年头。三十多年后的今天，每每忆起它，我的内心便久久不能平静，一种久违的亲切感、幸福感和温馨感随之袭上心头，自己艰难美妙的青春岁月中的点点滴滴便清晰地浮现在眼前，使人激动不已。

　　我是1979年2月底随父母举家迁至格尔木地质队，打那时起，地质队便与我的生命、生活紧密相连，成为我人生的第二个驿站。

　　地质队岁月实际上就是自己青春岁月的浓缩。我最美好的青春年华就是在那儿拼搏和奉献的。

　　1979年刚到地质队时，它尚处在格尔木县金锋路东段一片低洼的三角地带，后称之为金三角地带。

　　地质队当时属国家四大行业，享有不少特殊优惠政策，生活福利待遇极好，有自己的学校、医院等服务设施，俨然一个小社会，让外人好不羡慕。在当时，能成为一名地质队员并不比今天激烈竞争后成为一名国家公务员容易多少。

　　至今我都记得地质队大院当时并无楼房，办公室、家属院皆是清一色的青砖平房，虽简陋简单但很整洁温馨，因而始终让人怀恋。

　　地质队为正县级单位，属青海省地矿局管理，与格尔木市平行级别。起初连家属约有三四千人，后来与青海第一水文队合并，总人数接近万人，占据了格尔木河东很大一块地盘，使人不敢小瞧。

在我印象中,地质队有六"多"。

一是车辆多。当时光解放牌大卡车便有百十台,每当出队或市上有大的活动的时候,车队大卡车一字形排列,气势宏大,让人惊叹。市上不少单位用车经常到地质队来借。在当时的格尔木大街小巷,随处可见喷有"青海省地质一队"字样的车辆。有时和市上同学走在一起,我们时常骄傲地为其指点从我们身边飞驰而过的地质队车辆,惹得同学一阵心热眼馋,我们那种自豪劲儿简直难以形容。

二是科长多。地质队原有四五十名科长,与水文队合并后,科长数更是接近三位数。"地质队科长比马多"便是对这一现状的形象描述。一次,市上某局(科级)领导请我们队上领导吃饭,饭后其主要领导离去,留一股长陪同。可能股长见他们领导不在,也可能酒喝得有点儿高,总之这位股长当时难以自持,口出狂言,目中无人。见状,我们一科长厉声指责道:"你有啥牛皮的?我们地质队最小的官都是科长,你个股级在我们那儿根本就挂不上串。"一句话噎得放肆张狂的股长一下态度平和起来,待在一旁只有悄悄吃菜的份儿。

三是知识分子多。地质队是个知识分子扎堆的地方,且大多都是20世纪五六十年代的大中专毕业生,国内名牌大学毕业生随处可见,科研技术实力相当雄厚,除清华、北大、人大、浙大、武大、中国地质大学等名牌大学毕业生外,好奇的是我队还分有青岛海洋大学和北京航空航天大学的毕业生,大家称其为人才浪费和专业严重不对口。由此可见地质队知识分子之多。

记得20世纪80年代初兴起职工文化课补习热,市上不少单位就是从我队聘请工程师任教师为其职工补课的,培训效果也证实了地质队专业技术人员实力不凡。

四是地质队工资高。地质队属事业编制、企业化管理的单位,在工资福利方面,除享受国家对地方的政策外,还享受不少行业优惠政策,外界戏称我们为"两栖动物,水陆通吃"。不少人说:格尔木的物价多半是让地质队的人涨起来的。的确,其他单位工资与地质队工资就没有可比性,20世纪七八十年代,一名野外地质队员每月收入二三百元,而周围地方不少单位职工工资每月才五六十元,差距之大由此可见。那时候,地质队小伙找对象根本不用发愁,随便个人都能找个挺不错的对象,不少外面的姑娘就是冲着地质队优厚的福利待遇来的。

五是漂亮姑娘多。地质队职工真正是来自天南地北、五湖四海,特别是上海、江浙、四川、重庆一带居多。这些地方自古就是出美女的地方,因而他们的后代可谓俊男靓女,姑娘更是个个苗条白皙,高雅大气,俊俏漂亮。这些着装时尚的姑娘走在大街上,不时引来人们一双双惊奇的目光,亦成为当地一道靓丽的风景线。人们惊叹地质队的美女咋这么多。在当时,市上不少机关单位的干部,都以能在地质队找个媳妇而自豪骄傲。足可见,地质队姑娘在外影响之大,身价之高。

　　六是地质队年轻人多,平日联欢活动相对较多。每遇联谊活动,市内不少年轻人就会涌进地质队大院,与地质队的帅哥靓妹一起唱歌跳舞,欣赏美景。还别说,其中不少小青年在这儿还真找到了自己的"另一半"!

　　当时的地质队大院门口,时常聚集着地方单位一些时髦青年,他们有事没事总爱在门口逗留,张望。时间一长,大家才明白过来,原来他们是专门来地质队欣赏美女的,这更让我们一帮地质队的小伙子感到自豪。

　　此外,给我们留下深刻印象的便是地质队食堂的伙食,不但主副食花样多,价格还十分便宜。

　　三十多年前的格尔木,市场上肉多菜少,蔬菜品种单一,要办好食堂的确不容易。可地质队不同,常年有十几辆生活车专门在外采购生活物资,用以改善职工的生活。当时的采购地主要在甘肃的兰州、张掖、敦煌和西宁一带,因而食堂蔬菜品种丰富,食谱花样繁多,食堂不少师傅厨艺高超,烹饪技法一流,许多菜做得比大饭店还纯正地道,而价钱却一点儿也不贵。一份红烧肉当时仅收四毛钱,清炖湟鱼才两角五分钱。我们那时没有吃饭店的机会,只有隔段时间,央求父母去食堂打上两份菜,好打打牙祭,过过嘴瘾。对此,我们一帮孩子很是心满意足。

　　曾记得水文队旁边那片小树林,说是小树林,其实也不算小,它足有两三百亩地,那儿简直就是我们的青春乐园。春夏两季是小树林最欢乐的时节,我们带着学生去那里画画写生,踏青野炊;不少年轻人在那里谈情说爱,互诉衷肠;爱好文学写作的我则呼朋唤友,漫步林间小径,寻觅创作灵感,发现写作素材……那时的格尔木尚无城市公园,只要有空,我们便会跑到那片树林,或追逐戏耍,或席地而坐,或仰面朝天,横躺在花草丛中想心事。条件好的年轻人还会带着外观时尚的收录机,悠闲地欣赏流行歌曲,少男少女还会在美妙的音乐声中翩翩起舞。遇到不顺心事时,我也会一个人来到树林,静静地坐,慢慢地想,许多问题在静坐冥想中竟找到了答案,得到了启发。这时,我便会走出树林,轻松回家。

格尔木河东那片小树林,承载着我们年少时太多的欢乐和梦想。

这便是我当年生活工作过的地质队,它总是充满活力,充满希望,让人回味无穷,使人感念至今。

两碗臊子面

1983年初夏的一个下午，我随野外分队去距驻地六百余公里的大浪滩盐湖野外作业，我们称之为出野外。这天晚上，我们住宿在海西大柴旦镇一家旅馆。

在旅馆住定后，我和师傅便来到街头闲转。回旅馆途中，经过一面馆，师傅说："小赵，咱们进去吃碗面再回去吧！"我随口应答道："不用了，咱们不是带着干粮嘛，到招待所吃点儿就行了。"师傅知道我不愿意花钱，便说："没事，今晚师傅请你！"说罢，拉着我就走了进去。面馆不大，店里也没什么客人，生意显得有些冷清。见有顾客进来，店主很是高兴，不一会儿，便端上来两碗热腾腾、香喷喷的臊子面。我们俩一人一碗吃了起来。尽管我内心再三叮嘱自己吃慢些，再慢些，不要在师傅面前失态，可不知是饿得时间长了，还是面条太好吃了，不待师傅吃一半，我已碗底空空。

见状，师傅赶忙招呼店主再来一碗，我连忙起身拦挡，却被师傅拉住，他责备我道："你这孩子也真是的，出门在外不吃饱咋行！"无奈，我只好坐下等待，第二碗面上来，我没费什么气力便风卷残云，吃了个碗底朝天，瞅了眼师傅，发现他那碗面才刚刚吃完。生性爱面子的我赶忙上前付钱，被师傅一把拉住，只见他急速从身上掏出一张两元钱给了店主，并将找回的六毛五分钱装回衣袋，临走还不忘仔细地用手摸摸。乖乖，一碗面条就四毛五分钱！我一顿饭竟吃了九毛钱，这还了得！我心疼得全身微微发颤。

看到我这种惊奇神态，师傅嗔笑道："你这孩子，真没见过世面，一顿饭花了不到一块钱就把你心疼成这样，你以后准是过日子的好手。小赵，尽管你舍不得花钱，但师傅还是喜欢你，你是个好青年，我要让我儿子好好学你。"听了师傅的夸赞，我一下子不好意思起来。

回到旅馆,我身子好像烙饼似的不停地翻腾,久久不能入睡。只听师傅嘟囔道:"怎么了,还在心疼那两碗面钱?"

我不敢吱声,只好睁着眼睛装睡,不一会儿,师傅如雷的酣声便传入我的双耳,伴着他的酣声,我也迷迷瞪瞪地进入梦乡。

这是我人生第一次在外吃饭,虽普通简单,自己并未掏钱,但着实让我难忘。这件小事距今已过去三十余年,可我却一直记忆犹新,并时不时地将之从记忆库中翻出,晾晒,难以忘怀。

我曾将这个故事讲给我的儿子听,他边听边瞪着大眼睛,好似在听天方夜谭,怎么也理解不了我过去所经历的这一切。

我们那一代人,就是通过这些鲜活的生活事例,一步一步地了解社会,体会艰辛,读懂人生,并日益走向成熟的。

今昔对比,我的双眼溢满泪水……

生活,的确是一部教科书,只要用心阅读,便有惊喜和收获。

感谢生活!

地质情结

捡柴火

　　小时候,读文学作品常见到不少描写城市穷孩子为了谋生去铁道旁捡拾煤渣的情节。其实,我初到青海时,也有过与这些孩子大致相同的生活经历,不过我捡拾的不是煤渣,而是柴火。

　　20世纪70年代末,我们一家七口来到天远地远,位于青海西部的戈壁新城格尔木市。当时全家只有父亲一人是城镇户口,我们大小六人均为农业户口,当下,吃饭便成了紧要问题。为减少开支,家中坚持不买煤球,主要靠烧柴来解决做饭问题。我们客居城镇,无树无木,只有靠捡拾柴火解决燃料问题。

　　于是,课余节假日,我们弟兄便多了一项家务活——外出捡柴火。

　　捡柴火尽管辛苦可怜,但由于能摆脱家庭管束,在外自由自在,我们弟兄乐此不疲。

　　一到周六周日,我们便呼朋唤友,带上干粮(水是没有的,渴了就去喝些路边的自来水),背上背篓,一副"小四川"的模样,出门一路朝南走去。

　　我们捡拾柴火主要选择在部队和建筑工地,在铁道兵部队院内的时间更多一些,因为那里的柴火多,饮水也方便,有时还会捡到一些战士废弃的其他玩意儿,这让我们好一阵高兴。

　　捡柴火也有运气和偶然性。有时,一整天捡不到半篓柴火,弄得我们简直没法回家交差。有时却不费吹灰之力,一去便拾得满满一篓。即就如此,我们也绝不马上回去,而是疯玩大半天,直到夕阳西下,才起身回家。到家常常是暮色苍茫,满天星辰。

　　遇到雨天,我们可就遭殃了!好几次天气骤变,大雨倾盆,我们只有落汤鸡般地蜷缩在屋檐下,浑身冻得瑟瑟发抖,一待三四个钟头是常有的事。

饿了,我们便啃点儿干粮(那时是没有任何夹馍菜的);渴了,便去院内水龙头上喝些自来水。一个冬日的下午,我们来到部队厨房旁喝水,几个炊事班战士看到我们,便摆手招呼我们过去,随手给我们一人拿了几个刚出笼的热馒头,并给了一盒猪肉罐头,感动得我们一帮小子点头谢恩,然后一顿饱餐。

拾柴火和捡破烂的过程大致相同,主要是在角角落落不停地搜寻。有时我们还会搜到几听军用罐头,几张明星照明信片,几顶成色不错的黄军帽及军用挎包。最让我高兴的是,有几次我竟捡到几本不错的图书,什么《钢铁是怎样炼成的》《红岩》《高山下的花环》等等,乐得我忘乎所以,蹲在地上一看就是两三个钟头,直至腿脚发麻方才起身。现在想来,我的文学细胞大概就是从那时开始培育增多的。

20世纪80年代初期,我们一家大小终于"农转非",家庭经济状况开始有了好转,我们这才不再捡拾柴火。

不捡拾柴火的日子,虽然轻松省事,但我们兄弟几个仍惆怅了好一阵子,总觉得周日生活中缺少了点儿什么。

至今回想起来,我仍觉得小时候放学放假帮家里割猪草、拾柴火最有乐趣。

现在家庭物质丰富充裕的孩子,根本无法体会到我们割草、捡柴火时内心的美好和美妙。

对人来说,有时遭遇点儿苦难并不一定就是坏事情。

有因无果的恋情

十九岁那年，我刚参加工作。

与我一起报到的还有名女孩，她的名字叫小霞。

小霞与我是同班同学，她是一位美丽可爱、充满柔情的姑娘。

同学加同事的双重关系使我们的感情空间一下子拉近了很多。

工作三个月后，我对小霞渐渐有了好感，看得出，她对我亦有好感。

那段时间，她总是寻找各种理由接近我，对单位有关我的信息特别感兴趣，并时不时地将大家对我的看法、评价反馈给我。我也想方设法与她接触，并在工作上悄悄给她以可能的帮助。时间一长，我和小霞间的这种小秘密慢慢被人察觉，羞脸子的我一下变得不好意思起来。

其间，我俩之间还发生过一件十分有趣的事。

那时的我极好读书，可谓见书便买便读，读书开支占了我月总支出的三分之一之多。一个周末，我到街上书摊闲逛，发现新出的《中国妇女》杂志内容不错，于是打算买一本，为此我犹豫了半天：一个大男人，买这种杂志合适吗？见我再三拿起来又放下，摊主一下不耐烦起来，对我大声嚷嚷道："要买就买，不买就放下走人！"我只好放下书离去，走了没几步，我又折了回来，一把掏出五角钱交给卖书的老太太，不待找钱我便匆匆离开。

一天上班，小霞对我说："小赵，啥时去你宿舍找几本书看看！"听了她的话，我心里好一阵激动，下班回家第一件事便是大搞宿舍卫生，然后便是望穿秋水般地等待。那几天，我的心情如同虔诚的信徒来到神圣的麦加，心中满是兴奋和激动，一天，两天，三天过去了，还没见她的影子，我焦急，我等待。终于，一个周五晚，穿戴时尚的小霞来到了我的宿舍，我好像小学生见到校长般紧张地迎了上去，前言不搭后语问她吃了没有？手忙脚乱地将大半包麦乳精泡入水杯,麦乳精好一会儿才化开。看到我笨拙的动作,小霞微笑道:"别忙活啦,我又不是什么大领导!"小霞斜坐在我床前,与我拉东拉西,谈天说地,屋内溢满了她甜美的笑声。临走,她让我帮她找两本书,不经意间,她看到摆在枕边的《中国妇女》杂志,她揶揄我道:"你可真是博览全书,啥书都看!"我涨红着脸尴尬地解释着,见我如此窘迫,她赶快对我说:"没事,听说这杂志不错,让我也看看。"说完,她轻快地离开了我的宿舍。

队上通知我出野外那几天,小霞心绪不宁,整天像丢了魂似的,老远看见我便一阵惊喜,不管多忙,她总是放下手头活与我搭讪。临出野外前一天,我去单位与大家告别,她正和几个人忙活,见到我马上丢下手中活儿上前与我招呼,详细询问我外出准备得咋样,还需要什么不?见人多眼杂,我不好意思与她搭话,只能在与大家话别之际用余光悄悄地瞥她一眼,我发现她眼圈发红,眼中溢满泪水。

那时没有电话,囿于正统家教,加之丢行李事件的影响,我也没有主动给她写信。

后来听说,我出野外好一段时间,她一直打听我的情况,得知我刚出野外便丢了行李,她竟着急地掉了眼泪。

一次,她与几个年长的同事一起干活,同事谈论起我,一致夸我人好,人实在,是个好青年。她听后不以为然地说:"小赵人好是好,就是胆儿太小!"同事哄笑道:"小赵怎么胆小了,是不是不敢大胆向你求爱?"她满脸绯红,赶紧离开,边走边细声应答:"这是我的秘密,我不告诉你们……"

四五个月的光景对热恋中的少男少女来说,不亚于半个多世纪。

半年后,待我收队回来,听说小霞已另有所爱,为此,我心中好一阵惆怅。

就这样,我因胆小和迟疑,错失了人生第一场姻缘。

丢行李

这件事发生在距今三十二年前的 1983 年初夏。

3 月份,队上便将我编入野外四分队工作。5 月初,分队便让我做好出队准备。中间因故变动几次,直至 5 月 12 日才正式确定下出队日期:5 月 14 日中午。

14 号中午,分队同志将生活用品和个人行李分四个车装好,我的行李在最顶端放着。由于我当时对出野外根本没有概念,天真地以为顶多三两个钟头就到了,因而系行李的绳子并没绑结实。生活及行李车单独行驶,我们坐队上大轿子车随后出发。当晚,我们在大柴旦住宿。吃过早饭,车辆继续前行。

在车上,我第一次认识了分队指导员齐宝顺同志,他是北京人,待人直率,和蔼可亲。因常在报纸发表文章而让我这个文学爱好者很是崇拜,我两年前便知他的大名,只是一直没机会认识他。我暗想到野外后好好请教指导员,让他多在文学写作上帮帮自己,好使自己通过写作在地质队也有点儿小名气。我美滋滋地做着自己的文学梦。

中午时分,车过南八仙,队上其他分队告知大轿车司机,说前面行李车上掉了行李,让注意一下看能不能在路边发现。听到这一消息,我心里顿时咯噔一下,心想掉下的该不会是我的行李吧!心情顿时郁闷起来。

下午 4 点左右到达分队驻地,发现丢失的那件行李正是自己的,当场天旋地转,站立不稳,禁不住号啕大哭,惹得周围同志一阵好劝。这可是我有生以来第一次丢东西,而且一下子丢了这么多东西,自己今后工作生活用什么?我越想越伤心,好长一段时间心情都高兴不起来。

那时还没有随身带包的习惯,所有铺盖用品,包括来时带的一些书籍本子等东西全在行李包中，我两手空空。这下可好，真正成了一无所有。

野外工作点远离街镇，有钱也买不来任何东西。无奈，大家只好将所带多余的生活用品给我匀了一点儿，好使我能简单地生活，同时分队也给队后勤科捎了话，帮我重新申领了一些日常用品。

那一刻，我真真正正地感受到了分队这个大家庭的温暖，感受到了兄弟般纯真浓烈的同志情谊。

没过多久，分队车辆便捎来了队部重新补发给我的东西，我这才从丢东西的阴影中走了出来，开始了单调好奇的野外生活。

待收队回去，我又像来时一样，东西一堆，大小齐全。这回人少车空，行李放得实实在在，尽管如此，我仍将行李认真捆绑，细心摆放，丝毫不敢马虎。

第二天，我们便回到了盼望已久的格尔木，回到了我朝思暮想的地质队大院。

我又见到了父母，见到了我的同事朋友，为此，我兴奋不已，内心之美好妙不可言。

近乎与世隔绝的野外生活，让人对现实生活有了别样的感受和体验。对我而言，它的确是一笔不可多得的人生财富。

盐老鼠

"盐老鼠"是我们对生存活动在盐湖一带的老鼠的简称。

有人生活的地方便有老鼠,老鼠可谓人类永恒的敌人。

出野外那年,我们安营扎寨不久,晚上帐篷内便传来一阵窸窸窣窣的声音。起初我并没在意,可没过多久,问题出来了,我带的书本被老鼠咬破了,我们的铺盖也被老鼠咬破了,最可气的是,我们新蒸的馒头也让老鼠来了个先"尝"为快,搞得我们无法入口。这还了得!我一下愤怒起来,咬牙切齿地发誓必须收拾掉这些祸害。细细一想,咋收拾呢?我一下犯起难来。盐湖上除了我们分队的二十几个人,四周渺无人烟,更别说有猫了,我又去寻找耗子药,可费了不少神也没寻着。

一日闲聊,我将这一苦衷向测量组王工一阵倾诉,王工随口答道:"几只小盐鼠,有啥难为的!这事交给我。"第二天,王工将我叫到他帐篷,拿出一只精致的老鼠夹给我,让我回去支上等待老鼠上夹。回来后,我便选好地方,做好香饵,悄悄将鼠夹放在帐篷一角,静等夜间好戏。后半夜,忽听一阵"吱吱呀呀"的鼠叫声,且动静愈来愈大,我和师傅赶快起身,待我们摸索着点燃蜡烛细看,别说老鼠,连带鼠夹的踪影也不见了。我要出帐篷寻找,被师傅一把挡住,他说:"算了,明天再说吧!夜这么深,出去不安全。"我只好作罢。

不待天亮,我便轻轻下床,走出帐篷,仔细观察,只见帐篷边盐滩上有一串血迹,我在周围寻找了半天,既未找见盐老鼠,也未见到鼠夹,为此我奇怪了好一阵子。

我沮丧地将这一情况告诉王工,他笑道:"年轻人,盐湖上的老鼠可不同于一般的家鼠,它连鼠夹都能带走,可见它非同一般。不要紧,我早料到这一点了,这不,我这儿还有一只鼠夹,你拿去吧!不够了我再给咱做。"我拿着鼠夹回到帐篷,再次将之放置在帐篷角盐老鼠经常出没的地方,可不知怎的,打那以后,再未见盐老鼠进帐篷扰乱糟蹋了,我们终于又可以睡安稳觉了。

"西线无战事"。一段时间后,我欲将鼠夹还于王工,他微笑着对我说:"鼠夹你拿着,留个纪念吧!"

野外收队后,王工留给我的鼠夹还真派上用场了,短时间内便帮我逮住四五只老鼠,这之后,我的房子夜间一下子归于宁静,我再也不用为鼠患发愁了!

好怀念当年野外四分队的同志,好想念心灵手巧、待人和善的王工,更难忘野外那段美好时光!

写在信封背面的信

1983 年出野外那阵，我和一河南师傅共住一个帐篷。师傅目不识丁，但厨艺特好。

师傅看重文化人，见我与他居住一室，非常高兴。

一个月后，我俩渐渐熟悉起来，他开始托付我代劳一些小事。见我细心认真，完成得不错，他便将心中最重要、也是最私密的事——写家信郑重地托付给我，年轻的我诚惶诚恐，生怕误了师傅的家庭大事。

可能不方便之故，师傅先前并不多写家信，顶多大半年让人代写一两封信。自认识我后，他与家人联系方便了许多，写信频次明显增多，由原来的两三个月一封信变为了个把月一封，有时甚至个把月两三封信。

每到周日休息，分队每日三餐变两餐。师傅空闲时间相对充裕，他便会搬出小板凳，端坐帐篷外一阵沉思，不一会儿便开始向我口述家信，我则在一旁认真记录，其间也帮他纠正不少口误，并对其语言进行一番润色，修改过后我便念给他听，他认为满意后我便开始誊抄。每次誊抄完毕，装入信封前我总要问他可否再有话要说，待他确认确实无话再加我才将信装入信封并用糨糊封好。

那时自己年轻，头脑不善变，因而写信当中我俩还弄出不少笑话。

事情是这样的，有好几次我已将信封好待寄，师傅忽又想起点儿事，让我顺便写上。老实可笑的我竟没想到将信拆开续写进去或重写一封了事，而是将师傅后面想到的内容写在信封背面，以致让外人见笑。为此，师傅没少挨老伴训斥，老伴数落道："哪有这样写信的？我活了几十年，还真没见过你们这样写信的！代你写信的那个年轻人我虽没见过面，但一猜便知你俩是一对糊涂蛋……"师傅老伴的回信使我很没面子。为此事，师傅不停地安慰我,生怕我闹情绪不担此事。有几次,他还特意做了几个拿手菜招待我,以表他深深的歉意,搞得我不知如何是好。

此事至今想起仍觉可笑,它无疑成为我青春岁月中一件可笑而荒唐的事。

细细想来,所谓成熟,其实就是人经历许多天真幼稚之事后对生活感悟的结果。不经天真幼稚,人焉能成熟沉稳?

幸亏雷管未爆炸

————————————————●

这件惊险之事,虽已过去三十余年,可至今想起我仍心有余悸,后怕不已。

那是我十九岁那年发生的事。

1983 年 9 月上旬,我们野外分队就要收队了,各单位都在做着收队的各项准备工作,五个多月的野外"野人"生活使人急不可耐,归心似箭。

一天,分队决定引爆销毁一批未使用完的雷管。由于分队部没有小孩家属和闲杂人员,因而也没有对现场进行专控。

午饭后不久,一声声响亮的雷管爆炸声搅得我魂不守舍,几次想出去看看,都被躺在床上午休的师傅拦住。见师傅睡着,我便悄悄地溜出帐篷,飞快地朝雷管销毁处跑去。

销毁雷管地在距分队部不足两里地的沙坡底下,待我到场时,雷管已销毁一大半。只见几排雷管堆放在乱石旁边,销毁时由一人专门搬运传递给远处沙坡上的爆破手,由其负责引爆。

见现场有几个人坐在雷管旁边的石头上,我也往石头上一坐,可能觉得石头太硌屁股,于是试图将石头翻个个儿,费了好大劲儿终于将石头搬动,不料石头竟顺坡滚了下去,一下子重重地撞在远处的雷管上。这一过程被山地工老韩发现,他大惊失色,急忙大喊:"注意,雷管!"现场人员一下慌乱起来,站在一旁指挥销毁的分队指导员指挥大家紧急撤离。三十秒……一分钟……一分半钟……三分钟,仍未听见炸声,大家这才停住慌乱的脚步紧张地朝后张望。又过了两三分钟,确认雷管没有爆炸,几个胆大的队员这才慢慢地朝雷管靠近……十分庆幸,不知什么原因,雷管确实没有爆炸,大家悬着的心终于着地了,现场暂时恢复了平静。这时,只见指导员怒不可遏地朝我奔来,当场便给我重重一拳,并怒吼道:"你他妈的找死呀!"我吓得呆若木鸡,站在那儿如傻子一般。

事后,听山地班爆破组的同志讲,这批雷管威力极大,连内径三四毫米厚的岩心管都能炸裂,何况人呢!大家都说我福大命大造化大,说幸亏雷管未爆炸,如若雷管真炸开,你小子给分队就把乱子整大了。

我听后不由更加紧张。

鉴于我年轻,更考虑到我即将面临转正,加之马上收队,分队并没有处分我。据说,为此事,指导员还在分队领导会上做了检讨。

三十多年来,每每想起这件事,我心里就难以平顺,后怕、悔恨之情油然而生。

"雷管事件"虽有惊无险,无疑成为自己青春岁月中最惊险的事情,它让我难忘,更使我成熟。

我感念我的人生第一次,也是唯一的一次野外生活经历,它使我明白了不少,也懂得了不少,重要的是,它使我在为人处世方面沉稳成熟了许多。

地质情结

德令哈散记

德令哈，对生活在青海海西以外的大多数人来说，是一个十分陌生的地方。

大多数青年人听说德令哈这个地方，应当是从著名诗人海子20世纪80年代末所写的诗歌《姐姐，今夜我在德令哈》而得知的。

海子写这首诗时，我恰在德令哈生活。

德令哈，原属海西州乌兰县一普通小镇，因属海西州政府所在地而出名。

德令哈，它的蒙语原意是金色的世界或广阔的原野。

1986年9月至1988年6月，我曾在德令哈学习生活过近两年时间。

我在德令哈时，它还是一个小镇建制。1988年4月，经国务院批准，德令哈正式晋升为县级市，成为继西宁、格尔木后青海省的第三个城市。

德令哈市内有条美丽的巴音河，它由西北流向东南，将城区分为河东、河西两大区域。我学习生活的地方便在河东的巴音河畔。

自小到大，我是一个缺少踏实用功精神的人，平日学习完全靠博闻强记，因而教室并非我心中的乐土。

两年时间里，我在德令哈去得最多的地方要数巴音河畔、新华书店、群艺馆、川味小店和火车站了。

巴音河畔

在德令哈，我印象最深的景色就是美丽的巴音河畔。两年时间，我每晚都是伴着巴音河欢快的流水声进入梦乡的。

入校伊始，我便在校刊《巴音河》上发表了《美丽的巴音河日夜流过我心田》的抒情散文，引起老师和同学的瞩目。

每天,只要不外出,我便会与朋友结伴同行或独自一人漫步巴音河畔,时不时还会向清澈的河水中抛下片片细石,然后仔细地观赏水中荡起的层层涟漪……节假日时间充足或心遇不快时,我便会溯流而上,踏着河道两边凹凸不平的砂砾石走向远方,直至校园和城镇成为遥远的风景。

　　每次考试前,我会手捧书本来到巴音河畔,连玩带耍,念念有词地复习着,记忆着,虽不十分用心,但往往却有意外收获,考试成绩总在班级前列。

　　临离校时,一名在海西西部花土沟工作的女同学在我的留言本中题写道:总是低头,总在寻觅,巴音河见证你的足迹。相信你定会找到美好……

　　由此可见我的巴音河情结之深厚。

　　听说这几年当地政府斥巨资整修巴音河两岸,将之打造成美丽迷人的风景带。闻此,我心驰神往,想着什么时候再次漫步巴音河畔,再睹它美丽的容颜,再听它欢快动听的流水声。

新华书店

　　我最大的爱好是读书。和女士迷恋商场一样,每到一地,书店便成了我的最爱。

　　德令哈新华书店在我进修的学校北端,有事没事,我总爱去书店转转,每次都会买回不少书籍,引得室友一阵热议:这家伙脑子真有问题,平时吃饭都舍不得打份好菜,买书却不惜代价,真是少见! 临离德令哈时,我的行李除了铺盖,便是五六箱子书籍,再三精简仍不见少,可见自己对书之情之爱!

　　在德令哈购书多,主要还是购书方便,出门不远便是书店,再就是买书时售货员态度和蔼可亲,百拿不厌(那时尚无开放式柜台),让我心生感激,故而三天两头光顾。不像在格尔木时,新华书店的两个女售货员,人不但懒惰,而且态度非常恶劣,常常让人敬而远之,哪还有读书买书的雅兴。

　　由于书店售货员态度极好,因而买书成为我生活中的一件乐事。有时一天我能跑两三次书店,"心用过,蒸酸馍",不经意间,我竟买回好几本内容和版式相同的书籍,因不好意思退还,只有慷慨赠予同学,此举让同学一阵好评。

　　德令哈新华书店年轻漂亮的女售货员爱岗敬业之美好形象,自此嵌入我的脑海中,使我几十年来仍未忘怀。

　　美好的人和事总是让人长久感念。的确!

群艺馆

群艺馆是群众艺术馆的简称。在德令哈,我有事没事总爱去群艺馆泡泡,看看书,写写东西,想想心事,感觉真是好极了。此间我写就的不少文章,都是在这个美妙之地完成的。

这里还是我爱情提炼升华的地方。

进校前后,我开始了我人生的初恋。爱人不在身边,只能三寸素笺表忠心。这期间,我为爱人写成三十多封情书家信,《我这三十年》一书"亲情篇"中的不少篇目都是这一时期写就的。

一提起德令哈,便想起我俩苦涩艰难的恋爱时期和天各一方两茫茫的新婚,一想起这些便自然而然地忆起我心中的乐园——海西州群众艺术馆。

至今,我仍怀恋二十七八年前海西群艺馆那整洁静谧的阅读环境和创作环境。

颇为遗憾的是,那时心浮气躁的我并没有利用这一绝好的环境潜心创作,不然自己的文学成绩和地位远不止今天这般仍是个文学爱好者了!

人生等不得,一等成永远。此话可谓千真万确!

川味小店

在德令哈那会儿,我二十出头,正是能吃能喝的年龄。可每月工资才一百零四元,还要与妻子及至亲分享,这么点儿工资,常常是捉襟见肘,入不敷出。因为此,街头川味小店便成了我常去之地。小店有馄饨、面条、米饭和炒菜,店主是一对四川小夫妻。记得一次同学聚餐,要了盘凉拌莲菜,端上来的莲菜因误调酱油颜色变为黑色。见此,同学一阵七嘴八舌,说得小两口一下子不好意思。因我略懂烹饪,大家推出我为之"上课",我便为小两口细细讲解了制作凉拌菜需要注意的几个问题,并着重指出一些凉拌菜忌放酱油,即就放,也不宜直接浇在蔬菜表面(那时市场尚无无色酱油),说得小两口点头称赞,并尊称我为师傅,搞得我连连摆手谦虚地回说"只懂皮毛,师傅真的不敢当"。

这之后,我们每次进店用餐,小两口都十分热情,也格外照顾。到川味小店吃饭,真正给人一种美的享受。

想想那时的饭菜也的确实惠,价格低廉不说,分量总是十足,就连我这种大饭量的人,一顿下来,也就块把钱而已。

德令哈火车站

汽笛一声肠已断,从此天涯孤旅。

车站是一个人思乡怀亲、倾诉情感的最佳场合,记忆中我们就是从这里送别亲友,开始饱尝思念思亲之苦的。

我所在的学校距火车站有四五里路程。平日有事没事我们总会不约而同地走到火车站,在那儿闲坐静躺,听东来西往的火车长鸣,看行色匆匆的人群分散聚合,直至候车室空荡无人,才慢慢起身,很不情愿地踱步回校。好几次回到学校已是夜里十一二点,惹得门卫一阵抱怨。

从我们教室后窗往外望,便能看到不远处青藏线上东来西去的旅客列车。每遇火车嘶鸣,大家便会放下手头功课,深情地凭窗南望,慰藉乡思,直至火车消失得无影无踪。

最难忘1987年6月下旬在西安火车站与爱妻揪心别离之经历。

这年6月中旬,满怀心思、郁郁寡欢的我来到了西安,与新婚后的爱妻首次团圆。其间,我俩度过了婚后最愉快的十天。

那些日子,携妻登雁塔,观碑林,逛动物园,游唐城大厦,心中煞是快乐!

欢乐的时日总是短暂,又到了欲离难舍的日子。

6月26日,西安大雨如注,断断续续直到27日午后,但老天仍旧阴沉着脸,恰似我俩别离的心情。到车站便买上了当天西去的车票,中午1点离开雁塔后村。2点40分,汽笛长鸣,列车徐徐驶出西安站。隔窗望妻,早已泪流满面……

无情的列车碾碎了两颗思念的心。

她在车上,可她的心却片刻不离地陪伴着我。

……

现在,我真忆念在德令哈进修学习时的那种生活。虽简单清贫,但的确轻松自如,不像现在的我们,物质条件虽好,但却总是快活不起来。

难忘德令哈,难忘我人生那段快乐的时光!

今生最尴尬的事

事情发生在格尔木，那时我刚参加工作不久。

一日下午，闲着没事去乡党家串门，巧遇乡党不在家，小侄儿方辉见到我非常高兴，未待坐定，他便飞快地拿起桌上一个又红又大的苹果递给我，并不停地招呼我快吃。见我将苹果放在一旁，迟迟未动，他又拿起苹果递到我嘴边让我先咬一口，没办法，我只好咬了一小口。见我咬了一口，小侄儿高兴地手舞足蹈，他边陪我说话边看着我吃苹果。我一张大嘴，三下五除二便将一个大苹果咽进肚里，侄儿扯来卫生纸让我擦嘴，我悠悠闲闲地喝着茶水等待主人回来。

不一会儿，便听见院内小侄女银铃般的笑声，只见她一路小跑进了屋子，顾不上搭理我，她一双眼睛瞅着桌子上的盘子，大声朝她哥嚷嚷着："苹果、苹果，哥，妈给我的苹果呢?"只见小侄儿低头不语，好像做错了什么事似的。紧随其后的嫂子见状，盯着小侄儿厉声问道："方辉，我给敏敏留的苹果呢? 说，是不是你偷吃了?"说罢一把抓住小侄儿，抬手就打，只见小侄儿恐惧地辩解和哀求道："妈，苹果我真的没吃，是我让叔叔吃了!"只听啪的一声，嫂子一记响亮的耳光重重地落在小侄儿白白嫩嫩的小脸上，顿时他脸上显现出几道手印。"自己做错了事还敢赖大人，看我不打死你!"只见嫂子怒目圆睁，咬牙切齿，顺手抄起靠在门口的一截木棍……见此情景，我一时吓蒙了，生怕嫂子愤怒之下做出什么过激的事，赶忙大声喊道："嫂子，你再不要打孩子了，苹果真是我吃的!"听了我的话，嫂子似信非信，无奈之下，只好放下手头的棍子，生气地走出房门。

我这才明白过来，原来家里只有一个苹果，自然要留给小侄女吃。侄儿想吃又不敢吃，正好碰到我，于是便发生了眼下这一尴尬场景。

屋子里只剩下我们三人，小侄儿在墙角低声抽泣着，小侄女在一旁伤心地哭闹着要她的苹果。我则满脸通红，如坐针毡似的坐在凳子上。

此情此景，令人难堪不已，我恨不能有个地缝自己好钻进去。

见侄子侄女哭个不停，劝慰了好一会儿仍无济于事，我只好木然地离开乡党家。

走出乡党家院子好一段距离，我还能听见小侄女时断时续的哭闹声。

这件尴尬事，让我心情郁闷了好一阵子，我在心中不停地诅咒自己近乎傻帽的实诚和老实，深感对不起活泼可爱、天真无邪的侄儿。

几十年过去了，可我一直难忘我人生这件最尴尬的事。

父 亲

这段时间父亲回乡探亲，看到他步履蹒跚、艰难前行的样子，我不由鼻头发酸，直叹岁月无情，人生短促，更叹老年之艰难不易。

父亲年纪不是很大，今年七十六岁。

他一米八五的个头，高大魁梧，孔武有力，一副典型的关中大汉模样。这便是父亲的主要身体特征。

他学地质出身，学生时代便投入西部建设，在青海一待便是五十余载，可谓身在高原，踏遍昆仑。

凝望父亲，我不由忆起他年轻时身强力壮的点点滴滴。

20世纪60年代初期，父亲大学毕业后被分配至位于祁连山深处的青海地质二队。听他讲在西宁地质局领上第一份工资，年轻的他兴奋不已，赶忙通过邮局给我爷爷汇去了三十元钱，以回报爷爷奶奶的养育之恩。

从西宁到祁连县近三百公里，途中要翻越大坂山等险峰。那时候交通不便，路况简易，由西宁到祁连县要走七八个小时，若遇冬雪天，常常交通中断，只能等到雪融路干方可通行。针对这一情况，局里对野外地质队职工格外照顾，规定只要探家回到西宁地矿局便算归队报到。

那时，地质队假期较短，从祁连山深处回家一趟可真不容易，可谓山高路远。一个假期还没正经过，便假满待归。

记得一年冬天，已是年根岁底，腊月将尽，可父亲假期将满，他立马收拾行装，准备启程，任亲人百般劝阻也没有效果。离家那天，天寒地冻，大雪迷茫，他硬是顶风冒雪，提着行李去附近镇上搭车。我清楚地记得我婆牵领着我去送他的小儿子，极目望去，远处雪地上徒留下父亲一串串坚实的脚印。这幕情景，我印象极其真切和深刻。

不久，接到父亲寄自祁连山深处的家书，称这个年过得既冷又饿，没滋没味。还说由于大过年，单位职工寥寥无几，吃饭都成问题，后悔离家时干粮带得少，挨了不少饿。

20世纪60年代年轻地质队员之天真、率直和实诚由此可见一斑。

父亲年轻时因爱好运动而体格强壮。小时候我和我婆在火炕上同睡，父亲探家回来，晚上没事便来我婆炕头长坐闲聊，直到我婆瞌睡打盹他才离去。他从不正经下炕，总是背朝过道轻轻一跳便轻松离去。我婆有在炕上用炕桌吃饭的习惯，这个时候，端饭似乎是他的专利。他常常是将饭端上炕桌，陪我婆一起吃饭，吃完饭后又将碗碟收拾入盘，还是像晚上离开时一样，朝后轻轻地一跳，便下地离开。父亲这一潇洒漂亮的跳跃动作看得我目瞪口呆。一次，我给我婆说："婆，让我也给你跳一下。"我婆连忙制止，并说："你不是大人，跳下去会摔坏的！"对此，我只有惊奇和羡慕的份儿。

青年时的父亲就是这样勇敢和潇洒，他的轻巧一跳，着实让我们一伙孩童开了眼界，并成为几个伙伴崇拜的偶像。

父亲人高马大，饭量大得惊人，基于此，单位同事亲切地称他为"赵大个"。他吃得多，力气也大，遇到野外分队搬家转场，他身材高大的优势马上体现出来。扛帐篷和勘探器材，别人是两人抬着走，中间要换几次手，而他，扛起就走，到卡车边不需要人转接，只轻轻一举，东西便轻松装上车。同事对他的举动很是赞赏，称他虽然吃得多，但干活一个抵俩，很值当。

1979年初，我们举家迁往柴达木腹地格尔木。在渭南站，东西虽托运走了，但我们姊妹五个可谓疙瘩零碎一堆，上火车成了麻烦事。面对人山人海的挤车大军，只见他不慌不忙地先将我妈掀进车厢，又将我们几个一个一个从挤车人群头顶举过，然后从车窗塞进，其动作让周围乘客惊叹不已。

一次，火车上拥挤不堪，我们仅有的一个位子让三个小年轻霸占着。起初，父亲并没在意，觉得出门在外都不容易，别人坐坐就坐坐吧！可几个年轻人不知趣，面对站着蹲着的我们熟视无睹，丝毫没有礼让归还这一说。看到这种情况，父亲怒不可遏，他一把将半躺在座位上的一个小伙轻轻地提起，放到一边，其余的两个小伙子见状吼叫起来。只见父亲怒目圆睁，咄咄逼人地厉声呵斥道："怎么！你们几个想打架？来吧！我奉陪到底！"几个年轻人见此情形，一下软了下来，很快便悄悄地溜掉了。

父亲微笑着对周围人说："没事，我们搞地质的这种现象见得多了，在野外，连狼虫虎豹黑瞎熊都不怕，难道还怕他们几个小蛮横不成！"

父亲的勇敢行为赢得了大家阵阵掌声，他们齐声称赞父亲"好样的！"

这个桃子最甜

人生
滋味
RENSHENG ZIWEI

在青海时，一次去同事家做客，女主人热情地端出一盘鲜桃招待。

她的儿子刚满三岁，聪明伶俐，见到我这个老熟人十分高兴。他简直比大人还忙，又是端茶又是递烟，还不时拿出自己心爱的玩具和小玩意儿让我看，并给我示范每个玩具。我被孩子的童真打动，和他一起进入浪漫开心的儿童世界……

"吃个桃子吧！"女主人走过来热情地招呼我，我虽随声应答，可眼睛仍盯着侄儿和那堆玩具。小侄儿似乎听到了他妈的招呼，只见他跑到桌前拿起盘中的桃子一个一个各咬了一小口，咬完后还咂吧咂吧小嘴，并将其中一个他咬过的桃子递给我，笑眯眯地对我说："叔叔，你吃这个桃子吧！我尝过了，这个桃子最甜！"

他的可爱相令我忍俊不禁，笑出声来。

不一会儿，女主人走进屋子，见盘中桃子个个被咬，知道是小淘气干的好事，顿时气不打一处来，一把拉过孩子准备狠狠教训一顿。见状，我急忙将她挡住，并再三劝道："侄儿可爱，我不见怪！"

见我如此这般，女主人只好松开孩子，片刻便转怒为笑。

祁连情怀

位于祁连山脉中段的青海省祁连县,是一个风景绝美的山区小县。

祁连县虽山遥水远,但我却与之有着不解之缘。

虽相见恨晚,但我却与大山深处的祁连一见钟情,一往情深。

初次听说祁连县,是从父亲口中得知的。这儿是他大学毕业迈向社会的第一站。1964年初秋,西北大学地质系毕业的父亲分配至位于祁连县的青海地质二队,他在这儿一待便是五六年。

父亲在祁连工作期间,母亲曾携我和弟弟到祁连探望父亲,这也是母亲人生出行最远的一次。回去后不久,她便因病离开人世,令人欣慰的是,她总算去了趟丈夫工作的地方,多少了解了丈夫所从事的地质工作。

那时我四岁,弟弟一岁刚过,对这次母子千里远行我脑海中一片空白,仅有的模糊印象只有坐在车上,眼望着一辆辆汽车如甲壳虫般在盘山路上蜿蜒爬行的情景。

那次随母亲去祁连探望父亲大概在1968年秋冬,车行路线应当是从西宁经大通翻越大坂山进祁连县城的。

再次对祁连产生印象,得益于20世纪80年代初期香港歌星张明敏演唱的歌曲《青海青》中的歌词:"青海青,黄河黄,更有那滔滔的金沙江。雪浩浩,山苍苍,祁连山下好牧场……"

20世纪90年代初,调动回陕前,父亲曾托人帮我联系去他待过的青海地质二队工作,当时那边已经同意并给我安排好了岗位。这当口,我接到了来自故乡的调令,在妻子的再三坚持下,我与大山深处的祁连失之交臂。

近年,西部游热浪滚滚,平日名不见经传的小县城祁连因风景奇异美丽而成为万千游客大美青海游中的一个重要选项。

这两年,爱好旅游的我亦开始做起畅游祁连的美梦来。

乙未年仲夏,我和好友游完青海湖后自西海镇翻越海拔四千多米的大冬树山垭口来到祁连。一进祁连,我们便被其独特的自然风光迷倒。在祁连期间,我们去了风景迷人的卓尔山,真实地感受了卓尔山的蓝天、白云、雪山、草地及郁郁苍苍的冷杉松柏。在卓尔山,面对四周的奇异美景,我们个个目不暇接,恍若进入欧美风情的瑞士,只有不停地按动手中的相机快门记下这美好的一切。

祁连美景,让人心中好不快活!

短暂停留中,我还忙中偷闲打听着去了位于红崖湾上的原青海地质二队驻地。地质二队曾在祁连县驻守四十余年,20世纪90年代初,地质二队完成历史使命后迁至省城西宁。现在,这里早已物是人非,丝毫见不到地质队昔日的影子,取而代之的是一幢幢高大漂亮的商住楼。目睹这一切,我不由黯然伤神,直叹岁月不居,人生无常。

车子启动离开祁连时,我透过车窗不停地四下张望,恨不能将天境祁连美景带回陕西。上路许久,我的心情一直难以平静,眼中不时溢出晶莹的泪花。

不知什么时候,自己还能再来祁连观光游览,寻找自己儿时与母亲一起在祁连短暂生活的前尘影事。

祁连,我幼童时的人生驿站。

祁连,我生命中抹不去的印记。

祁连,我人生中又一个重要的旅游地!

柴达木夏日记忆

　　每至炎炎夏日，我常忆起遥远的青海，忆起柴达木盆地那爽爽的凉意。不少人爱上青海，爱上柴达木，多半源于它的夏无酷暑和凉爽宜人。对此，我感受极深，感觉倍爽。

　　我曾在柴达木盆地度过十四个夏天，切实感受到了大漠之夏的清凉，因而特别喜欢青海的夏天。

　　那是7月的一天，来了几个朋友，我特意在食堂多打了份菜，其中就有卤肉拼盘。可能大家喝酒的缘故，几瓶啤酒下肚，菜却没动几口，卤肉拼盘更是一筷未动。饭后，我只好将卤肉拼盘放到橱柜里。这之后，好几天东游西逛，不是在朋友处蹭饭，便是在乡党家混吃。五六天后，一日无意中拉开橱柜，竟发现那盘卤肉拼盘还在，本想扔掉，被室友连忙挡住。他颇有经验地说："咱们这儿的夏天，室内犹如天然冰箱，新鲜东西放置个把礼拜绝对没事，不信你尝尝。"说完，他拿起筷子有滋有味地吃着肉片，见此，我也拿起筷子夹了一片肉塞进嘴里，拼盘果然品质完好，很快，我俩便将这盘肉一扫而光。吃完直赞柴达木夏天的舒适和凉爽。在这儿，无需冰箱，无需空调，即就风扇也极少见。

　　还是7月中旬的一天，咸阳乡党给我背来几个大西瓜，不知什么时候，一个西瓜悄悄滚进了床底下，对此，我一无所知。元旦将至，我在宿舍大扫除，突然发现床里面有一个圆乎乎的东西，待爬到床底下往出一扒拉，哇，竟然是一个大西瓜！将西瓜拿出，发现其颜色碧绿，花纹清晰，只是外皮稍微有些软。待学生持刀切开，西瓜瓤红籽黑，一副完全熟透的样子。我和学生顿时欢喜，不一会儿，半个西瓜便已报销，剩下的半个西瓜也没经得住后来的几个学生吃。

奇怪得很,西瓜在室内存放了半年多,竟然完好无损,吃起来照样冰渗沙甜,仿佛刚从冰箱中取出一样。那种冰甜味道,可谓大漠夏日凉爽的滋味,实在叫人难忘,让人不得不叹服和向往柴达木的夏日。

　　柴达木之夏,因凉爽宜人,叫人怀念不已。

　　我爱柴达木,更喜它那爽爽的夏天!

四个青苹果

那是三十多年前的 1980 年金秋 9 月,格尔木地质子弟学校刚刚开学,我当时上初中三年级。

课本发下来后,我发现自己的新化学课本与先前已有的旧课本内容一样,于是便向老师提出退掉化学课本,老师让找总务处办理。于是我便来到总务处,向总务主任一番详细陈述,他先是不大愿意,后经反复质疑,又询问了班主任老师,才勉强答应予以办理。我耐心地等了半个来钟头,主任慢条斯理地忙完其他事情,才吩咐会计给我办理退款手续。当我手捧退还的五角六分钱的书款,兴奋得几乎发晕!要知道,我家孩子多,拖累重,平时根本不可能有零用钱。

我至今仍清楚地记得自己第一次有零花钱时的情景。那是 1982 年夏天,当时自己已十七岁,在队上干临时工。一次上班前,父亲突然问道:"你在外干活渴了喝啥?"我随口回答道:"渴了就喝点儿工地上的自来水。"父亲听后心中一阵难受,顺手从兜里掏出五角钱递给我,让我干活口渴时买雪糕吃。我高兴地接过钱便去上班,歇工时用这五角钱买了三根雪糕,给了一同干活的三个朋友,并谎称自己已经吃过了。

私下退掉的这五角六分钱书款是万不能交回家里的,可用它来干什么呢?我不假思索地一路小跑来到河东副食百货店,在水果柜台前一阵仔细寻望,我一眼便看到柜台前摆放着的大青苹果,每斤两毛五分钱。盯着苹果,我口水直流,急忙掏出五角钱让售货员称上两斤。苹果称出来了,四个大苹果正好两斤。我两手一捧,疾步走出商店,顾不得清洗,用手干擦了一遍,便蹲在门旁墙角处一阵大口豪嚼,只一小会儿工夫,两斤重的四个大苹果便被我全部报销。

地质情结

· 115 ·

真服了年轻时的好肠胃。搁现在,四个大苹果就是吃上一整天也不一定能吃完。

学生时期的那四个青苹果,让我品出了青春岁月的苦涩和艰难,它亦成为我日后不懈努力、顽强拼搏、奋力改变命运的内动力。

"老柴达木人"节俭小故事

我曾在青海柴达木盆地生活工作过十四个年头。20世纪五六十年代"老柴达木人"表现出来的"不畏艰难、艰苦创业"的柴达木精神令人敬仰,它已成为一代又一代柴达木人宝贵的精神财富。

"老柴达木人"是指20世纪六七十年代生活工作在柴达木的建设者们。他们中的大多数人家居农村,子女较多,因而节俭节约成为他们身上最宝贵的品质,他们中的不少人节俭节约得近乎抠门,让人不由为之感动和感叹。

下面我仅将身边熟识的"老柴达木人"节俭节约的小故事辑几则与大家分享。

故事一:老李是陕西省乾县人,只身工作在青海,平日我与之交往甚少,对他的其他情况一概不知。一次偶尔在其宿舍借宿,早起洗脸见到他正在使用的毛巾,让我大吃一惊,这是怎样的一条毛巾呀!毛巾早已没了颜色不说,其形状絮絮拉拉,透过它似乎可以清晰地望见周围的人和物,且中间还用针线缝过多回。望着他的毛巾,我久久无语。我本来就节俭,但还没见过他这般节省的人,我当时的直观感受是震惊加震撼!一条原本块把钱的毛巾,从成色看,他至少用了五六年。一条毛巾尚且如此,其他方面就更不用说了。时隔二十余年,老李那条近乎絮状,用针线联缀才能提起的毛巾还时常浮现在我眼前,它让我欲笑无声,思考良多。

故事二:今年出野外,老王和儿子与我编在一个分队。平时在分队部总能看见他们爷俩熟悉的身影,可每至开饭,常见小王却极少见老王,老王要么姗姗来迟,要么不见踪影。经仔细观察,我终于发现其中的秘密。原来这是父子俩人不同的生活观念所致,小王是70后,平日生活方面净捡好的享用,可谓吃今儿(天)不管明儿(天)的人。每顿开饭都是早早赶来,这样便能打上好菜好饭。而老王呢，每顿打饭都走在最后，老是等人家打完他才去，伙房剩啥他吃啥，有时还会免费享用一些残汤剩羹。就这，他还未必每顿都来，有时饭菜没吃完，下顿他便加热一下吃掉，故而就不用再来食堂了。父子俩生活上的这种现象让我们稀奇了好一阵子。

故事三：老孙是位大车司机，平日出车回来闲得没事时也喜欢玩玩麻将，那时地质队刚兴玩钱，玩一把也就五毛一块。一天下午，老孙又在大家的撺掇下上了麻将桌，可不大一会儿，老孙便自动退出麻将桌，搞得大家一时冷了场，无奈，牌友只好四下而散。后问一牌友，方知老孙退场的原因，原来这次上场后，前三场下来，只有老孙一人没开和，看得出他脸色很难看，他很不情愿地掏出一元五角钱，还未等第四局牌摆好，他便嘟囔道："不玩了！不玩了！"说罢连忙起身离去，弄得大家很是尴尬，纷纷指责此人太抠门，以后再不与其在一起玩了。

故事四：老赵系川大高材生，老家是四川中江人，和战斗英雄黄继光是同乡。老赵一家五口，刚将家从四川农村带出，家中经济负担挺重。尽管妻子省吃俭用，精心料理，可日子始终紧紧巴巴。为减缓家中的经济压力，老赵平日节衣缩食，想尽一切办法节省。那时，在外出差每天有八元伙食补贴，为省下伙食费，他时常是花一两块钱上街买上两个干饼、一包榨菜，躲在招待所一吃了之。后来听到这件事，我竟难过得掉下了眼泪。而他十四五岁的儿子，依然没肝没肺，整日挥霍无度，常常是十来块钱不禁一天花。为此，我和老赵只有叹息又叹息！

这就是老一辈柴达木人的故事，从这些故事中，你不难感受到20世纪五六十年代柴达木建设者身上所表现出的那种艰苦奋斗、吃苦耐劳、无私奉献的精神。

这种精神就是柴达木精神，它与延安精神、大庆精神一脉相承，是我们生生不息、发展壮大、走向复兴的民族魂。

难忘的八十年代

——经历青海地质局首次招工考试

20 世纪 80 年代初,素有国家四大行业美称的地质部门已优势不再,这种趋势首先表现在内部招工和子女顶替制度的废除上,以往地质子女工作无忧的局面一下被打破。

恰在这时,我开始进入就业待安置行列。

在队党委办工作的父亲听闻队上来年可能有招工计划,一番商量后便将正在高中就读的我以退学名义弄回家,那是 1981 年初冬。

其间我先在建筑工地干了近十个多月的小工,为家中挣得一千六百多元钱。次年 8 月,占有信息资源优势的父亲得知局里分配给队上三个自然减员指标,并将首次通过考试方式确定录用人员,立马让我停止打工,赶忙投入紧张的应考复习。那段时间,生活紧张程度犹如高考备考,我在家中亦享受到从未享受过的待遇:每天可以不干家务,专心复习。二十多天时间里,我起早贪黑,每天清晨 5 时许便起床背诵,深夜十一二点还在灯下苦读演算。

9 月中旬,青海地矿局首次招工考试正式开考,地质一队考点设在与我队相邻的西藏第四地质普查大队学校,队上参加这次公开考试的子弟多达一百二十余人,录取比例为四十比一。由于是首次招工考试,局队上下对此次考试格外重视,其严肃庄重程度丝毫不亚于现今高考。记得考试期间,适逢青海地质局局长宋瑞祥(后相继担任青海省省长、国家地质矿产部部长)在队上检查指导工作,他还特意到考场视察,给大家鼓劲加油。

招考试题的确不难,涉及高中内容的题目极少,大部分为初中应知应会知识点。我数学仅得六十来分,而语文却获得八十五分的高分。我至今仍记得语文试卷中文言文翻译内容为彭端淑的《说难》开首段,作文要求以"学习先进人物,做一名优秀职工"为题写一篇文章。我采用夹叙夹议的方式认真地写了这篇作文,语文试卷能得高分多半是沾了这篇作文的光,我深知我的语文基础知识功底并非很好。

考试成绩10月中旬揭晓,我榜上有名,位列第三。为此,父亲特别高兴。当初看到参加考试的子弟大多是高中毕业生时,他心里一下沉重起来,认为我很可能成为考场陪衬。

接下来便是四十多天的焦灼等待,对我来说,那四十多天不亚于往常的四十多年,显得十分地漫长和难耐。

12月中旬,队劳资科开始为我们办理招工录用手续。时隔三十多年,我至今仍清楚地记得大队劳资科苏副科长步行三四里路亲自上门,让我填写招工登记表的动人情景。

12月20日,我们两男一女正式报到上班。

真感谢那时风清气正的社会环境。如若放到现今,真不敢保证自己凭真本事就能考上,更甭说自始至终不花一分钱就能顺利上班,这无异于天方夜谭。

地质队各种管理十分到位。报到当天我们便分得了宿舍,配发了床凳桌椅、炉具、服装等日用品,并领到了半个月的工资福利。

对初分到大队职工食堂锻炼之事,我们个个心浮气躁,不大乐意。可一想到在食堂上班活不算累,每天六角钱伙食费可以随便吃等好处时,我们不安分的心这才渐渐平和下来。

后来一想,初参加工作期间多亏在食堂上班,否则,我们每月六十多元的工资刚够吃饭,根本不可能有什么节余。而我们三人,那时每人每月还能攒上二三十元钱,这应当归功于在食堂工作。

两年之后,我们三人先后改行离开食堂。虽然各有了自己心仪已久的岗位,但大家仍难忘彼此一起在食堂的岁月。它毕竟是我们职业生涯的第一站,我们就是打这儿进入自己的人生新生活,并渐入佳境的。

蹭　饭

　　20 世纪 80 年代末期至 90 年代初期的七八年间,我曾有过一段蹭饭的历史,至今回想起来,我仍感到温暖和有趣。

　　那是在柴达木盆地,前期我尚未结婚,属于快乐的单身汉,后期虽已结婚,但因媳妇不在身边,仍为快乐的单身汉。

　　地质队可谓是一个大家庭,天南地北的人都有,尤以陕西人居多。我因腼腆、乖顺、性情平和、待人亲切,加之又是学校教师,故而交往较广,平日大家对我这个单身汉格外关心,时常有乡党朋友周末假日做上好饭请我享用。可我并非是有请必到,而是费心比较取舍,然后择而食之。对我而言,蹭饭原因既非经济问题,亦非为了节约,主要还是单身一个,闲暇时间太过充足。蹭饭可以实实在在地消磨时间,还能密切联系乡党朋友。

　　我吃饭(实为蹭饭)较多的还是在几个关系极好的乡党朋友家里。我脸皮较薄,自尊极强,一般没有很充足的理由,即使人再熟,我也很少主动前往。

　　一般地,蹭饭有几个充分条件:一是必须是主人真心邀请,再就是自己有事必须与其探讨商量,或乡党有事请我前去帮忙。当然偶尔也有例外,那就是自己有时心烦意乱或百无聊赖时,也会自觉不自觉地走到某一乡党朋友家中,闲聊着或帮其干着活等着蹭饭。

　　蹭饭多为家常便饭。那时通讯不发达,没有家庭电话,一般也不可能预约,总是碰见啥吃啥,没有什么特别的讲究。有时也会遇到人家因喜庆贺聚餐,遇到这种情况,我都会慷慨出资表示庆贺,且想法找说辞让主人一定收下,此举常搞得主人有些不好意思,但我的参与无疑助添了其家宴的喜庆气氛。吃完饭我会第一时间挽袖洗碗,任主人再三阻拦而不能。洗涮完毕,我

地质情结

会和主人一家老小一起嗑着瓜子,观赏电视连续剧。看电视期间,我的精彩点评和诙谐语言常博得大人小孩笑声不断,以致我不在时,主人竟感到看电视时反而不热闹。那时,看电视不看到"再见"二字出现我是不会离开的。

单身汉空闲时间最充足,也最自由。有时我能一整天呆在乡党家中,与其闲聊,帮其干活,助其做饭,俨然一个新家庭成员。时间一长,不光自己有优越感,就连乡党家中的小孩也视我为家庭必然成员,他们有事找不着家长便来找我,好几天不见我便想我,于是想着法子请我去家中做客。一次下班,正欲和朋友一块儿去街上吃饭,乡党家中一小女儿突然跑到我面前面带微笑,一本正经地说:"我妈让你下午去家中吃饭。"听了她的话,我犹豫了一下,想着自己已好长时间未到乡党家中去了,现在人家有请,再不去就不合适了,于是便支走朋友,兴冲冲地随小侄女去乡党家赴宴。谁知到乡党家门口,却是铁将军把门,小侄女赶忙拿出钥匙开门让我进入家中,她给我倒了一杯水后便一溜烟地跑了出去。约摸个把钟头,女主人才和小侄女回到家中,我留意地瞅了一下,发现小侄女脸上满是汗水。见我来到家中,女主人一阵惊喜,连声抱怨我今天咋想着来到家中。我听后一脸狐疑,瞬间,我立马明白过来,请我到家做客原来是小侄女自己耍的一个小计策,主人并不知晓这一切。

只见小侄女殷勤地帮助妈妈择菜做饭,并不时地用她那双会说话的眼睛瞅着我。直至吃完饭告辞回家,我都未向主人点破小侄女这一小计谋。要告知大家的是,我昔日的这位小侄女十分聪明好学,她在京城一名校研究生毕业后,已定居首都,这让我好一阵羡慕和敬佩。

转眼,我离开柴达木已二十三四年了,可只要一想起那段蹭饭的经历,便倍感温暖和温馨。

我很是怀念在柴达木的那段青春岁月,它使得蹭饭也显得美好和充满情趣。

遥远的高原我的家

昨日买了两本有关青藏高原风情方面的散文书籍,我的思绪又飞到了遥远的青藏高原,飞到了处在青藏高原腹地,享有中国盐湖城美誉的高原重镇格尔木。

今世有缘,使我有了在高原工作生活的独特人生经历。

屈指算来,离开高原已有二十四五个年头,可不知怎的,近年来我越来越喜欢高原,越来越思念高原上的风土人情。可以说,十几年的高原生活已融入我的生命当中,成为我生命中挥之不去的历史印痕。

从地理学上讲,青藏高原是从柴达木盆地算起的,由格尔木南行不远,便进入青藏高原纵深地带。

20世纪末期,我曾在昆仑山下的格尔木生活工作了近十四年。高原的飞沙走石伴我度过了教人难忘的青葱岁月。可以说,昆仑风雪强壮了我的体魄,大漠飞沙磨砺了我的意志。

与我先后调离高原的人中,不少人一提起青藏高原,一提起格尔木便心生怨恨,仿佛高原亏欠了自己,高原生活使自己受到了天大的委屈似的,对其没有任何感恩和留恋,有的只是怨恨和不快。可不知怎的,我却与之有着难以割舍的浓浓情感。随着岁月流逝,随着年纪增大,这种情感非但未能淡化,反而犹如陈年老酒,愈发香浓。我做梦都想着重游柴达木,重走当年在地质队首次出野外的路,更企盼着有朝一日结伴驾车穿越川藏线和青藏线,领略雪山、草地、大漠、戈壁诱人的奇特之美。

因了这种情愫,调离高原二十余年间,我曾先后六次深入西部荒漠,四次登临青藏高原。在高原、在戈壁、在荒漠,我一刻也不愿停留,总是不停地跋涉,不停地观察,不停地发现……在陕西,我只要一听到高原便兴奋,一提及昆仑山便感到亲切，一遇到从青海、从柴达木回来的人便有说不完的话，问不完的事。见到有关高原的信息文字，特别是陕西乡党、著名军旅作家王宗仁、党益民等描写高原风情的文学作品，我更是喜爱不已，买不上正版便买盗版，只为先睹为快。那种痴情劲儿简直让人不可思议，读后还少不了一阵长长的思索和遐想。整个一个生活在关中腹地的高原人。

高原是艰难困苦的代名词，是崇高、伟大、勇敢、顽强的象征，是父亲、丈夫、男人的化身。在高原生活的人，必须具有超人的毅力和无私奉献的精神，必须具有大无畏的英雄气概和不怕牺牲的革命斗志，缺少了这些，将难以在高原生活，也不会成为真真正正的高原人。

高原是个强身健体、磨炼品格的好场所。真正的高原人，绝无软弱涣散、畏缩低眉之态，更无小肚鸡肠、斤斤计较之气，有的只是刚强、坚毅、果敢和豪爽大气。

高原人，气壮如山，力擎天地；高原军人更是志在千里，为祖国为人民默默地奉献青春和生命。他们虽远离和落伍于我们这个大时代，但却是我们的兄弟姊妹，他们身上，蕴含着我们国家和民族昂扬向上的精气神。

高原，既是地理学上的自然奇观，更是人类史上的生命奇迹。世界因高原而奇峻，人类因高原更伟大。

我喜爱昆仑的挺拔奇峻，更喜爱大漠的天高地阔。生活在高原，你不会有丝毫的局促感和压抑感，有的只是苍茫、广袤和一望无际，这些正是我所喜爱的。在青海，我曾在两个还算不错的小城居住，终因其地方狭小、感觉压抑而匆忙搬离。

我万般热爱工作，尤为珍视自己人生世界中独有的高原经历，我知道，那是一种不可多得的人生阅历，更是一笔厚重的精神财富。

我骄傲自己曾为高原人！

人生 滋味
RENSHENG ZIWEI

至爱亲情

ZHIAIQINQING

最是难忘

人一生中经历过的难忘事浩若满天星斗，但对我而言，最难忘的却是岳父弥留之际那忧郁的眼神。

今年 3 月份，我们给岳父过三周年祭日。在没有岳父的这一千多个日日夜夜里，岳父慈祥和善的面容时常浮现在我的眼前，使我简直难以置信岳父已离人世这一残酷现实。

岳父是一个标本式的中国产业工人，他一生与人和善，与世无争，总是以一颗平常心态待人处世。

至今我都不大相信岳父那样豁达大度、心宽体健的人会罹患癌症，不久便痛苦地离开人世。

岳父有两个女儿，只有我一个女婿，因而对我格外疼爱。岳父生性沉默寡言，但每遇见我，他总是兴奋不已，以致我们翁婿交谈起来犹如黄河之水，滔滔不绝。

2011 年初冬，岳父因病住院，不久便被确诊为肺癌晚期，这一噩耗惊得我们一家大小简直不敢相信自己的耳朵。后面几个月，岳父的病情日益加重，疼痛折磨得他死去活来，无奈，我们只有借助杜冷丁帮其减轻疼痛。病床上的岳父骨瘦如柴，让人心疼。他也知道自己来日不多，每次看见我们都泪眼蒙眬，不愿多说一句话。一次岳父突然发紧，昏迷中不停地喊着我的名字，并费力地抬头搜寻着我。我急忙赶来，他皮包骨头的大手紧紧抓住我，一双忧郁的眼睛盯着我，嘴里喃喃道："治安，要扶持哩，要扶持哩，听见没有？"听到这，我握着他的双手含泪应答道："叔，您放心，我一定不忘您的叮嘱，您安心休息一会儿吧！"听完我的回答，他这才艰难地点了点头。这样的情景先后出现过三四次，每次都令我肝肠寸断，永世难忘。可怜天下父母心。岳父弥留之际的叮嘱,饱含其对家族生存发展,对儿孙今后生活的揪心和牵挂,可以说,岳父是带着万般遗憾和无奈离世的。

我最不忍目睹和终身难忘的是岳父弥留之际那充满期待的忧郁的眼神。

岳父离世这几年,我尽我所能,全力帮助妻弟,促其较快致富。妻弟也在全身心地努力着。

岳父的眼神忧郁深邃,最是难忘;岳父的叮嘱饱含血泪,催人奋进。

岳父,愿您九泉之下安息!

示儿书

　　对年轻人来说，人生似乎是一个漫长而遥远的过程。其实，漫长和遥远是一个相对概念——人生，真的很短暂。

人生到底有多长
问天问地问你我
天地悠悠　人生无常
活百岁者有几人

人生不长　岁月仓促
百岁人生
只是大多人的梦想
青春年少
当惜韶华好时光

人生苦短
刨去懵懂　减去求知
美好充实之人生
不过二三十年光景
二三十年光华
成家立业生儿育女
耗去时光大半

四十七八　　眼睛发花

五十开外　　徒有豪迈

人逾五十岁

一岁一迟暮

人生无奈

激情不再

虽气壮如牛

却力不从心

规律难违背

岁月不饶人

夕阳无限好

只是人已老

人生五十后

悲戚心底生

承上又启下

忙碌倍辛苦

六十花甲

风月无边

创造奋斗日渐远

苦熬硬撑成常态

早岁哪知世事艰

中原北望气如山

空悲切

白了少年头

好花不常开

美景不常在

人生苦且短

男儿当自强

青春美少年

人生应无悔
创造要及早
莫等白了头

含饴弄儿孙
后辈早成才
奋斗数十载
人生应无悔
安享天伦乐
逍遥又自在

父辈此番话
字字凝心血
了无豪迈气
悲凉情调低
良药能治病
忠言利于行
话糙理端直
平淡方为真

2014 年 7 月 7 日

可惜我娃不会花钱

这是二十多年前我刚调回渭南时的事了。

当时，儿子刚上幼儿园。

一次，幼儿园组织小朋友去沈河公园游玩，我和妻子将孩子送至幼儿园从银行借的一闷罐押钞车上。当时已是 4 月中旬，天气开始热起来，看着脸上沁着细汗的儿子随一帮小朋友被塞进了闷罐车，妻一下心情难受起来，只记得妻当时一声唉叹："我娃太小不会拿钱，要是会花钱就好了！"我清楚地记得妻说这话时泪眼欲滴的复杂神情，我只有说笑着将其劝回。那次孩子玩得很开心，回来给我俩说了不少他游园时耳闻目睹的有趣事情，并带回了他坐旋转车时阿姨给他拍的照片。至今，儿子这张游园照一直放在他的成长相册里，每次见到这张照片，我便想起我和妻送儿子游园时的难忘情景。

时光悠悠。转眼间，儿子已长大成人。

不知从什么时候开始，儿子学会了花钱。发现这一苗头，我俩即费心引导其勤俭节约，理性花钱。无奈，我们苦心教育的效果被鼓励超前消费的社会大气候抵消得一干二净。随着年龄的增长，儿子花钱大手大脚，百十元钱不够他小半天花，这种公子哥做派与我的消费观形成极大的反差，让我很不舒服。心无二用，把心思用在花钱上，学习肯定不会用心。果不其然，儿子学习成绩每况愈下，不堪一提，花钱却是"韩信点兵，多多益善"。无论什么消费观念，都让我难以接受儿子阔佬般的消费观。真不知儿子这样大手大脚下去可咋办！

这不免让我俩担忧起来！

一日和妻谈及此话题，我顺便又提起二十多年前送儿子游园时的情景，并不无讥讽地调侃道："这下你儿子长大了，会花钱了……"

不待我说完，妻便嗔怪道："你呀你，真是哪壶不开提哪壶，唉！"

听罢妻的话，我顿时无语，唯叹社会不当消费观对年轻人影响冲击之大。

不妨把老人当孩子

老来难，老来难，人老更艰难。

老来烦，老来烦，人老更招烦。

生存艰难，招人烦是老年人生活中的两大感受。年老，便意味着不中用。人，活在年轻时，还是年轻好。此话当真！

老年人是国家的宝贵财富。老年人是家中的宝物，是镇家之宝。凡此种种，只是个说辞而已。

人老了就是老了，这是存在于天地之间的自然规律，谁也改变不了。

树老根多，人老话多。老年人招人烦的主要原因无外乎话语多，思维怪，思想多固执己见，对新生事物排斥多，接受少。凡此种种，不一而足。

大多家庭因此导致老少两代不和，彼此关系不畅，其情其景，让人揪心。

我的家庭更是如此。

我的父母性格内向，长期生活在二人世界里，他们平常极少与人接触交流，更不主动参加群体活动，家中来客一年四季除了儿女还是儿女。回来后住在我那儿，他们感叹我家一天来客比他家中一年来客还多。二十多载二人世界的生活导致他俩思维怪异，行事自私固执，很少考虑周围人的感受。常常是几年不见，儿女满心欢喜，盛情接待，不料他们却总为一些枝节小事心生不满，耿耿于怀，且怒形于色，大半天闷声不语，使得儿女一头雾水，丈二和尚摸不着头脑，更令儿媳委屈难奈，背后对丈夫一阵抱怨指责。由于此，两代人的关系始终疙疙瘩瘩，紧紧张张，一直处于阴天和亚健康状态，让儿女如负巨石，难得畅快。

一日，妻子又在我耳边嘟囔不已，诉说父母的不是和她遭受的委屈。细听的确是老人的不对，可我既不能指责老人，也不能昧良心教训妻子，老打哈哈也不管用。经过一番思考,我忽然灵机一动,计上心来。凑近妻耳朵窃窃私语一番,妻听后慢慢愁颜舒展,微笑称是。此招果然奏效,一段时间里,妻像哄孩子一样将老两口哄得开开心心,舒舒畅畅,他俩直夸儿媳不错,孝敬他们胜过儿子。我听后心中暗自欢喜,不由得更加喜爱妻子。

常言道:老小,老小。老人和小孩一样,需要用心的哄,需要善意的骗,只要他们开心就行。

观念更新,万两黄金。当老人蛮缠时,不妨换个方法,权当老人是个孩子,如何?

我们对自己孩子的种种怪异行为和过激言语怎么都能容忍,都能原谅,为什么对自己的老人之怪异行为就难以认同,难以接受呢?爱是一方面,关键还是观念(思维方式)有问题。

转变观念天地宽。这方面,朋友不妨一试。

陪妻一起看电视

进入7月中旬,骄阳似火,酷暑难耐,气温一直居高不下,使人简直没法进行室外活动。平日还好说,周末可就难了:不出去吧,难受,出去吧,天又太热。此时的我可谓热锅上的蚂蚁,不知如何是好。

除了读书创作和旅游,自己还有一个爱好,那便是看电影和电视。只是这几年工作压力大,加之家中老小琐事繁杂,时间有限,精力不济,因而平日很少看电影电视。有时忙碌之余常美想一番:什么时候能有时间静下心来好好看几部电视连续剧,那该多过瘾呀!

周末餐后午休起来,一时竟不知干什么。妻指使打开电视,陪她一起看电视剧,我只有顺从。

60后的我们,最喜欢看的电视剧便是反映改革开放后农村青年走出黄土地,跻身大城市,投身商品大潮创业的励志故事。我知道,这些故事中,有些许妻子少女时代进城打工拼搏的影子,有她往日熟悉的风景和辛酸以及美好的记忆。

看完《满仓进城》看《二婶》,看完《二婶》又看《油菜花黄》,剧中大致相同的故事情节和男女主人公不屈不挠、顽强拼搏、抗击命运的励志故事,常看得我俩全神贯注,目不转睛,有时还弄得情感难抑,泪水涟涟。每当此时,妻便会动情地讲述她20世纪80年代初期走出家门闯荡的艰难人生,讲述她拖着病体,独自一人蹬着三轮载着三四百斤重的玻璃行走在西安大街小巷时的艰难情景。她还会讲到她在西宁城北西川食品厂,为赶春节销售两三个昼夜不休息连轴转的辛劳和在海南海口机场路经营陕西餐厅时,七八月间在刚好躺身的阁楼整夜闷热难眠的情形。讲到动情处,她会言语哽咽,低声啜泣一番,我则在一旁陪着悄悄落泪。看到《油菜花黄》中女主人公周英子创业初成,赚了大把钞票,她又会高兴地忆起自己 1985 年年末衣锦还乡,从西安为家里购得当时十里八乡难得一见的黑白电视机、皮沙发、五羊牌女式轻便自行车和给家人买的时尚新潮的服饰及生活用品。她还悄悄告诉我晚上她一下子交给母亲近两千元现金,惊得母亲不敢细问只有匆忙塞进棉衣兜里。叙说这些外出打工成就时,她激动得心潮起伏,眼中闪烁着喜人的泪光。

一集电视剧播放完毕,她触景生情地伤感道:"我们的孩子从小养尊处优,娇生惯养,他们只知道羡慕我们今天的生活,哪能体会到我们当初少小离家创业时的万般艰辛。唉,真不知他们什么时候才能真正读懂我们的昨天,进而奋发有为地创造他们明天的美好生活。"听后我良久无语,不由得替我们的下一代,特别是我的孩子忧虑起来。

我们的下一代,最缺少的就是我们这代人身上的吃苦耐劳精神。任何时候,任何人身上缺少了这种精神,他们的人生都是令人堪忧的!

炎炎烈日,宅在家中陪妻一起看电视的感觉真好。看着电视剧中曲折动人的故事情节,我俩仿佛又回到了三十年前初恋时的美好时光中。

有人陪伴,就是幸福。这句话说得真好!快乐和幸福,有人相伴,有人分享才最甜蜜,最美好。

今后,还是要避开喧嚣,挤出时间,静下心来,多陪陪妻子。

至爱亲情

温馨的一瞥

———————————————●

　　每次去渭北几个县，来去经过固市镇，瞥见坐落于镇东北角的固市中学，我心头就感到一阵温馨。

　　我没在固市中学上过学，但固市中学却是母亲的母校，她的三年高中学业便是在这儿完成的。因而我与之有着太深的情缘。

　　自1986年初至2007年初，我先后在固市中学度假、小住不下三四十次，我人生最美好的新婚喜宴就是在固市中学举办的。如此依恋固市中学，皆因我那可亲可敬，对我有着慈母般关怀的姨妈居住在固市中学。

　　2007年初，姨夫病逝，不久，姨妈也离开人世，这之后的八九年间，我再未迈进过固市中学半步。但每次路过固市，远眺渭阳湖边的固市中学，我便忆念起姨妈，回想起以往在固中校园与她一起度过的无拘无束无牵挂的快乐日子。

　　我幼年丧母，少小离家远赴青海十数载，其间，姨妈无时无刻不在惦念着我！

　　20世纪80年代中期，参加工作后首次探家的我回到故乡，来到居住在固市中学校园的姨妈家，和姨妈朝夕生活了个把月，这让她欢喜不已。这段时间，我真切地感受到了姨妈慈母般的关怀和温暖。

　　不久，我便结婚成家。这之后，回家的次数明显增多，与姨妈在一起的日子也越来越多。

　　1987年初，尚在外进修，居无定所的我仓促结婚，没有婚车，没有仪式，没有父母在场，有的只是三四辆自行车和七八位来自女方的客人。我方亲戚只有姨妈在场，她既是亲戚又是主人，尽其所能为我张罗举办了两桌酒席。虽然酒席简单，甚至略显寒碜，但妻毫无怨言，我亦很感满足，我打心眼里感激姨妈一家。

婚后几次回来,我不是在姨妈家居住,便是在媳妇家小住。为让我们能住得好一些,姨妈特意让上中学的表妹与她住在一起,专门腾出一间房子布置停当让我俩住。她常对我的表妹说:"你哥常年在外两地分居不容易,休假期间让他小两口好好待待,你们克服一下困难,尽量不要干扰影响他们。"听后,我俩心中好一阵温暖,深感我们在她心中比自己的亲生子女还要亲。

调回渭南后,我们与姨妈的空间距离近了,但在一起相处生活的日子却明显少了,看得出姨妈为此心中很是矛盾和纠结,但她十分体谅我们的难处,她知道我刚调回渭南,两眼墨黑,肯定要以工作为重。我们每次去她那儿,她都非常高兴,乐得不知给我们做什么吃的才好。她身体不好,我们生怕她过度劳累,可她见到我们后总是忙个不停,竟丝毫没有累的意思。吃过她做的三四种花样各异的主食后,我们便骑单车告辞,这时她总是给我们没完没了地拿这拿那,末了还要将我们送出校门,直至我们在她视线中消失。好几次,我不经意间发现她送别我们时扭过头去用衣角悄悄地擦拭眼泪,弄得我心中好一阵难受。

姨妈打姑娘时便心灵手巧,精明能干。记得十几年前我到学校有一阵子总是不能马上见到她,仔细打听方知原来是亲戚邻家娶媳嫁女,邀她帮忙做陪纺去了,此举也为姨妈赢得了极好的人缘。

至今回味姨妈逢年过节常做的那道美味佳肴——清蒸白菜卷,仍会口齿生津。因其清淡醇香,我有时一下能吃三四份,可谓百吃不厌。这道菜我只见姨妈做过,在其他地方闻所未闻。菜肴制作其实挺简单,先将后臀肉剁成馅状调拌,再将白菜叶洗净在开水中轻轻一焯,然后将肉馅平摊在白菜叶上,将白菜叶卷成卷上锅清蒸,蒸好后浇鲜汤汁即可食用。吃完清蒸白菜卷,再将碗中的清汤喝下,那滋那味,那情那景,简直妙不可言。姨妈的清蒸白菜卷成为我餐饮之最爱。知我爱吃清蒸白菜卷,我每次去她那儿,姨妈再忙都要给我做这道菜。我老想着让妻跟着姨妈学做这道菜,但总想着来日方长,姨妈啥时都可以教她做这道菜,不用太着急。孰料三年前姨妈不小心摔倒后一病不起,早早离开了人世。

这之后,我再没吃过"清蒸白菜卷"这道味道鲜美的佳肴,现在,它已变作最美好的记忆珍藏在我的心灵深处。

子欲养而亲不待。

人生不可等，一等很可能就是永远。

我又一次想起这句简单平实却包含着大智慧的话语来。

今生再也吃不到姨妈做的可口饭菜了，一想到这，我心中便不是滋味，也更加怀念起姨妈来。

人生在世，当弥加珍惜这难得的至爱亲情。

一次胆大温馨的自驾之旅

2015年11月,我购得一辆(SUV)东风日产新奇骏,这可是我有生以来享用的最高档的轿车。为此,我兴奋不已。

新车开回来不久便临近年根,一番深思熟虑后我大胆向妻建言——春节开车去福建一趟,一来探望了儿子,二来又能将新车磨合出来。可谓一举两得。

妻听后先是极力反对,认为那么远的路,就凭咱俩这半道出家的"司机",风险太大。经我再三撺掇游说,妻总算勉强答应下来。接下来,我俩便开始了紧张忙碌的准备——给儿子及战友买物品,购户外灶具,为新车安装导航,在网上搜寻行车路线……

为避免亲朋担心,我俩并未将此行计划告诉任何人,一切准备工作都是私下秘密进行的。

大年三十上午,吃过新年的饺子,我俩便开始了憧憬已久的东南长途之旅。

毕竟是年三十,路上车辆极少,加之高速路不收费,我俩心情甚是愉快。入夜,在新年的鞭炮声中我们夜宿湖北孝感服务区。看里程表,发现已行驶七百余公里。在爱车上,我们送走了农历马年,迎来了乙未羊年。

为赶路,一大早我们又在噼里啪啦的鞭炮声中启程前行。一路上,我和妻相互换手,相互关怀,扯东拉西,谈天说地,好不快活。车过武汉、九江、庐山、南昌,我俩睁大眼睛,极目长江两岸,心旷神怡,眼界大开。晚8时半许,我俩顺利到达儿子服役的福建永安市大湖镇二炮某导弹发射旅,入住在儿子事先安排好的军营中。

我俩一路悬着的心总算落了地。

在军营的几天时间里，我们受到了连队的热烈欢迎和热情接待，他们在连队灶上招待我们，又在永安久负盛名的燕江楼款待我们，其盛情令人难忘。每至开饭，儿子便会提前将饭菜送到宿舍。住在军营，食在军营，每天都能见到儿子，我俩心中十分高兴。

这次因故在永安多停留了几天，我俩抓紧在永安转了不少地方，有福建石林、桃源洞风景区、永安山地车运动公园、燕江公园、南山公园等城市景观，并在永安市政府周围的林间小径悠闲漫步，观赏夜景。永安是闽西南的美食城，闻名全国的沙县小吃就在其旁。为弥补上次来去匆匆之缺憾，我俩还在老字号燕江楼品尝了不少地道的当地名吃，什么阿兰粿子、煨豆腐、磨浆果、红枣醉香鸡等，可谓大快朵颐，大饱口福，真真正正的不虚此行。

3月2日中午1时许，我俩踏上归程。经过七个钟头的紧张行驶，我俩于当晚8时许赶至江西西北的九江市，驰名中外的庐山风景区就在这里。在九江浔阳区，我们吃到了有生以来最鲜美地道的长江鱼，那滋那味，让我俩至今想起仍味蕾大开，垂涎欲滴。考虑到还有近一千公里的路程，我们赶了个大早，早上5点半便出城上路。进入河南境内，在信阳罗山服务区稍作休整后，我们又踏上征途。行驶中，不时忆起相识相恋及欣儿出生时的美好情景，心情难抑，感慨万千。一想起军营中的儿子，我俩心情不由得沉重，更觉肩上的责任艰巨重大。

谢天谢地！返程一路顺畅，我们终于在天黑前赶到了渭南——原本打算夜间是要住宿在商洛某地的。

我俩胆大温馨的自驾之旅就这样顺利平安地结束了，此次行程往返穿越五个省份，行程约三千六百公里。事后，亲朋得知我们春节自驾后惊叹不已，很是佩服我俩的胆略，他们将我俩的这次长途旅行称之为"甜蜜温馨之旅"。

我俩亦对自己一时的胆大决策感到惊奇，要知道，平时我俩即使驾车去趟西安心里都会七上八下不瓷实，更何况出省大跨越！这趟跋山涉水的远行既使我俩异常兴奋，也让我俩多少有点儿后怕。

我想，这样的大胆之旅今后可能不会再有。我俩的确是紧紧抓住了青春的尾巴，尽情地狂奔了一回。

借此纪念我人生中仅有的惊险温馨之旅。

听闻妻子即将退休

昨日晚餐,妻告诉我,尽管自己还有少半年才退休离岗,可校长已给她发话,让她着手整理好手头的工作,随时做好移交的准备。

言毕,妻半晌无语,眼中似有泪花滚溢,其复杂表情令人难忘。

时光荏苒,岁月无情。转眼,妻即将步入知天命之年。

妻之人生虽平淡,但也充满艰辛艰难和传奇色彩。

她少小离家,是我们那一带最早的打工妹。虽文化程度不高,但却极富吃苦耐劳精神。

从她之人生经历可窥其不平凡的奋斗历程。

她天资聪颖,心气颇高,早早便对自己的未来有了小规划——靠技能改变自己的命运。

在 20 世纪 80 年代初期的农村,一个小女孩对自己的人生能有这样明晰的定位,的确难得。

十五岁,她便投师学艺从事服装裁剪,一干就是三年。三年间,她起早贪黑,吃苦受累,整日奔波于东家西户,为他人做服装和嫁衣。隆冬季节是活路最多的时候,也是她一年当中最辛苦的日子。那些日子,为了赶活,她常常是累了趴在缝纫机上小憩一会儿了事。

凭着聪明、刻苦和踏实,她学到了一手好技术,其手工绝妙精细受到了数十户做活人家的盛赞,连一向带徒挑剔苛刻的师傅也不由得对她连声称赞,以致她辞工时师徒关系如同母女,两人依依难舍。

十七岁,她离家进入省城艰难打拼。先是为厂家雕刻玻璃工艺画,进而自开门店从事玻璃经营。她小小年纪便为家中掘得第一桶金,使家庭贫穷面貌大变。从此,十村八堡都知道小马村老马家有个"能行女"。

至爱亲情

二十一岁,随夫远赴青海谋生创业,先后辗转西宁和改革大特区海南省打拼,短时间内便为企业创造了较大财富。更重要的是,在她的影响带动下,驻琼企业的艰难局面一下打开,企业自此步入良性发展轨道。

二十八岁那年,妻由游击队变为正规军,返乡入企业从事三产工作。至此,她终于结束了近十五年漂泊不定的创业生涯,生活开始相对稳定起来。在她和大家的辛勤努力下,企业"三产"取得了较好的经济效益,妻之工作态度和敬业精神亦得领导认可。

三十岁后进入学校从事后勤管理工作,一干便是近二十年。期间虽岗位多变,但其工作态度和工作作风始终未变,因工作成绩突出,她多次获得区局和学校的表彰奖励。

妻虽自身文化程度不高,但却极崇拜有知识、有文化、有修养的人。当年找对象时,在当地享有"村花"之称的她,出嫁不论钱财家道,唯求对方必须有学识有涵养,我就是因符合这一条件而跳入她的慧眼的。

儿子因贪玩不好学,这令她很是伤心。儿子无意间一句荒唐话更让她发火。事情是这样的,一次,我俩规劝儿子好好学习,说这样将来才有出息。孰料,儿子冷不丁竟冒出一句话:"不见得吧,我妈打小就没有多少文化,她现今日子不是过得挺好?"听罢此言,妻伤心地哭了,她哽咽着泣诉道:"儿呀,你太傻了,你只看到你妈今天的好生活,你了解你妈过去的艰难吗?你知道我当初吃的苦、受的罪吗?如若你妈以前不拼死拼活地苦干,哪有你今天的好光景!"一席话,说得儿子良久沉默无语,并不时地睁大眼睛瞅着妻,似在思考着什么。

开学、放假和承接大型考务活动是学校后勤工作最忙碌的时候。妻所在的后勤科可谓是真正的"五官科",五个人三个都是领导,只有妻和另外一兼职同志为干事,充其量只有一个半兵。

曾记得,2007年至2009年间,学校考务活动相当频繁,最多时一个月承接四五次考试和比赛。面对这一切,她无怨无悔,全力以赴,认真负责,用扎实细致的工作较好地保障了各项活动的顺利开展。那段时间,她常常是早出晚归,夜以继日,昼夜不分,没有节假日,家庭事务全然不顾。恰在她工作异常繁忙紧张之时,远在青海的公公婆婆时隔七八年后兴冲冲回来探家,见到儿媳整日聚少离多,行色匆匆,老人一下子不高兴起来,他们误认为儿媳是以工作忙为借口有意躲避他们。在老人看来,学校后勤是份清闲差事,哪会有那么忙。直至返回前夕，在儿女的解释说明下，老两口这才真正理解了儿媳那简单琐碎却又不平常的工作。他们面带歉意地托我转达对儿媳的关心问候，并再三叮咛儿媳一定多保重身体。

就在前几天，妻还向我讲述着她最后的工作计划，说自己一定要珍惜有限的职业生涯，站好最后一班岗，学期末将主动找领导询问接替工作之人事安排事宜，免得领导和同志多想。岂料……想到这，她不由得一阵伤感，我知道她伤感的并非是退休后每年减少的那万把块钱，而是实难割舍自己十分喜爱的工作岗位和潜心从事了二十年的职业。

和大多国人一样，妻的单位情结太浓烈，太厚重。我深知，妻恋的是单位规律有序的生活，恋的是单位大家庭般的温馨和温暖，恋的是单位同志间亲如兄弟姊妹般的情谊。

妻爱单位同事，单位同事也爱妻。闻知妻年底将退，不少同事感情难抑地流下了眼泪，她们难以想象和接受来年新学期伊始没有妻与之相伴时内心的不适和无奈，她们央求妻有事没事常回校看看。

妻之人缘由此可见一斑。

离开单位的日子，愿妻更加充实和快乐。

三　姑

时间过得真快,转眼,三姑离开人世已近十个年头。

父亲有三个姐姐,我们称他最小的姐姐为三姑。

三姑年轻时长得标致,可谓方圆十村八堡的美女子。三姑在我记忆中的定格影极像老一代著名电影表演艺术家秦怡,即就年近八旬,她仍皮肤白皙,身板硬朗,动作麻利,风采不减当年。

为人和善,吃苦耐劳是三姑最显著的特点。

我们弟兄幼小丧母,平日主要靠三个姑姑交替照看。因三姑家居街镇,离我家仅两三里路,加之家中经济状况较好,因而对我们弟兄及我婆照料颇多。

三姑是个孝顺女儿。20 世纪 70 年代,在我们那一带,羊肉汤是珍稀品又是奢侈品,乡间能品尝到这种美味的人并不多。可我们弟兄几个沾我婆的光,一月四十总能吃上一两回,这全托了三姑的福。每隔一段时间,她便给她的母亲送一罐羊肉汤。时隔四十余载,我仍能清晰地记得三姑和我十余岁的表哥一大早抬着一黑瓷大罐冒着热气的羊肉汤进我们家门时的情景,每当这个时候,我们一帮弟兄姊妹真比过年还高兴。

童年时期,我们婆孙三个去得最多的地方还是三姑家。每次去她家,她都想方设法为我们做些好吃的饭食,并从街上买回不少精美糕点,好让我们大饱口福。那段时间,我们弟兄俩满心盼望的美事就是去三姑家,每次从她家回来,她都要给我们带不少吃食,就这,我们仍不大愿意回自己的家。

我与三姑感情较深还有另一个原因,那就是 1976 年 10 月至 1977 年底,我有一年多时间曾在她家借住读书,我就是在她们村学校完成小学学业进入初中的。

20 世纪 70 年代中期的渭南河北农村,农民的生活状况相当差。

在三姑家借读的那段日子,她经常想方设法给我们弟兄改善生活,为此,她没少与姑父怄气和争吵。我们很是理解她的一片爱心和苦心,也十分理解时常因之与她争执的姑父,老人家并非是舍不得给我们吃,实在是当时家里没有的。

三姑是一个十分苦命之人。年轻时,她曾有过一对自己的亲生儿女,可不幸先后夭折。后来她抱养了一儿一女,并将他们抚养成人。至今,年近七旬的表姐忆起她老人家仍泪流不止,称三姑是一个具有大慈大爱情怀的人。

的确如此。记得我在三姑家借读时,她家斜对面有一女孩,长得胖乎乎的,很是招人喜爱。每次见到小女孩,三姑总会给她拿点儿好吃货。小孩的心是纯真的,一来二去,小孩便和三姑成了"忘年交",她家只要有啥好吃的,她准会乐颠乐颠地小跑着给三姑送一些。不长时间,小女孩和三姑的关系便亲如婆孙,有事没事,小女孩总会来到三姑家玩,并亲切地称三姑为"对门婆"。三姑与小女孩的这种关系一直存续到她去世。

三姑又是一个十分争气要强的人。我以为,争气要强既是她最为可贵的品质,亦是她悲剧命运的根源所在。

正是宁折不弯、不甘改变自我的性格,最终导致她走上了一条非正常死亡的可怕之路。

三姑是服毒而亡的,看得出,她走得很平静,很从容,亦很坦然。

去世时,她尚未过上自己的七十七岁生日。

她终于可以与九泉之下朝思暮想的父母亲相见了!

三姑不在的三千六百个日日夜夜里,受其恩泽太多的侄儿我时常忆念起她,忆念起她往昔关爱我们的点点滴滴,忆念起她的慈祥和善,忆念起她白皙富态的美好模样。

亲爱的三姑,侄儿永远记着您!

我的好兄弟

我家弟兄四个,我最感念、最敬佩的还是我的小弟治国。

小弟小我六岁,起先在青海西宁城东一个小厂工作,厂子破产后,我将其调回渭南工作。从此,我身边多了一位亲人,也多了一个可生死相托的亲兄弟。

治国虽生性内敛,但内心却充满柔情和爱意。

喜欢操心、乐于吃苦、敢于担当是他身上最为可贵的品格,也是我最为感念敬佩的地方。

在喜欢操心方面,他如同父母般耐心和细致。

平日,隔三岔五总能接到他关心问候和询问叮咛的电话。遇到我驾车外出,他更是事先探询行车线路,然后上网搜寻相关路况及天气信息,外出途中他会跟踪发送信息,打探行至何处,并再三提醒该停下来歇歇了,该吃饭了。下午六七点钟,便会接到他该住宿休息、勿赶夜路之类的温馨提示,并让我将住宿情况及时告知他,不闻详情他是绝不会罢休的。记得我曾带司机伴他回过一次青海,约千公里的路程,连续十二个钟头的驾驶,我和司机一路上累得怨声载道,无精打采,几欲昏睡。而他,却自始至终目视前方,全神贯注,不停歇地提醒司机缓慢行车,谨慎驾驶,切勿超车。司机感动得称他是一个活导航,说是外出行车只要有治国在车上,司机简直省心一大半! 有段时间上班,因车位紧张,我不得不将车骑行在路沿上停放。一日,他打来电话,一番嘘谈后不忘提醒我:"哥,车辆不能那样停放,天长日久轮距会变形的。"听后让人不觉叹服他的细心周到。

他到渭南这二十年间,过年我几乎没有买过鞭炮和对联,每年三十,他都会将鞭炮送来,并将对联早早地贴上。只是今年春节,他因照顾住院的父亲，我又行动不便，只好嘱咐儿子上街购买这些东西。看到儿子买回的"发财发财发大财"之类的春联，我心中很不是滋味，不由得又念叨起细心如丝的小弟来，惹得不明事理的儿子心中一阵不快。

最让人感动和钦佩的还是他乐于吃苦、敢于担当的可贵品格。

弟兄几个中治国年龄最小，按说他对家事大可不必过分操心劳神，而他，并不因其排行小而减少对家庭和父母的责任。只要家庭和父母遇事，他总是一马当先，出人出钱"连身躺"。

他媳妇下岗后，家中生计靠他一人维持，平日经济十分拮据，我时常为之着急和心疼。

近年来，父亲年老体衰，时常因病住院，每遇此事，我只是寄去一些钱财助其治病，可他，闻讯后总是一边紧急筹钱，一边请假购票亲去西宁照看老人，直至老人康复出院。这一两年，老人身体状况愈来愈差，为此，他没少费心劳神，往返青海成稀松平常事。此举让我们兄弟姊妹大为感动，深感小弟付出太大，担当太多。

2016 年是小弟一家的关键之年。6 月初，十二年寒窗苦读的侄女即将参加高考，决定自己的人生命运。恰在这一刻千金的关键时期，父亲却因胸腔积水再度住院，小弟放心不下，又抛下手头工作，丢下紧张备考的爱女，义无反顾地远走青海伺候老人。意想不到的是，在老人转院前夕，我却不慎跌倒导致右脚腕部骨折，不但不能到医院伺候老人，还得媳妇照看自己。老人转到西京医院后，我只有着急的份儿，照料老人之重担有一大半压在了小弟身上。在医院瞅见他疲倦的身影，想到即将高考的侄女，念及他往昔并不健康的身体，我禁不住暗暗地流下眼泪，再三叮咛他一定注意休息，保重身体。看到我难过悲戚的样子，他安慰我道："哥，医院有我呢，你好好照看自己就行了。"听罢他的话，我强忍着情感离去，心中内疚痛悔之情油然而生。和弟弟的所作所为相比，我一下子感到了自己的差距。

小弟就是这样一个人，总是为自己考虑得少，替他人考虑得多。为了家庭和亲人，他可以不计代价，他能够舍弃自己的一切。

生活中，他虽平凡普通，但却有着伟人和英雄的奉献牺牲情结，就这一点而言，他既不平凡，亦不普通，甚至还让我们不少人为之敬仰。

有这样的好兄弟，可谓我一生的大福气。

卧躺家中静养，一想到在西京医院没黑没明伺候父亲的小弟，我心中便对他充满了深深的感激之情。

由衷地祝愿侄女在金色 7 月金榜题名,梦想成真! 祝愿小弟一家平安健康,幸福美满!

小弟,我的好兄弟,你是我艰难人生岁月里最感念的人!

岳母的慈言善语

　　岳母是一个大慈大悲之人，她可谓家中的菩萨。

　　她今年虽已七十有三，但身体健康，思维敏捷，行动自如。

　　年轻时，她模样俊俏，心灵手巧，勤劳勇敢，是方圆十里八村的好女子和能行人。

　　我与岳母熟识相处已有三十个春秋。几十年间，她的人品、她的智慧、她的节俭、她的勤劳让我感动和难忘。但我以为，她身上最令人感动的还是她的慈悲宽容和忍耐情怀。

　　岳母是一位能行要强的人。因其能行，对其他人的所作所为，她很少有看上眼的，她身上有明显的领袖和统帅基因，天生便具有组织领导才能。

　　岳父常年在外工作，是她一手料理经管家务，她的组织管理才能使得早年一穷二白的家道日渐浑全和殷实。20世纪后三十年间，她曾率全家老小两次修屋建房，在官底下邽一带传为美谈，一时成为乡间名人，不少人还专程到家拜访，有人甚至还为她挥毫泼墨，盛赞其当家理财之殊才。

　　家和万事兴。作为一家之主，她极具宽容忍耐之心。对公公婆婆忍，对子女媳妇忍，对邻里乡亲忍。大念"忍字经"使她心胸开阔，处事大气，心气平和，心态阳光。在她的宽容忍耐下，公公婆婆深明大义，儿女个个听话懂事，媳妇知道感恩孝亲，乡邻关系其乐融融。她现今的宽容忍耐劲儿使其亲兄长都难以理解，认为从小心高气傲、不服他人的妹子对家事能容忍至冰点确属不易，她个人一定是做出了巨大的牺牲，也忍受了极大的委屈。对此，她不以为然，一笑了之。我想，这正是她的智慧所在，她尽管识字不多，但却深谙"家和万事兴"这个秘诀。

　　慈祥仁爱是她身上最大的品格，也是最让人敬佩感念的地方。

夫孝妻贤是她家最大的家风。在其悉心照料下，老人们个个童颜鹤发，精神矍铄，耄耋之年仍身体康健。一次谈及此，她泪眼婆娑的一番话让我感念至深，可谓没齿难忘。她说："一想起父母八九十岁了，身体还那么健康我就高兴；可一看到姊妹们六七十岁了，还在为老人操心受累我就难受，就想着老人还是早走的好，但转念一想从此今生今世再也见不到自己的亲生父母了，心里不免一阵阵地难受。"她的话道出了天下万千孝道儿女的矛盾心理。

　　岳母心中只有儿女至亲，从来没有她自己。为了儿女成长和家庭兴旺，她可谓呕心沥血，费尽心神，辛劳一生，奋斗一生，奉献一生，古稀之年仍勤耕不辍，褐衣蔬食。她常说："我年纪大了，为儿女挣不来钱，但却可以俭省，省下的就是挣下的。"她是这么说的，也是这么做的。几十年来，她一直省吃俭用，个人消费方面，能将就则将就，从不舍得乱花一分钱。她的吝啬行为常招来儿女后辈一阵嘲笑指责，对此，她总是回应道："我一农村老婆，享用那么好干啥，这样挺好！"

　　儿子婚后不久便有了孩子，搬进新房住了一段时间后，敏感细心的她发觉老少三代生活在一起饮食上多有不便，为使儿子能按自己的口味吃好喝好，她主动说服老伴提出与儿子分灶单过。虽说是分灶单过，但做饭时仍在一个屋子里，就这，她说那段时间，自己一到饭时心中便如刀割般难受，炒菜中不知掉进过多少眼泪。分灶后没多久，她和儿子又一起合灶吃饭。她说："还是合在一起吃饭香。"合灶吃饭十多年里，她从不挑饭菜，从不强调自己的口味，啥时问她饭咋样，她都是：好、好、好！人们直笑她是一个傻老婆。她狡黠一笑悄声说道："不傻我怎能和媳妇和平共处，太精明的媳妇又怎会喜欢我！"听罢此言，大家点头称是。

　　进入七十岁后，她精神上一下有了负担，开始考虑起生老病死之事，即使这样，她考虑最多的还是怎样为儿女减忧愁。她不止一次地对我说："我已活了七十多岁了，后面四十多岁纯粹是赚下的（她二十七岁时曾得过一场病，因救治及时死而复生）。现在，死对我来说真的已无所谓，我不担心死，只忧虑咋个死法。但愿自己活就活旺些，死就死快些，将来不要卧床不起拖累儿女……"

　　你瞧瞧，岳母就是这样一个慈善之人，几十年间她一直都是慈言善语，至死都在考虑儿女子孙，从未顾及自己丝毫。

　　岳母，我们慈祥的长辈，我今生今世最可亲可敬的人！

人生滋味
RENSHENG ZIWEI

真挚友情

ZHENZHI YOUQING

永难弥补的缺憾

——兼忆朋友之情谊

一段时间没与朋友联系，一日闲暇，顺便拨通了她的电话，听到她熟悉的声音，我倍感亲切。通话中，朋友说过几天约我和几个朋友一块儿吃饭，之后我又与她寒暄了一阵，挂断电话，我静等着她约定中的聚会。

两天后，接到另一好友电话，她语调低沉地对我说："领导，××突发疾病，情况不妙，你快去看看。"

放下电话，我心神烦乱不宁，整个下午无心工作。不待下班，我便急匆匆地赶到医院，重症监护室门前聚集了不少探望她的人，见此我心情不由得吃紧起来。细细打听，方知朋友发病后，人一直在重症监护室，一般人根本不能探望。

在紧急抢救的日子里，我几乎天天都去医院打探情况，希望能见她一面，更希望奇迹能在她身上出现，但总是事与愿违，朋友病情日益加重。直觉告诉我，朋友这次是凶多吉少。一想到此，心情不由得更加沉重起来。

入院第五天，噩耗传来，朋友医治无效，英年早逝！

我和朋友之交往已有二十余年。

20世纪90年代初，我调回渭南工作，先在一村办小学短暂执教，在这里我认识了年轻时尚、充满青春活力的她。渐渐地，我们成了好朋友。

与之相识相知，主要原因不外乎两个：

一是我们系同龄，且都从青海内调回渭南，彼此间共同语言较多。

二是朋友青春靓丽，穿戴入时，高雅大气，可谓乡村学校一奇葩。初次相见，我便惊叹如此偏僻的乡村小学，竟还有她这般摩登的女教师！

不久，我调离学校改行从政，她仍在乡村学校教书，我们见面虽少，但彼此都用心交往,因而情感不减当年。

2008年冬日的一天,她找到我,诉说她的苦衷:支气管发炎,久治不愈,声音时常喑哑,影响正常教学。听罢她的诉说,曾为教师的我对此深表同情。随后我便与在临渭区担任领导的乡党一起,将她调至高新区关工委。她甚是感激,工作十分卖力,人缘也出奇地好。

她对我十分关心。我乔迁新居时,她花费大半年时间亲手绣了一幅"紫气东来"的十字绣,装裱后赠予我。我将之挂在书房西墙,家中来客无不赞其精湛绣技。每次瞅见匾上的朵朵梅花,我便仿佛看见她,心中顿感一阵美好。

我的儿子在部队服役,她经常向我打听孩子退役的时间,并说好到时和我一块儿去找她在省城某部门担任要职的亲戚,好让孩子有一个较好的工作岗位。我们约定过完农历羊年便一起去西安……

她是一个极其热爱生活的人,多少年来,区内只要有文体活动,她都一马当先,踊跃报名,积极参加。去世前,她还是渭南市中老年模特队队员,曾出访韩国及国内不少城市,获得了不少荣誉。

天不佑善,人生无常!

在即将进入羊年之际,她却一头倒在年关门槛前,令人唏嘘哀叹不已。

祭念她时,目睹灵堂前照片中熟悉的芳容,忆想她往昔阳光灿烂的模样。我思绪万千,感情难以自已,禁不住号啕大哭起来:"朋友,你咋这么快就走了? 你还欠我一顿饭哩!"引得两旁的人一阵伤心抽泣。

……

朋友去世后,我伤感了好长一段时间,更真切地感到了生命的短促和岁月的无情。

朋友的离去使我对人生有了更深刻更现实的认识和体会,那就是:

人生要抓紧,凡事不可等,一等,很可能成永远。

人,活着便是美好,故而,应珍惜当下,好好活着。

珍惜会使美好变得长久和永远。

逝者长已矣,生者且偷生。

多愁善感、满怀忧虑的我能否像朋友那样无拘无束、无忧无虑、阳光灿烂、活泼洒脱、包容大气、乐观向上地去工作、去奋斗、去生活?

我在问自己,朋友似乎也在关切地注视着我,询问着我……

朋友,你不会孤单,无论今生和来世,我们永永远远都是好朋友!

我的第一个上司

准确点儿讲，我的第一个上司是指我调回渭南开发区工作后的第一个直接领导。

我是1993年初调回渭南开发区的。年后，我便来到区内某小学担任教导主任，自此结识了我调回开发区后的第一个上司——××学校校长。校长姓弋，系开发区当地人，他满脸和善，干净利落，平日总是一副乐呵呵的样子。

与校长相处时间不长，也就三个来月，之后我便调离改行。短暂接触中，直观感到他是个好人，因而与之交往至今。

校长首先是一个心地善良之人。

不知何故，调回来半年多时间，我的工资一直未能理顺。

没有工资，生活一下子成了问题，校长对此很是同情，准许我在校财务先借三百元钱应急。三百元钱虽不算多，但却解了我的紧，救了我的急，让我无忧地生活了好一阵子。对此，我甚是感激。万没想到在学校借的这三百元钱，竟牵扯到上面个别心术不正者借此事让我打了不少条子用以填补其留下的"财务黑洞"，事后又以此事刁难我。为此，在办理调离手续时，我情绪激动地与校长进行了激烈争吵，好在他只想息事宁人，并未与我较真。事后，我也觉得此事不应当全怪他，他真真正正是代人受过，我是有点儿冤枉他了。对此，他并不计较，待我之热情依然如故，这倒让我觉得不好意思起来。

校长后来也挺不幸，先是自己遭遇车祸（开颅手术后幸无大碍），后来老伴又因病过早去世，他为此伤心痛苦了好一阵子。退休后好几年我都未遇见他。

一次,他来单位找我,让我一阵惊奇。他说想办个残疾证,根据他的情况,我很快给他办好了残疾证,这之后,我又主动帮了他一些小忙。对此,他甚是感激,之后隔段时间他总会到我单位坐坐,还时不时给我带来一些礼物,搞得我很不好意思。不久他续弦娶妻,女伴小他二十余岁,真正一对老夫少妻,他看上去很幸福,其间他还高兴地邀请我们去他的新家做客,让小妻盛情款待了大家一番。我们很是为他的晚年生活感到高兴,从内心祈求他晚年幸福,祈求好人一生平安!

时间久了不与他联系,有时还真挂念他。

几次欲打电话都因工作繁忙搁下,恰在这时,常常又会接到他的电话,说他想我们了!接电话后感到好生奇怪,难道我们之间真是心有灵犀?

有半年时间没有见他,前几天我拨通了他的电话,他很是高兴,今天一大早便来到我办公室,我俩一阵细语长谈。他说:"一段时间不到你这儿来,我心里就觉得空落落的,似乎总缺少点儿啥。好人是这个世界的魂,我非常愿意与你这样的人交往。"我随口回应道:"你也是一个好人嘛!"说得他高兴不已。

中午,我特意请他吃了个便餐,不料他却执意要付钱,任我怎样拦挡都无济于事,见此情景,我只好将付钱的机会让给了他。付钱后,他一副轻松满意的样子,似乎了却了一桩心事。

普通人的交往就是这样——真诚、实在、平等、温馨,没有丝毫功利和市侩气。

说真心话,生活中我更愿意与他这样的普通人交往!

小同事

　　小同事不算小,年方三十有六,到单位也已十六个年头,该算名副其实的老同志了。之所以称之为"小",是相对我而言。

　　小同事身材匀称,个头高挑,明目皓齿,一对酒窝甜美可人,可谓一标准美女。

　　小同事外貌之美自不待说,关键还是美在心灵,美在追求事业上。

　　她认真负责的工作态度真的是没得说,其敬业精神尤其令人称赞佩服,这些工作特点我在《我的团队》一文中已有详细的描述。小同事大学毕业便来单位,十六年的职业生涯里,转岗数次,总是干一行爱一行,爱一行专一行,在工作上不管啥情况,不论多艰难,她总是把事当事干,很用心地干好每一件事。

　　她性格泼辣干练,工作果敢高效,全身充满青春活力和不服输的豪气。

　　同事十余载,我以为小同事身上有两个显著特点最感可爱和敬佩。

　　其一是处世真诚率直,心无芥蒂,不计私怨。

　　有段时间,单位办公环境大整修,活路工序多而杂,处处都得操心费神。她不辞劳苦,一人勇挑重担,既洽谈联系工队、采购建材用料、周密安排工序、全程监督施工,又根据工序安排办公室临时搬迁。由于她工作安排有序,工程监管到位,维修在很短时间内便高效完工,维修整体效果我很是满意。其间,单位个别同志对工程个别地方用材布局提出异议,对此,我予以赞同,并就此和她交换意见,不想她一下委屈得情绪激动起来,大声与我争执,任我如何劝说也无济于事,最后她竟嘟囔着甩门而去,弄得我当时是既尴尬又生气。但考虑到她这段时间的确辛苦忙碌,耍性子亦属正常,所以我当时并没在意,但心里着实窝火得很。那天晚上,我一夜未眠,越想越生气,一时不知该如何是好。我暗自揣摩着这几天她一定会为此闹情绪，可第二天她却一如既往地早早来到办公室，拖地，抹桌子，然后认真地监签考勤，好像啥事也不曾发生。忙完手头事，她专门来到我办公室，笑着给我赔不是，并诚恳承认她昨天下午态度不好，请求我原谅她。见她态度如此诚恳，我满肚子不快瞬间烟消云散，反倒对她一番安慰鼓励。

斯大林曾说过这样一句话：胜利者是不受谴责的。套用这句话，辛勤工作者同样不应受到责难。有个性的人最难得，亦最可爱。想到这些，她过往的一切不妥言行我都能欣然接受和谅解，毕竟，她发泄的不是个人恩怨，实实在在是为了搞好工作，这同样是责任心和事业心强的表现。

其二便是工作上倔强较真，无私无畏，不是监察，胜似监察。

单位每遇到一些难缠事需要集体商定决断时，我心里便矛盾起来，既想听取她富有个性、麻辣味实足的意见，又怕她在一些蛮缠问题上书生意气，固执己见，使场面难堪，导致事情难以决断。有时她因事缺会，会上听不到她的不同意见，我反倒好一阵子不自在，不习惯。

我把她比作专事找茬的监察官和律师。单位凡事只要有她盯着，我这个"法官"似乎一下子有了底气，工作起来不敢有丝毫的懈怠和马虎，总是虚心听取大家的意见，小心谨慎地对待每一项决策，生怕"法锤"敲偏，影响公正，贻误工作。说真的，正是由于她的倔强、较真和认死理，才使我在工作决策上思路更开阔，程序更完善，避免了不少随意和轻率之举。

尽管她的较真有时使我很没面子，但我工作中的确少不了像她这样坚持原则、敢于挑刺的人。她就像杆秤，随时提醒你认清准星，公正公平交易。

我常说，单位多亏了小同事，也亏多了小同事。对此，我一直心怀歉意，并久久不能释怀。

这就是我年轻漂亮的小同事，她真诚、率直、可爱、可敬，处事认真，做人实在。现如今，这种人可谓凤毛麟角，稀少而难得。

工作上有这样的人相伴，的确是我们大家的幸运。

我十分欣赏和佩服她这样的人，愿我可爱的小同事永葆心底无私、率直、泼辣、倔强较真之个性。

梁　姐

　　住管委会家属院期间，出入大门时常看见一中年女子戴着眼镜坐在门旁看书，起初我并没在意，时间一长，我才开始注意起这个人来。

　　中年女性姓梁，四十七八岁年纪，她的主要工作是协助丈夫做门卫工作。一来二去熟识之后，我便以"梁姐"称呼她。

　　梁姐是一个知书达理、十分要强的女人。

　　她出身书香门第，家境甚好，是班上少有的才女。婚嫁后，丈夫家境贫寒，三个儿女出生后，家庭生活更是艰难拮据，一家人的冷暖温饱常常让她皱眉。亲朋四邻都为她的生活着急操心，不少人对她的婚姻存续产生了怀疑。从小便心高气傲的她，硬是不相信命运的安排，鼓足勇气，相夫教子，以自己的柔弱之肩挑起了家庭重担。在她顽强努力的影响下，一家大小踏平坎坷成大道，生活得顺风顺水，让四邻八舍好一阵羡慕。

　　农家生活刚刚过出个样儿，善于学习思考的她又剑走偏锋，胆从心生，提出了一个令全家老少瞠目结舌的家庭发展计划：走出农村，跻身城市，杀出一条血路来！她的宏大计划遭到了家人的一致反对，爱人忧虑地说："咱年龄已不算小，又身无绝技，一家老小到城里咋生存？"亲朋好友也对她的这一举动不甚理解。一时间，泼凉水的，吹冷风的，婉言相劝的，接二连三，让她感到了前所未有的压力。那段时间，她苦思冥想，沉默寡言，整天一副痴呆模样，着实吓坏了家人。经过好长一段时间激烈的思想斗争，她毅然决然地举家进城。不久，为断其后路，扎根城市，她将责任田承包出去，逼迫丈夫一门心思在城市谋生。

　　刚进城那几年，他们一家大小吃尽了苦头。为了生存，她带头去饭店打工谋生，并让丈夫发挥所长，到驾校当教练带学员。为了建立稳定的后方基地,她辞掉饭店的杂事,找得一单位门卫的差事。她说,自己虽不看好门卫这活,但干这个工作,她抽空可以料理家务,并为一家老小做好一日三餐。人是铁,饭是钢,吃不好饭咋在外闯荡!

从事门卫工作后,她有了一个相对稳定的工作环境,也有了看书学习的机会,利用工余时间她读了不少书,记了厚厚几本读书笔记。院内谁家有难事,谁家夫妻不和,谁家儿女不乖,她都会看在眼里,记在心中,或登门说教,或书信交流。你还别说,她这招还真管用,不少夫妻和孩子就是经她劝说引导,开始重新树立信心,走上自己的人生幸福路。

我的儿子年幼无知,贪玩调皮,一时看不清自己的前途和未来。为此,梁姐真没少费心思,她又是当面引导,又是循循善诱,还为其买了一些励志书,写一些动情入理的书信润其心田。特别是孩子当兵到部队后,她更是关心备至,不停地询问儿子在部队的情况,并要去部队的地址,写信寄书帮助他。这一点,连孩子都深受感动,表示一定在部队努力表现,不负大妈一片好心。

十几年间,梁姐以惊人的毅力和积极乐观的生活态度,将全家从偏远农村搬进城里,把三个儿女一一拉扯大,安顿好,并使其各自有了满意的工作和美满幸福的小家庭。每每想起这些,孩子们都特别感动,他们一致认为自己的妈妈是世界上最伟大的母亲,说妈妈本身就是一部很好的励志教材,妈妈身上值得他们学习的东西实在太多太多。

梁姐家结婚嫁女我都主动参加,全程参与,并为之诚挚祝福。目睹他们一家之幸福美好场景,我泪眼蒙眬,仿佛看见梁姐几十年间奔波城乡、起早贪黑、含辛茹苦、艰难挣扎的生活图景。

梁姐的确不容易!这是我常挂在嘴边的一句话,从她身上,我获得了巨大的前行力量。

我赞赏她,更佩服她不畏艰难困苦、积极乐观的人生态度。

平凡的人创造了不平凡的业绩,那么平凡之人就会变得不平凡。

梁姐便是这样一个生活在平常生活中的不平凡之人,她亦是我身边的榜样。

与之相伴,倍感人生美好无限。

我打心眼里敬佩她这样的人!

真挚友情

大　妹

　　大妹刚到我家时才两岁多一点儿,我们家当时尚无女孩,因而爷爷奶奶格外喜欢和疼爱她。

　　四十余年的相处使我们的兄妹情谊天高地厚,真正是比一般家庭的亲兄妹还亲。

　　大妹是一个有着淳朴善良之心的人。

　　她天生心地善良,天真无瑕,待人忠诚实在,没有丝毫怪异之心。

　　小时候,家中姊妹多,彼此间时常摩擦弄事,可谓你瞅我鼻子不顺,我瞧你眼睛不好。家中时而欢声笑语,时而阴云密布,战争不断。

　　老实说,大妹小时候没少挨我们的欺负,可她总是哭完便没事。遇到大人惩罚我们,她总是转涕为笑,竭力庇护,搞得大人没法惩罚我们,只能怒骂她"没血"。

　　那时候吃食紧,遇到我们调皮淘气,家中常用的惩罚便是饿饭,一半天还可以,但时间稍长便难受得要命。每当此时,大妹总会趁吃饭时偷偷揣个馍,瞅空悄悄地递给我们吃。对此,我们甚是感激,发誓今后不再欺负她。

　　大妹自小便有同情之心和奉献精神。

　　印象最深的是,初到青海,我特别爱吃米饭,对葱花炒米饭更是百吃不厌。当时竟觉得炒米饭是天下最好吃的饭食,憧憬着自己参加工作后,只要每周能吃上两回炒米饭就算进入共产主义社会了。现在想来,当初自己的生活目标实在是太低太小太没档次了,甚至让人感到可笑。如今的光景,即就是一天三顿吃蛋炒或肉炒米饭都不成问题,更何况当初的炒米饭还是葱花炒米饭,就这每人才一小勺,往往没两口就扒拉完了。大妹见我那么爱吃米饭,总是找理由说自己不爱吃米饭,然后将自己的炒米饭大半拨到我的碗中,她只是象征性地吃一点儿。为这事她没少遭大人训斥。

长大参加工作后,大妹家中经济状况较好,她更是慷慨大方,出手利索。无论家中有什么事,无论事大事小,她总是主动上前,出钱出力;每次家中聚会,她总是不顾阻拦抢着结账;遇到我们去青海探亲,她更是吃喝伺候,热情招待,走时还不忘给我们捎带些高原特产……所有这些,都让我们动情落泪。

我们家孩子多,大妹小时候也吃了不少苦,特别是在长春上学那几年。几次放假,为省钱她都没有回家,一个人孤零零地待在异域他乡,用打工消磨时光,等待开学。

她是一个热爱生活、知足常乐的人。

现在,虽然女儿处在高中关键期,可只要有空,她总是忙中偷闲,随驴友外出逛上一回。平日,与我们在一起,她总是无拘无束,开怀大笑,一副没肝没肺的样子。有时,看见我们面带愁云,她总是劝说道:"现如今社会这么好,咱们没有理由不快活,愁也一天,笑也一天,我们为啥不笑着过呢!"还别说,她的这些话有时还真成了止血止疼的"创可贴",让我们暂时忘掉了人生的疼痛和烦恼。

大妹就是这样一个人,她活得简单,活得实在,活得快乐,活得大气。

有缘与大妹成为兄妹,我一生欢喜。

好人多磨难,好人福无限。

猴年仲夏吉祥日,外甥金榜俱欢颜。

无疑,这一天将成为大妹一家的盛大节日,我们等候着一起分享欢乐。

祝福大妹一家平安幸福,快乐吉祥。

李建印象

李建何许人也？

看到遍布渭南大街小巷的"李建手工面"后，你就会明白过来，李建便是"李建手工面"的创始人。

李建原名李建娃，是高新区郑家村人。他这几年被渭南市人民政府评选为"渭南市十大创业名星"，成为高新区土生土长的"标杆人物"。

李建年龄不大，正值当年；文化程度不高，仅初中毕业；创业时间不算很长，迄今有十五六年。

但他，凭着"一根擀杖闯天下"，在短短十余年间便创造出了巨大的奇迹：在国家工商总局注册了李建手工面，目前开设李建手工面店（含生食店）二十余家，员工已逾三百人，并且将店开到了外省——河南省南阳市。

初识李建，是 2008 年"5·12"地震的第二天，即 5 月 13 日。当时在街上转悠，恰遇李建手工面（杜桥店）开业，想着新店开业，味道肯定不错，于是便走进店里要了碗手工面。李建当时还给我倒了杯可口可乐，只是我们当时并不认识。品尝完面，感觉真的不错，面条不仅筋道、柔韧，且量大料足，臊子味也极好。我饭量本身就大，可一碗李建手工面便让我吃得饱饱的。这之后，我还带妻儿一起品尝，他们一致认为不错。隔三岔五，我们便会到李建手工面（杜桥店）吃一顿手擀面，感到十分满足。

真正接触李建已是 2009 年的事了，当时他来我局办理小额贷款，业务同事向我介绍了他。以后我们交往的机会日渐多了起来，他经常邀我们到他店里指导工作，品尝饭菜，并以普通顾客名义对他的饭菜及管理提出宝贵意见。我们很中肯地向他提出了不少意见和建议，一些被他采纳变成餐饮店的管理内容。遇有空闲，我们便在一起学习交流，为他的企业把脉支招。

与李建接触，有三点感触最深：

一是李建百折不挠的创业精神和创新精神。任何事情都不是一帆风顺的，民营企业的发展更是如此。李建的创业征程充满艰辛，可无论遇到多少问题和多大困难，他都始终矢志不渝，顽强拼搏。这也是他店面不断增多，生意规模日益扩大的根本所在。

创业期间，无数艰难险阻将他困扰。资金匮乏、店长不辞而别、员工擅自离店、工作人员伤残、餐饮公司（成品加工厂）被拆、上中学的独子旷课逃学，这些难题足以将一个意志薄弱的管理者击倒，而他总是不畏艰难，迎难而上，用耐心和宽容使棘手问题得以较好解决，让员工心情舒畅地投入工作。

二是他好学上进的刻苦精神。李建文化程度不高，仅初中毕业，但他深知学习的重要性，平日十分注重学习。在学习上，他一舍得花时间，二舍得花钱，他对自己是这样，对职工也是如此。每年他都要外出四五次参加中省市组织的各种学习（培训）班。学习使他获得了创新的动力，学习使他始终立于不败之地，学习使他眼界宽阔，在企业管理上金点子和高招层出不穷，落地成金。他的微信，始终充满正能量，不少内容都是他的原创作品，读后让人受益匪浅，从而产生巨大的前行动力。

李建是一个有恒心、有毅力的年轻人。为了创业，他主动戒了烟，戒了酒，剪掉了心爱的长头发、长指甲，总之一句话，为了工作，他可以忍痛戒除自己的一切爱好和嗜好。

三是他有宽广博大的仁爱之心。大富方显大爱。李建餐饮企业尚处于发展阶段，距大富还有很远的距离，可他始终充满爱心。每年年末岁根，他都要拿出一大笔钱举办企业年会，表彰年度优秀员工，并联系工会和残联，走访慰问区内的困难职工和农村贫困残疾人。

最难能可贵的是，四川芦山和云南鲁甸地震后，他冒着生命危险，购买了七八万元的救灾物资，自己驾车送至地震灾区，并留下来当义工，翻山越岭将救灾物资背到灾民家，发放到灾民手中。当看到他发自灾区的照片时，我激动得两眼噙满泪水，在对他点赞钦佩的同时也明显地看到了自己的差距。虽然我也喜欢行善积德做好事，但与他相比，差距可谓十万八千里。

正因为此，我对他一直充满深深的敬意，并在创业方面尽可能地给他以帮助。

古语云：仁者寿。愿李建和他的餐饮企业更好更快地发展，愿他的殷殷爱心如清泉般汩汩长流，以滋润更多的饥寒受难人士。

李建兄弟，我身边的榜样，我引以为豪的朋友，我人生中最敬佩的人！

交人就要交这样的人——大爱大气，好学上进，积极乐观，全身充满正能量。

人生
滋味
RENSHENG ZIWEI

我的"忘年交"朋友

忘年交是指年岁差别大、辈分不同而交情深厚的朋友。

生活中,我有不少这样的朋友,他们中既有年纪较大、富有经验的老朋友,也有年龄较小、才思敏捷、思维活跃的小朋友。他们的存在,让我成为名副其实的精神富有者。

年幼时,我既喜欢与比我年纪大的朋友玩,更喜欢与比我年龄小的朋友玩。老小两个不同年龄段的朋友,不断活跃和完善着我的思维,使我屡次决策时既不简单武断,也不迟疑不决。

遇到问题,我常认真听取他们的不同意见,最大限度地补充完善我的思维,从中综合提炼归结出切合实际的意见。通过对比分析,得出的决策意见往往距客观实际较近。

不同年龄段的人因阅历、文化背景、价值观念的不同,其判断决断事情的结果亦不尽相同。

比如,2013年初出版《我这三十年》一书时,我信心不足,几欲搁置。为此,我主动征求部分"忘年交"朋友的意见,不少老朋友从经济角度对我提出得不偿失的忠告,并忧虑地说这样会不会给人留下过分张扬的印象。而"少壮派"朋友,则鼓励我抓紧出书,认为唯有如此,才能让别人认识你。并告诉我,改革年代,人要想成功,首先要学会推销自己,要敢于大胆发声,这样才能表明你的实力,证明你的存在。至于经济问题,大可不必考虑,要想"产出",必先"投入"。他们截然不同的意见和建议给我以很好的启发,两相权衡后,我毅然决定出版这本书。从两年多的实践看,这本书的确值得一出。暂且不论它的经济状况如何,至少凭借这本书,使更多的人认识和了解了我,同时这本书也成了我跻身陕西文坛的敲门砖。我能成为省作协会员,这本书功不可没。

忘年交朋友，可谓我人生的宝贵财富。工作和生活上需要他们时，你总能从他们那儿得到可资借鉴的经验。

我能走到今天，应当很好地感谢这些无私无畏的朋友，他们使我的人生更美好。

衷心地谢谢你们，我的"忘年交"朋友！

我的老师

十余年的学习生涯中，教过我的老师有五六十人，但让我铭记难忘的老师也就五六个人，郭力克老师便是其中之一。

郭力克老师是我的文学与写作老师，他大我三四岁，是青海师范学院中文系毕业生。

我进校前一年，他大学毕业分至师范学校任教。老实说，起初我对他并不感冒，原因主要有两点：一是觉得他的名字读起来有些奇怪，乍听好像是蒙古族人名；二是因他爱好足球，是州足球队的主力队员。担任我们写作课老师时，他因参加州上组织的赛事，我们一个多礼拜对他是只闻其名不见其人，顿使我对其产生了不好的印象，并偏执地认为此人授课水平一定不咋地。

正常上课后，我听了他几节课，感觉还不错，我先入为主的偏见慢慢开始改变。可能同龄的缘由，课下我们彼此接触的机会开始多了一些。他是一个性情中人，课余常邀我们去他家闲聊玩耍，并让娇妻给我们炒菜做饭，与我们一起喝酒。接触中，感到师嫂亦是一个不错之人，我们很是羡慕他们小两口其乐融融的生活。

和郭老师接触交往的这段时间，最让我感动和印象深刻的是他对待学生的开明态度和对我写作的关心和支持。

20 世纪 80 年代初期，大学本科生可谓凤毛麟角，作为省城来的大学生，他既不自恃清高，也不顾影自怜，始终一副朝气蓬勃、欢快愉悦的样子。他的生活态度深深地影响和感染了我们。

一次上文学课，他在分析一篇抒情散文的写作特点，待他归纳完作者景物描写的两个特点后，我随口补充了第三点，他先是惊疑地看了我一眼，进而马上对全班同学说："这个同学说得很对，作者除了描写这件物品的形状、大小外，还有很重要的一点，就是描述了它的色泽。"讲完后，他走下讲台，来到我座位旁，俯下身子低声问道："你先前是不是学过我讲的这些东西？这样吧，我感到你的写作和作品分析能力较强，以后我的课你就不用上了。"听罢他的话，我简直不敢相信自己的耳朵，怕我不相信，临离开时他又拍拍我的肩头对我说："真的，你没有必要再在这些课上浪费时间，可以利用这些时间好好学学其他东西。"打这以后，每遇上文学写作课，他总是提醒和支持我离开课堂去别的地方学学其他东西。在他的宽容支持下，我利用文学写作课的时间学习掌握了不少新东西，还写出了一些他看得过眼的文学作品。他对我的做法很是赞赏，并时不时给予鼓励和支持，让我至今仍感念不已。

有几次，他在班上点评了我写的散文，认为虽选材平常，但立意较新，使人耐读，并鼓励我用心观察生活，今后努力写出更多更好的散文。一个周末的夜晚，他差人捎话让我去他家，待我见到他时，桌上已摆上炒菜和啤酒，看得出他刚加班改完作文。待我坐定，他让妻为我倒了杯啤酒，我陪他边吃边聊。吃饭中，他再次提到我写的散文，认为我的散文底子不错，加之平日善于观察提炼生活，拥有较好的写作素材，只要长期坚持写作，今后在散文创作方面定会有长足发展。说罢，他举杯与我相碰并预祝我在散文写作上取得优异成绩。为回报他的知遇赏识之恩，我受宠若惊地大口喝下了那杯又苦又涩的啤酒，走出他家时，我满脸通红，步履蹒跚，几欲栽倒……

二十几年里，我先后尝试写作了不少文学作品，体裁涉及散文、诗歌、小说、报告文学、新闻报道等种类。在这些作品中，我的散文一直得到大家的关注和好评，并多次在全国及省市获奖。2013年初能成为陕西省作协会员，散文创作可谓功不可没，我知道在这当中它起了很大的作用，换句话说，是散文创作成就了我的今天。

迄今，我已创作出版了三本散文集。现在，一写散文我便想起郭力克老师，想起他二十多年前在散文写作方面对我的关心关爱和支持。可以说，没有他在文学写作上对我的热心指导和鼓励，便没有我今天的文学成果。

不知郭老师现在可好？

大孝子的雷人语言

古人云,百善孝为先。有孝心的人最值得交往。

朋友便是这样一个人,他是远近闻名的大孝子。

我调回渭南即与他相识,迄今我俩交往已二十三四年。

大多人之所以喜欢与之交往,皆因他的孝心和大气。

他就是这样一个人,与人交往,总是实在实诚,生怕别人吃亏。

朋友的家乡是个好地方,远离喧嚣,人少树多,氧气充足。一年中,我们总要上去十数八回。春天踏青,夏天摘杏,秋打核桃,冬摘柿子,有时还踏雪赏景。每次上塬,我们都三五成群,最多时达二十余人。对此,他总是耐得麻烦,提前联系,精心安排,热情接待,唯恐照顾不周,下塬还不忘再管大家一顿大餐。为此,大家很是过意不去,可又拗不过他的盛情,只好默默地接受,唯将他的好处记在心上。

后来得知从他家采摘的杂果等土特产竟是他从老家兄长手中变价而得,我们一下子不好意思起来,纷纷掏钱给他,被他一手回绝。他憨笑着说:"这点儿东西再要钱就不是朋友了,再说,花钱你们从哪儿买不着?"听罢,大家再也没法强为着给他钱。

对待老人亲戚,他更是好得没法说。

他父亲离世较早,老母亲如今已八十多岁,与他一起生活已近二十年。二十年里,他不但自己对老人好,还要求妻子和女儿无条件地服从老人,为此,他没少和妻子女儿怄气伤神。他妻子曾说:"在他心里,我和女儿加起来也顶不了他老娘一人的分量。"

这话一点儿也不假!

朋友曾动情地对我讲起他的家世,说母亲一生的确不容易,二十来岁便

真挚友情

背井离乡来到西塬深处的老鸹窝(惠沟村)。进入中年丈夫便瘫痪在床,家中儿女多,生活极其艰难。为使他长大成人有出息,老人硬是靠放羊和卖山货供他读完了师范,使他有了好的归宿。他常说:"没有老母亲当初的含辛茹苦,就没有我今天的一切。因而我一定要孝敬老娘,让她度过一个幸福的晚年。"

为了这一切,他这么多年的确不容易——付出不少,受累不少,遭妻子女儿抱怨误解不少。细想起来,他也深感自己似乎太自私,为了老娘让妻子和女儿受了不少委屈,可这又是没办法的事。谁让我是她儿子呢!

一次,为孝敬老娘之事,他与妻子女儿大吵,怄气离家。妻子女儿心疼他这个憨子,怕因此弄出个三长两短,急忙求我从中斡旋。我订好雅间,分别通知他们一家三口赴宴。他似有警觉地对我说:"请我吃饭可以,但不能叫我媳妇和女儿,否则我拒绝参加。"我随口答应。

待来到雅间,见媳妇女儿先后进来,他立马扭头离开,被我一把拉住。不待坐定,他一番雷人语言雷倒四座亲朋。他憋着劲儿大声说道:"今生媳妇可以重娶,儿女可以重生,老娘只有一个,谁对老娘不好,我都不会答应!"说罢,还觉不解气,进而又说道:"儿女忤逆不孝,即使学得再好,将来又有何用?"

听罢他的雷人语言,房间好一阵鸦雀无声,随即,大家报以热烈的掌声。

他的这些话,如雷贯耳,斩钉截铁,话丑理端,句句实在,不由让人对他的孝心和智慧更加佩服。

他是谁? 他就是我的好朋友,高新区妇孺皆知的大孝子王书哲。

感人至深的一幕

——一位老党员的情怀

这是三年前的事了,那幕情景至今历历在目,感人至深,令人难忘。

朋友的父亲一病不起,行动不便,急需一辆轮椅,我很快便为之找到一辆供其使用。有了轮椅,老人起居方便了许多,他很是高兴。一天,老人忽然问起儿子轮椅的来头,这让朋友一下为难起来,他只好敷衍老人说轮椅是借的。老人又追问道:"在哪儿借的,借谁的,打借条了没有?"无奈,朋友只好说出是经我之手从残联借出的,已办好了借用手续。听到这儿,老人这才放下心来。

老人是个有着四十多年党龄的老党员,他十八岁便加入党组织,此后一直担任村干部。中年之后,老人应妹夫之邀来渭南协助办学,在技校一待便是二十余年。

在技校工作期间,老人以校为家,兢兢业业,踏踏实实,一年难得有几天清闲时光。值得一提的是,在技校工作的二十多年里,老人可谓位高权重,被称为"第二校长"。仅从他手中过往的钱财就多达数十万,可他总是认真负责,谨小慎微,从不乱花一分钱,所经手的每一笔款项都详细入账,有据可查。他常说:"金钱有价良心无价,咱再缺钱也不能花昧良心的钱。"有段时间,老人家中事多,开支较大,急需用钱,此时他手头有的是学校的公款,可他宁愿在外借款也不私自动用学校一分钱,这让儿女亲戚很不理解。正由于此,他离开技校后,校长好长一段时间一直不适应,用了好几个人接替他原来的工作都难如人意,校长这才感到了老人的重要,从而更加佩服他的高尚人品。

我最后一次探望老人时,他生命已进入弥留之际。见到我,他很是高兴,半躺着艰难地与我交谈,托付我今后一定多照顾他儿子,并让儿子在为人处世上多向我学习。临别时,他仍不忘再三叮咛我轮椅归还之事。老人悲哀地说自己已离大限不远,轮椅今后肯定再用不上了,要儿子尽快将轮椅还予我,并让我予以监督。他费力地说道:"咱说啥也不能沾国家的便宜。"

告别老人后没多长时间,他便溘然长逝。追悼老人时我又一次想起了有关轮椅的故事,并将它讲给身边的朋友,听者为之动容,直叹老人之高风亮节。

老人就是这样一个人,虽普通平凡,但却永葆共产党员的先进本色。他虽未给后世子孙留下什么物质财富,但他对党忠诚、不贪财敛财、平淡处世、清白做人、重名(声)轻利的精神,才是最值得后世子孙学习和继承的。它们不是财富胜似财富,可谓子孙后代代代相传的"传家宝"。有了它,家族后世才会生生不息,发展壮大。

斌　斌

斌斌是我的一个好兄弟,与之相识在 2009 年初夏。

修长的身材,略显白皙的肤色,加之一副金丝眼镜的衬托,标准一个儒雅书生的形象。这便是斌斌留给我的最初印象。

闲谈中问及其学历,笑称是初中文化,大专程度,坐在一旁的媳妇戏称其是"家里蹲"大学毕业。说得我不好再问什么。

接触一段时间后,我渐渐对其有了好感。这位兄弟文化程度虽不高,但脑子极其好使,一起交谈时,他总能迸发出智慧的火花,不由让人惊叹不已,并对其刮目相看。

从最初走出渭北偏僻乡村进城摆摊卖辣椒,到今天经营三四个不同类型的企业(机构),拥有数百万固定资产。为此,他的确付出了极其艰辛的努力,用他的话说,现今拥有的这一切,包含着他们夫妻俩太多的辛酸和艰难。

"创业,的确太辛苦,太不容易了!"这是他回忆当年艰难创业时最爱说的一句话。

斌斌最大的特点就是敢拼善闯,崇尚知识文化,看问题见解新颖独特,充满智慧。

人生在世,创业最难。初入城市的他两眼迷茫,一脸无奈,站在车水马龙的大街上,一时竟不知自己的创业之路从何开始。他不等不靠,先从最简单的摆地摊开始,失败后又到饭店边打工边学习。一番艰辛历练后,凭借自己灵活的脑瓜,他终于瞅准了发展机遇——创办一所民办职业技术学校。为了办好职校,他不惜搜索动用各种社会关系。功夫不负有心人,家庭中独特而又稀缺金贵的人脉资源被他挖掘激活,为他所用,助他创业初成。靠创办职业技校,他掘得了人生第一桶金。

听闻他富有传奇色彩的创业经历,我不由对之推崇不已,两相对比,在使用社会关系方面,自己与之差距明显。我常常对他说:"在求人借力方面,我若有你一半的冲劲和闯劲,副县团早就弄到手了。"他笑而答道:"借梯登高决非什么丢人事,现实中我们个人又能有多大本事。"我点头称是。

　　他虽文化程度不高,但却极其崇尚知识,崇拜有文化有学识的人。他不惜花费巨资精心培养爱女便是典型例子。他曾不止一次地对我讲:"哥,我现在一点儿都不崇拜有钱人,我最崇拜的还是你们这些有知识、有文化、有修养的人。我很后悔自己当初没能好好学习,我一定要在女儿这一辈摘掉我们家祖宗几辈没知识没文化的帽子。"听罢他这番话,我感动得两眼湿润,发自内心地对他说:"兄弟,你总算活明白了,老兄真为你感到高兴!"他听后脸上满是兴奋。我对他说:"你应当将你悟得的这一道理讲给更多的孩子听,让他们真正明白学好文化知识的重要性。"他不住地点头,并说自己一定会这样去做。

　　斌斌常说:"我喜欢跟你们在一块儿,与你们在一起能学到不少东西,重要的是能提高我自身的文明程度。"的确如此,近朱者赤,近墨者黑。我们也发现,这几年,他惊人地变了,变得举止文明了,处事有涵养了,心里不浮躁了,时不时他还能静下神来读几本书。这方面他的妻子和女儿明显感觉到了。为此,她们非常高兴,认为斌斌这个往昔的粗人三十大几总算找对了同行者。

　　他另一个特点就是热心助人,善于观察,乐于思考。对我儿子,作为叔叔的他的确没少费心思。一段时间里,我被儿子的不听话搞得很不耐烦,几欲放弃对之的管教。这时候,他总是细心劝慰我,让对孩子一定要耐心再耐心,决不能轻言放弃,并结合自己的成长经历和我谈了不少令我为之心动的话。他动情地说:"哥,教育孩子心不能太急,须有极大的耐心,我发现你在这方面做得很不够。你对工作、对同事、对别人的孩子都能有那么大的耐心,为什么对自己的孩子就没有足够的耐心呢?再说,孩子之所以能发展到今天,与你当初的疏于管教也有很大的关系,'子不教父之过'嘛!你现在就权当是弥补当初的缺失哩!"并说:"侄子和我一样,文化浅,醒事晚,我们这些人日后也不见得就不可造就。"他的话让我在惭愧之余重添了管娃的信心,心间顿感一片豁亮。

　　斌斌是幸运的,凭借着自己的敢拼敢闯,历经千难万险,他终于创业初成,圆了自己当初的青春梦想。现在,他们一家在城里已属令人羡慕的"有产阶级"。

斌斌更是幸福的,他有一个美丽能干的妻子,还有个聪颖漂亮的女儿,可谓美好幸福一家人。

"问世间谁是真的英雄,平凡的人最让我感动。"斌斌就是这样一个时常让我感动的平凡人。

忆念大姐

近日翻阅相册，偶见与大姐之合影，思念之情油然而生。

与大姐相识，是 20 世纪末的事。

是年仲夏，省劳动厅在圣地延安举办《劳动者》杂志宣传培训班。

时任关中某县人劳局局长的她带队参会。会后，恰逢周末，她打算和几个股长顺道从山西返回。有几个县的同志欲与其同行，苦于无车，找到她请求帮忙，她欣然答应。于是我们便有了同行蒙晋陕的难忘之旅。

大姐当时乘坐的是一辆桑塔纳 2000 型轿车，而我们则是一辆北京牌帆布篷吉普。一路上，大姐的车打头阵，我们的车紧随其后，就这，她的车还是将我们甩得很远。那时，手机刚刚兴起，她和司机各有一个手机，而我们几个都没有。行驶一段路程后，为联系方便，她将司机的手机给我们，以便随时联系。当时，我们一车四五个人没有人会使用手机，可大姐一片关爱之情却使我们心中暖乎乎的。

与大姐短暂相处的三四天里，我们切身感受到了大姐的细心、爱心和平常心。

大姐十分善解人意。知道我们这次出来并无外出远行计划，她特意叮嘱其他几个同志，不要让我们为难，途中车辆、人员所有花费均由他们承担。此举使我感动得泪水涟涟。要知道，有机会结伴旅游可是我人生最爱。我非常感谢大姐为我提供的这一难得的出行机会。

一路上大姐待我们之细心和关爱最使我们感动和难忘。

知道我们的车况不好，她不时通过手机询问行驶情况，并再三叮咛司机缓慢行驶，不要赶路。遇到急险复杂路段，她总是及时告知，有时还会停下车来耐心等候。

时隔十六七年,我至今仍清晰地记得大姐凌晨一两点在五台山金顶大酒店大厅焦急等候我们的动人情景,每每忆起此事,我便感到温暖和幸福。

那天我们由内蒙古去五台山,因沿途多处修路,行走十分费时,大姐他们的车早早赶到宾馆,可心仍在我们身上。安排其他人休息后,她只身一人来到宾馆大厅耐心等待。望着门外漆黑的夜色,瞅着墙上指向凌晨1点半的时针,她很是着急,不停地在大厅踱来踱去,并朝外不时张望。待我们临近凌晨2点到达宾馆时,她急忙迎出来,脸上溢满欢喜之情,亲自指引司机将车辆停稳锁好。那一刻,我仿佛见到了母亲,激动得脸上淌满泪珠。大姐独身一人,身披外衣深夜在五台山宾馆焦急等待我们的情景永远定格在我们每个人的心间,成为我们最温馨的回忆。多少年来,这一情景历久弥新,让人永难忘怀。

旅游途中,大姐对我很是关心,不时嘘寒问暖,话叙人生。在勉励我勤奋努力工作的同时,她叙谈更多的是如何搞好单位管理,如何欢度美好人生。在单位管理方面,她谈到了自己的公正无私,谈到了自己的融爱于管(理),这一点我感受最深,亦对我影响最大。后来我在管理方面采用的不少有效方法,譬如以人为本,譬如注入爱心亲情,譬如重视民主等,都是她影响感化的结果。

在喜爱我为人实在、真诚的同时,大姐亦感到了我性格的内向。旅途中,她现身说法,引导我一定珍惜人生,乐观向上。大姐先前曾游过五台山,为了照顾大家的情绪,这次她仍然游览得十分仔细和尽兴。有几次,为了鼓励我参与景区一些游玩活动,大姐总是自掏腰包买票陪我一起参加,让我甚是感动。游玩中,大姐不时地引导我在干好工作的同时一定要安排好自己的业余生活,并意味深长地说:"兄弟,人生除了工作,还有生活,生活和工作同等重要。人要较好地享受生活,关键得有一个好性格,好心态。你的性格较内向,今后应当开朗和阳光一些。"她的话,使我周身涌动着一种母爱般的暖流。这之后,我不断修身养性,完善自我,性格和心态明显平和了许多。性格决定命运,随着性格的逐步改观,我的生活质量和幸福指数愈来愈高,以致常常被幸福包围着。

这不久,大姐调至市上某局,我们见面的机会明显增多。有时想她,我一个电话便能见到她。每次见到她,她都关心地问起我的家庭和孩子情况,言语间充满关爱和亲情。有时在外吃腻了,她便招呼我去她家,亲自下厨为我做饭,使我再次体会到家的味道。

　　大姐是一个乐观开朗的人,与之相处,我在感到开心和快乐的同时,更能获得奋进和向上的力量。为此,我欣喜不已,庆幸自己在精神上有了新的加油站。

　　一段时间没能和大姐联系,几次拨打电话,办公室总无人接听,打手机也时常不通,无奈,只好打家里电话。家人告知大姐在外治病,随即挂断电话。偶尔一次在家人的帮助下大姐终于接了电话,她艰难地说了几句话后,电话便断了线,我之后再没能打通。

　　这之后,我心中一阵紧悬,欲探望又怕影响大姐治疗。过了不长时间,想念大姐的我辗转找到她的同乡,欲同他一起去探望大姐,孰料其告知大姐已过世月余。听罢我一阵怔神,半晌无语,随即便重声怨恨朋友未及时告知。朋友冤声哭诉自己也是事后得知,我俩一阵啜泣后,顿时变成两具泥雕胎塑。

　　大姐不幸去世的消息让我难受了好长日子,离开大姐的日子我时常感到心里无助和人生苦闷,似有一种深深的失落感。

　　大姐,你的朋友深深地思念您!

人生 滋味
RENSHENG ZIWEI

我形我塑

WOXINGWOSU

胆大与胆小

可能受家庭环境影响，我生性胆小，自小到大，"惹事""闯祸"在我的人生字典上几乎没有。

由于生性胆小谨慎，因而为人处世格外小心，可谓事事多虑，处处谨慎，真正是在家听父母的话，在校听老师的话，参加工作听领导的话，担任领导后又听多数群众的话，故而断事决策八九不离十。工作三十余载，虽经风浪但人生并无大恙，始终平稳。这些应当归功于自己的胆小怕事和谨慎为人。

工作中，自己感到最畏惧和艰难的事就是求见领导。见领导前，内心必先进行一番激烈的思想斗争，并字斟句酌，反复排练晋见领导时要说的话，生怕言语不妥惹恼领导，影响工作。好不容易见到领导，平日里思维敏捷、语言流畅、能言善辩之优势荡然无存，说话满脸涨红，结巴支吾，前言不搭后语，直让领导对我的口才能力产生怀疑。此时，可真应了那句老话——不偷人都像个贼。自然，官场好事也就与我无缘，唯留艰辛忙碌之背影。自己明知这都是胆小惹的祸，可却怎么也改变不了。

中央"八项规定"出台后一段时间，别的干部依然故我，吃喝玩乐任性，而自己却噤若寒蝉，对吃喝玩乐一概回绝。上下班节假日也从不敢使用公车，这使得不少人难以理解，单位同志也认为自己太那个……由于此，导致市上配置的业务用车闲置院内近一年，车辆上交时可怜的连"首保"尚未跑出，让人直叹"可惜、可惜"。

胆小之人也有胆大的时候。

恋爱时，婚姻遭全家大小一致反对，认为城乡差别大，婚后问题多，但自己不畏压力，坚持努力，运用"持久战"和"蘑菇战"，终于成功。

与妻二十七八年之甘苦生活经历，证明了自己当初的选择是对的。敢拼才能赢,婚姻家庭生活又何尝不是如此。

1998年组织任命我担任单位领导。面对单位极其混乱之局面,自己胆从心生,迎难而上,大刀阔斧地进行整治,短时间内便使单位面貌焕然一新,团队战斗力、凝聚力明显增强。整治中虽得罪了个别特殊关系,也使主管领导颇有微词,但此举却赢回了大家的心,自己感到很值当。

单位正常秩序的恢复和新局面的打开,让不少人,包括一些领导对自己有了新的看法,他们由此看到了"胆小谨慎"之人刚强坚硬的另一面。

胆小非软弱,小心无大错。这句话可谓我处世为人的真实写照,我认这句话。

骄人之特长

　　我一直认为自己是个愚笨之人,爱好特长的确不多,即使在写作上有些特长,都应当归功于我的记忆。我的记忆的确非同一般,虽不敢说是博闻强记,过目不忘,但也算得上是记忆超群。

　　记忆与人的爱好紧密相关,这方面表现尤为明显。

　　我自小文(科)强理(科)弱,对数字和运算符号极不敏感,简单明了的因式分解定义及公式我背了无数次也没记住,而对一些文史及时政知识,稍看即记,且过目不忘。由于此,我的文理(科)成绩天差地别,在学科上形成严重的"跛足"现象。

　　在校学习时,我有意测试了一下自己的记忆能力,发现确非寻常。一次政治经济学考试,除基本概念外,两大论述题容量较大。考前我和同学们一样进行了认真复习,所不同的是我没有死记硬背论述题,而是弄清层次,掌握论点,不少同学却在吃力地背诵原文。考试监考较松,大多数同学都哗哗啦啦地翻着书本,抄一句看一句,而我根据自己的记忆静心答题,一气答完。待成绩下来,我的成绩居全班首位。为此,同学们甚是诧异,诧异过后对我的超强记忆大加赞赏。

　　记得20世纪80年代末期,共青团中央向全国发出向少年英雄赖宁学习的号召,一下子,中小学校紧急行动起来。一天下午,校领导拿来一张整版介绍少年英雄赖宁事迹的报纸,说是学校决定明天上午召开全校师生大会,让我在会上宣讲赖宁的英雄事迹。接受任务后,我压力较大,生怕讲不好在全校师生面前丢脸,可一时又推脱不了,只好硬着头皮阅读报纸,拟定宣讲提纲。关键时刻还是好记性帮了大忙,报告会效果出奇的好,我的个人威望和人气指数不断提升,校领导对我大加赞赏。不久,我便由一名年轻的普通教师变成校中层领导,令同事一阵稀奇加惊奇,我亦不由暗自欣赏起自己的超强记忆来,随之自信心倍增。

学生时代,宿舍十来个人,东西常常乱扔一气,情急之下大家经常为东西找不见发愁。只要我在,大家准先问我,我总能指出东西之所在,待其找见久寻不遇的东西,同学们都称我绝对是一个好管家。

现如今,随着年岁增大,我的记忆已大不如从前,自己常用的一些东西也经常找不见,搞得妻子时常一阵抱怨,不再让我单独管理一些重要物件。

增强记忆力,还需多动脑。为了延缓自己的记忆衰退,我从现在起,在生活工作方面就开始注意积极用脑和科学用脑,以保障自己在体力较好的情况下大脑也能与之有机配合。

用进废退是自然法则,大脑只有经常使用才能强化,才可防僵防老,才能常用常新。

经常用脑、坚持用脑有利于身心健康。在这方面,自己今后应当主动、主动、再主动,这是保证自己始终有一个清醒头脑的基本前提。

我形我塑

我之劣势

在先前不少文章里，我对自己的优势和特长进行了详细归纳和认真介绍，但对自己的劣势或不足说得少也写得少。

其实和大多人一样，我身上也有不少缺点，或曰劣势，有必要进行一番梳理归结，这对自己今后的发展而言，不无益处。

先不说别的方面，单就文学写作与爱好而言，自己的短处和不足已不算少。

《我这三十年》出版后，教师出身的舅舅读后感慨不已，拖着病身亲自打电话让我过去与他一坐，听听他对这本书的感想和意见。对此，我求之不得，挂掉电话后欣然前往。见到我老人很是高兴，急忙让座沏茶。他首先对我的文笔大加赞赏，对《我这三十年》给予了较高评价。同时也指出了此书的不足，认为书中有两"少"：一是书中文学典故用得少，二是文言文语句用得少。他希望我在今后的写作中能很好地注意这一问题，尽可能多地运用古人遗留下来的宝贵的文学遗产，使文章意境更深，底蕴更足。我听后连连称是，认为其不愧教师出身，真正说到点子上了。

诚如老人所说，在文学阅读与写作方面，我的"短板"的确不少。除了古文功底浅薄外，我对外国文学也是一知半解，甚至没有完整地阅读过一本外国名著，对少数民族文学更是阅读了解的很少，近乎无知。正因为这部分文化"营养"严重不足，因而自己写出的东西往往干巴巴、轻飘飘的，这在一定程度上影响了文章的可读性和应有的厚重性，使人读后总感寡味。

冰冻三尺，非一日之寒。要将自己文学阅读与写作上的劣势转变为优势，的确不是一件容易的事情，有时在这方面所做的一些努力甚至是徒劳的，效果往往不如人意。

唯愿后来者以我为鉴,在文学阅读和写作方面涉猎面尽可能宽广一些,努力做到均衡用力,全面发展,力避我辈涉猎面狭窄和"跛子腿"现象。

与残疾人一样,知识上的偏废亦是一种残缺。

性格之两面性

如同四季自然轮回变化，我之性格亦有沉默寡言与侃侃而谈之两面。

熟悉我的人，认为我是个情趣十足、侃侃而谈的人。不了解我的人，则认为我是一个内心安静、沉默寡言之人。

形象点儿讲，我是个暖水瓶式的人，外凉内热；具体点儿讲，就是遇生(人)话少，见熟(人)语多。这方面，颇似某个叱咤风云的世纪伟人。

应当说，自己胆怯内敛之个性，先天遗传成分较少，后天家庭影响较大。

我是一个口齿清晰、语言流畅、思维敏捷的人。

自小我便重视语言训练，经常模仿广播电台播音员播音时的声音，初二便获得全校普通话大赛一等奖。高一时，语文老师让我领读鲁迅的作品《记念刘和珍君》，语惊四座，课堂秩序顿时由混乱嘈杂变为寂静无声，课下引来男女新生一阵夸赞，大家一致认为我有播音天赋，坚持努力定会有所作为。听后一阵沾沾自喜，只是今生恐与播音主持无缘。

进修学习时，就"汪国真现象"与同学交流，侃侃而谈，口若悬河，见解独特，观点新颖，语言利索，唇枪舌剑个把钟头不歇气。高超的口才艺术，给十余名室友留下深刻印象，大家不由对我刮目相看。

我所在的单位是一个有着一千六七百名员工的大单位，工会团委经常搞一些演讲、知识竞赛、猜谜等大型文体活动，演讲成了我的强项，场场皆参加，每场必获奖。就连被誉为单位女强人，平日对我颇有成见的徐科长参加活动后亦发自内心地对我夸赞一番，让我更加充满自信。

不知怎的，有时候，我的口舌却相当笨拙，这不免让自己沮丧灰心，缺少自信。

热恋时，女朋友要去西安，中途路阻，须到渭南上车，丈母娘让我骑单车送她女儿去渭南搭车，我内心好一阵欣喜。一路上，望着面若桃花、貌若天仙的女朋友，我心花怒放，满脸喜气。近两个钟头里，我一直想对其说几句恭维话和暖心语，可奇怪的是，近三十公里的路程，自己总共才说了五六句话，还是结结巴巴，吭吭哈哈……连自己都对自己有意见，简直不相信这就是那个能言善辩的我！

一次参加科级干部竞聘演讲，笔试名列前茅。第二关为公开演讲，自认为是强项，未多在意，不料演讲中不慎马失前蹄，结果难遂人意，惹得关心自己的领导一阵抱怨："看你平时言语还不错，怎么大庭广众之下却判若两人！"听后只有羞愧的份儿。

近年来单位亲朋好友儿女婚嫁颇多，即兴致贺是常事，每次脱稿上阵，常能获得阵阵喝彩。可单位举办活动，电视台采访，总是慌乱紧张，话语不畅，连自己都不能满意。一次观看反映单位业务工作的专题片，细听自己的现场录音，发现多处语句不连贯，语音不纯正，只好赶快关掉，随之好一阵不自在。

同一个人，场景不同，差别变化如此之大。原因何在？我以为，能力才干无变化，性格心态是关键。

当然，对自己的不满意也使我对自己有了更清醒的认识，那就是：山外有山，楼外有楼。在单位，在高新区，自己并不是最优秀的那一个！

要想保持优秀，真得坚持不懈，并持之以恒地学习和奋进。

梦幻与现实中的我

　　前几天,做了个奇怪的梦,梦见自己在表哥家所在的街镇附近无故被三个毛头小伙讹诈。这伙人先说让我给其拿几百块钱了事,我未答应其要求后,他们又加码让我拿出几千元,并威胁说不答应就对我上手。这时,我想到了昔日在这条街上打架斗殴颇有恶名的表哥,欲让其帮忙,不料其听罢此事后很不耐烦,并对我好一阵指责,嫌未答应歹人的要求——给点儿钱息事宁人。待我再见到这几个家伙,价码已涨至上万元。为此,我怎么也不答应他们的要求,心想着钱要的少点儿还可以商量,要这么多坚决不可能给。僵持不下,我想到在公安机关工作的某老兄,于是果敢地报警……恰在此时,我从噩梦中惊醒,醒来后,仔细琢磨梦境,觉得这梦做得挺有意思。

　　常言道:日有所思,夜有所梦。仔细比照发现,现实中的我竟与梦中的"我"惊人地相似。

　　的确,现实中的我与梦境中的"我"何其相似!在大原则上,自己总是严格把守,坚如磐石;而在小事小非面前,自己则灵活机动,张弛有度,并非不食烟火,不懂变通。

　　我生性胆怯,但面对邪恶却从不惧怕,且身上总是充溢着一股少有的倔强劲儿。

　　早年在柴达木,为分得一套职工住宅,我竟紧张奔波忙碌两天而粒米未进,我的锲而不舍的劲头让领导大为感动,最终分得一套住宅。记得当时好友陪着出去吃饭,我一口气竟吃了两大盆清真烩面,分量足有斤半左右。吃完饭后,人一时都站不起来,多亏朋友搀扶才勉强起来,可见自己当时确实是饿极了。

　　还是在地质队,为替单位领导伸张正义,自己竟如地下党般乔装打扮,不惧邪恶,趁着夜色守候在领导屋边,将申告信送到上级领导手中。我的异常举动让领导很感诧异,故而对上告之事格外重视。正义终于压倒邪恶,单位领导的生命权得以保护。此举成为我人生得意之作,三十多年后忆起此事,仍为自己当初之无畏壮举感到骄傲。现在再也没有当初那种正义凛然的激情了。

调回渭南不久,一天夜晚骑单车载着儿子回家,岂料被一酗酒现役军人迎面骑车撞倒,孩子头部受损昏迷,我小腿部亦多处撞伤。酗酒者非但不施手急救,反而当街耍酒疯,我和路人将其看送至110巡逻车后竟被派出所私自放掉。闻此,我怒不可遏,不惜行走倒车百十公里辗转追击肇事者,终使其对撞人之事有了说法。

我就是这样一个人,平素既不惹事,却也并不怕事;大事不马虎,小事多随意,为人处事既有原则性,又有灵活性,遇人遇事不怕对方态度强硬,单怕其柔软磨叽,典型一宁折不弯个性。

人生
RENSHENG ZIWEI
滋味

情趣生活

QINGQUSHENGHUO

过生日

我是 1964 年夏收后出生的,那时人们刚尝上新麦,因而家中老人认为我有福气,是个福娃。

以前农村人记生日只记阴历(即农历),很少有人记阳历(即公历)日期。大人说我的出生日期为阴历五月初九,阳历却一直未有人记得。

直至十几年前,我才查得自己生日阳历为 1964 年 6 月 18 日,周四。可能习惯成自然的原因,尽管查到了自己生日的阳历日子,可我这几年仍旧按阴历过生日。

大概贫穷的缘故,我们那一带一般是不给小孩子过生日的,即就家境好的家庭给娃过生日,顶多也就给孩子煮个鸡蛋,至于买衣服,那是想也不敢想的事。

小时候,由于姊妹多,加之我为家中老大,印象中除了爷婆疼爱,几乎未过过什么生日。

1983 年,十九岁生日,当时我已参加工作。一天我无意中将生日告诉了师傅,他赶忙请示管理员后给我打了几个荷包蛋。记忆中我人生正儿八经第一个生日就是这么过的。

1994 年,三十岁生日,我已调回开发区。当时住在氮肥厂单身楼上,在一间住宿兼厨房的简陋房间,我让妻子做了几个菜,盛情款待了同我一起在学校任教的几个朋友,也算是对自己三十岁青春岁月的纪念。

2004 年,四十岁生日,我邀请同事朋友在西一路旁的小桃园酒店吃了顿饭,权当对朋友同事关心关爱的谢意。

之后几年间,我再没专门过过生日。

2009 年初夏,旅游结识小朋友可可(后拜认干亲),发现她和她母亲竟与我同月同日生，为纪念这一稀奇现象，两家人在生态园大酒店设宴为我们三人共同过了个生日。

以后几年，为避麻烦，每至生日来临，我总是借旅游在外悄然度过。生日那天徜徉在青山绿水中，让我心中十分惬意。

最值得纪念的是2013年的生日，恰是我们西藏九日游最后一天。生日那天上午，在青藏高原的日光城拉萨度过，下午又在八百里秦川腹地渭南度过，朋友情谊，暖意融融。同一生日，两地风光，令我兴奋、自豪和难忘。

2014年6月6日，我在多彩贵州悄然度过了我人生的五十岁生日。

岁月如梭。转眼，又到了今年的生日，本打算外出旅游度过，因父母回到渭南，看来今年只有在渭南度过自己的生日了！

五十来岁，年轻不再。

叹息我的人生我的梦！

写书信

我是个喜欢写信的人。

在现今网络时代,写信的人可谓凤毛麟角,可我却一直苦苦坚守着这一传统的交流方式。

尽管手机电脑与人沟通交往快捷方便,但我并不看好和使用这一方式,平日与至爱亲朋交往,仍旧用笔倾诉衷情,抒写情怀。

学生时代,我就时常给人写信,并将之作为自己练笔的一种绝好方式。参加工作后,闲暇时间相对较多,因而,我写信的热情更加高涨,信写得也愈来愈多,不少信还成为朋友收藏和传颂的珍品。

记得,1990年初秋,调离格尔木后,一次竟寄信三十余封,以致邮局工作人员以为我是哪个单位的收发员,当得知是我私人给亲朋寄信时,他们不由竖起拇指夸赞我。

与妻相识相恋及结婚时,恰是我俩天各一方之时,只能书信往来,鸿雁传情。那段时间,我的写作特长有了用武之地,隔三岔五总有字里行间溢满甜言蜜语的情书寄予妻子,引来不少女同事一阵眼馋。有个女同事竟然半开玩笑半认真地逗我道:"小赵,看你精力那么充沛,干脆也给我们写封情书,让我们也享受享受你的柔情蜜意吧!"说得我好一阵不好意思。

信寄出后便是望穿秋水般长久的等待和翘望。妻是个打工妹,文化程度不高,加之业务繁忙,常常是我三五封信换不来她一封信,这让我好一阵惆怅。无奈之下,我只能将她寄来的字句不多的信反复阅读,无聊时,还将她的来信认真仔细地抄在我的笔记本上,没事时便偷偷拿出来看看,还得随时防备同事偷看。事后,我曾总结道:"爱人的信对于我来说,好比一日三餐中的盐,缺少了它,我的生活便会变得寡淡无味。"

这是真的！

几年以后，我俩终于得以团圆，每天朝夕相处，形影不离，但时间一长，总觉得生活太过平淡，似乎缺点儿什么。细细回想，终于明白过来，原来缺少的是天各一方时彼此的思念和牵挂，缺少的是距离产生的朦胧意境。

有了儿子，特别是儿子长大后，感情有了新的寄托。无论儿子上学还是参军服役，只要分离，我便与他书信往来，并要求他必须坚持给我写信。遗憾的是，和大多数90后的孩子一样，他们追求的是电子传媒的短平快，耐不下性子给我写信。几年间儿子给我只写了寥寥几封信，惹得我心中好一阵不快。尽管如此，我仍要求儿子与我交流时以书信为主，手机电话我一般不予理睬，因为此，儿子平时极少与我通话。

如今，平常百姓间亲笔书信愈来愈少，几近绝迹。而我，对此仍情有独钟。生活中只要需要，我便会正襟危坐，展纸挥毫，写出一封又一封或长或短、充满真情实感的书信来。

看来，书信将与我一生相恋，一生相伴，直至永远。

近乎小气的节约

可能出身贫穷,家中兄弟姊妹多,可供享用之物紧缺,也可能在苦日子中泡磨的时间较长之故,总之,在生活方面,我是一个极其节俭之人。

从小到大,我对铺张浪费总是嗤之以鼻,坚决反对。

家中孩子多,自小到大,在生活供给方面,我们家一直实行的是计划经济,按人分配。大至衣物,小至每天上学所带的早点——馒头和烙饼,无不如此。

由于东西少,因而我们在衣物餐饮方面总是物尽其用,根本谈不上浪费。后来日子好过多了,物资充裕了,我们仍旧坚持"物尽其用"的原则,从不敢也不会浪费。常常是东西不破烂舍不得扔,食物不发霉舍不得丢。每次在外吃饭,只要自己请客,总是将剩余饭菜打包;遇到别人请客,也是再三督促其能打包则打包,能带走则带走,最大限度地杜绝浪费。

妻虽来自农村,但自小家境尚好,加之爱面子重健康,因而与我的生活观、消费观略有不同。我是个敝帚自珍之人,凡是使用过的东西,只要稍微能用,我便舍不得丢弃;对吃的东西,更是不瞎不坏不丢弃。而妻则不同,对日常用品,东西稍破稍烂稍不时兴便予以淘汰;对入口食物,稍不新鲜便坚决倒掉扔掉。有些东西,扔得我很是心疼,却又无法。好几次,恰巧她放在门外将要丢弃的东西被我碰见重新捡回,此举弄得她很不自在。吃一堑长一智,之后,凡是丢弃与我有关的物什,她总是趁我不在时快速扔掉,待我有朝一日想起时,这些东西早已不知身在何处了。对此,我只能一叹了之!

这几年日子的确宽裕了,我花钱买了不少东西,由于买时一没计划,二没需求,系任性随意而为,因而大多闲置,想来实在可惜。更有不少美味零食,买上后无暇品尝,以致过期霉变,只好忍痛扔掉,为此,自己心中好一阵不快。

现今社会,金钱和物欲使我们身上所具有的不少优秀品质日渐丧失。一段时间里,节约成了小气抠门的代名词,这让我很不自在。好在新一届中央领导重倡节约美德,狠刹奢侈浪费之风,为此我欣喜不已。

我身上有不少宝贵品质,而节约乃是我身上最可贵的品质,我将永葆这一品质,誓将节约进行到底。

现在,我桌案上的草纸皆是废旧印刷品的再利用,我使用的东西只要还能使用,我便会让其最大限度地发挥它的功效,不到不得不丢弃绝不丢弃。

我是个普通人,虽不能为社会创造更多更大的财富,但我却会从节约入手,最大限度地使物尽其用,为节约社会资源尽自己的绵薄之力。

节约是一种美德,节约是另一种创造。我辈无能创造社会资源,但完全可以尽己所能,最大限度地节约社会资源。

珍惜社会资源,最大限度地节约和使用社会资源应当成为我们每个人的自觉行为和光荣义务。

饮　茶

　　饮茶是一项高雅的生活内容，饮用的虽是香茶，细品的却是心境。

　　饮茶有益于身心健康，有益于修身养性。

　　我的几个朋友曾对我讲，他们几十年来一直靠茶饮水，白开水简直难以下咽。可不知怎的，五十大几的我至今没有饮茶之嗜好，上班宅居常常是白水一杯，不少好茶因未及时饮用而过期变质，让人好一阵心疼。

　　我生于一个普通家庭，尽管父亲在外工作，工资还挺高，但可能因家中孩子多、负担重的缘故，或者主要还是父母的生活观念和消费观念所致，十八岁参加工作之前，我在家几乎未正经喝过一杯茶水，更不要说品茶了。

　　记得1983年5月我初次去野外，在打点所带物品时我曾央求父母带些茶叶，但遭到父母婉言拒绝，他们习惯性认为：小孩子喝什么茶。在野外期间，我曾写信让家人寄些茶叶，以便工作学习疲倦时好醒心提神，可父母仍未答应，托别人捎上来的物品中只是多了袋当时难得的营养品——麦乳精。有时想喝茶时只能从师傅处要点花茶过过瘾。

　　调回老家后，生活完全自主，但好长一段时间，家中茶叶除了茉莉花便是春蕊，就这，还是以待客为主，自己很少独自饮用。进入新世纪，渭南饮茶品茶的大环境逐步形成，各地名茶开始亮相渭南大街小巷。可我对茶仍陌生迟钝，即使喝茶也是被动应付，有啥喝啥，有时连喝的什么茶也叫不出名儿，让朋友同事一阵好笑。

　　这几年在朋友的多次规劝下，我开始慢慢接触茶叶，并置办了不少喝茶的茶具杯盏，还知道了不少佳茗的名称，像汉中仙毫、西湖龙井、碧螺春、铁观音、金骏眉、云南滇红等。

　　朋友中有人精于茶道，他们那儿备有好茶好水好茶具，加之地道专业的煮泡茶经验,让我很是羡慕。我隔三岔五地应邀去其办公室或家中品茶,细细感受各色茶香,静静品尝不一样的人生,也算多了一种生活享受和人生体验,为此我感念在心,乐在其中。几天没喝茶,有时还会打电话给朋友,说是想喝茶了,让其烧水备茶。

饮茶中,我和朋友谈天说地,纵论古今,闲话人生,那种感觉,畅快淋漓,让人怀恋。人生如茶,茶如人生。闲暇时把盏品茗,神闲气定,顿觉人生美好,名利好似过眼烟云。

喝茶有益健康。忙中偷闲,细品佳茗好处多多。

简单生活更惬意

我是一个崇尚简单简朴生活之人。

生活中，我凡事追求简单。

简单生活使我有更充裕的时间做其他事情。

妻是个精致女人和爱家主义者，她最大的特点就是爱讲究，特别是家庭环境和个人卫生方面。

下班或节假日在家，她是一刻也不清闲，又是洗又是抹又是重新挪动家私位置，不停地变化家庭摆设格局，使亲朋好友每次到家都有一种不一样的感觉。

这可累坏了我！

只要她在家，就没有我消停的时候，一会儿让我扫地拖地，一会儿让我抹桌子擦凳子，这边还没干完，那边活又派起，常常忙得我腰酸背痛，晕头转向。就这，她仍不满意，不停地指责我这没做好，那也不到位，对我做过的活，她常常返工重做，搞得我很没面子。

妻子是个教师，平时很少外出，一年四季我都难见自由天日。有时我真希望她能出去几天，好让我过几天自由自在的日子，可她总没出去的机会。

一次，学校组织外出旅游，她为去还是不去而犹豫不决，我极力鼓励她出去转转。后来，在几位好友的鼓动下，她终于外出旅游了八九天。

这八九天，简直成了我的节日，我随意地安排自己的生活，总觉时间过得飞快。

这段时间，我只扫过一次地，也只拖过一次地，早晨起来被子几乎没叠过，衣服没洗过一件，澡也只洗过一次……

幸福快乐的时光总是太短暂。我还没享受够自由自在的日子，她便结束旅游回到家中。见到她,我惊讶地问:"你咋提前回来了?"她听后面带不悦,训斥道:"怪了,人家两口子都盼团圆在一起,你却嫌我回来早,盼我在外面多待,你心里是不是有鬼?"我听后赶忙回答:"没有没有,关键是我还没自由够!"她手指狠狠地戳着我:"你个懒家伙!"刚放下提包洗罢脸,她便指挥我搞起卫生大整治来,边干还边埋怨,说我把屋子弄成了猪窝。

我的快乐时光就这样闪电般结束了!

妻在生活上尤其讲究,一日三餐更是从不马虎。

早餐她讲求糖分充足,营养兼顾;中餐则讲求营养充足,副食丰富;晚餐注重稀薄清淡。每周主副食花样众多,从不重样。她说:"民以食为天,吃不好咋能干得好。"因而她每天有三分之一多的时间都忙在厨房,忙在烹饪上。伙食好不好,从我一百七十多斤的体重和我日益凸显的将军肚便能体现出来。

有时好日子过腻了,便不以为然,总希望她能出去走几天,好让我简单快乐几天,可这种机会对妻这样恋家的人来说总是太少。

平日只要她有事不回家,我便一阵欣喜,于是便开始简单生活。要么冷馍就生葱、青辣子蘸酱,要么煮包方便面,要么熬窝青菜烤个饼,一顿饭连做带吃一二十分钟搞定,甭提有多爽!遇到周六周日,我便以加班写材料为由,以办公室为家,吃食便是两袋方便面、一个白吉饼、一包小食品,再配一壶绿茶。那种感觉,真是神仙光景,乐哉悠哉!

你还别说,简单生活真如山林野外生活,它让我体会到了另一种人生味道。

简单生活真好,我喜爱简单生活!

我的乐园

我虽人高马大,但在体育方面却是一无所长,因而锻炼多以散步为主。

起先是在马路上散步,但马路上车多尘多噪音大,既不卫生也不安全,无奈只好另寻净土。

一段时间后,始步入渭南职业技术学院校园锻炼,校园宽敞整洁,绿树成荫,感觉真是不错。于是,每日晚饭后去校园锻炼便成为我必不可少的功课。

经过一天紧张的工作,晚上来到空旷的校园操场,那种惬意舒适感简直妙不可言。

我们锻炼之时,恰逢学生晚自习,因而校园空旷宁静。行走在林荫道上,抬头望天,满天繁星如孩子般眨巴着眼睛,让人产生无限遐想;低头看地,绿草茂盛,繁花朵朵,使人顿生爱怜,更感人生美好。这时候,日间所遭逢的一切郁闷和不快便会烟消云散,代以清新舒畅之美感。

朋友对我说:"咱俩每晚一两个钟头的校园散步,是一天中最感美好和幸福的时刻,胜似一天多挣百十元钱。"我点头称是。

最感美妙的,是学校放寒假和暑假。这期间,偌大的校园空无一人,徒有我俩踏实有力的脚步声,偶尔会碰上闪烁着警灯的校园安全巡视车,我俩从不忘与安保人员友好地招呼,他们戏称我们为编外校园巡警。

进入腊月,虽天气寒冷,但我们锻炼从不间断。起先,还感冷飕飕,但快走两三圈下来,身上便开始有了暖意,待回到家中,已感到微汗淋漓。洗完热水澡入睡,入眠既快又深沉,第二天工作顿时有了动力。

每至寒暑两个假期,在校园散步,实在是一种极好的人生享受。在我和朋友之两人世界里,我们率性而为,随意交谈,有时候谈论单位及家庭一天

人生滋味 RENSHENG ZIWEI

中发生的新鲜事;有时默默无语,只管行走;有时又会吟诗一首或高歌一曲;感觉到闷热,还会脱去上衣,赤身行走。总之,怎样舒心随意怎样来,完全没了白日里的拘谨约束和不好意思。这期间,是我们人生最感快乐和舒心的时候。

晚间散步更有意外收获。我写就的散文随笔,不少文章的选材构思及精美词句就是在散步中不经意间进出脑海,进入我的文章的,可谓灵感的火花,智慧的结晶。这些都是我白日搜肠刮肚、苦思冥想而求之不得的。由此足可见散步锻炼功效之奇特。

人到中年万事忙。对我们这些"奔五"族来说,晨练的机会被生活挤兑得少而又少,每天的锻炼只能通过晚练来体现。而晚练,对丰衣足食的我们来说,更显得弥加重要和不可或缺。

锻炼使我们健康,而锻炼场所——渭南职教园更是我人生之乐园,在这里,我真切而实在地感受和体会到了人生过程中的平淡和随意之美。

渭南职教园,我生命中的一方乐土!

我与鱼

      可能北方缺水的缘由，我自小对鱼的概念就十分淡漠。

      从小就唱"鱼儿离不开水，瓜儿离不开秧"，可直到十四五岁我才第一次见到真鱼，且还不是活物。在堂哥的结婚宴席上，我人生第一次品尝到了除猪肉、牛肉、羊肉之后鱼这种人间至味。可当时并不觉得鱼的味道有多好。

      到青海生活后，开始慢慢见识和品尝了不少鱼，什么湟鱼、带鱼、鲤鱼、鲢鱼、墨鱼等等，但吃得最多的还是青海自产的湟鱼。

      湟鱼属冷水鱼，主产于青海湖一带。它肉质细嫩，味道鲜美，很受人喜爱。湟鱼生长期比一般鱼长，繁殖速度慢。据介绍，一只一斤七八两的湟鱼，生长期至少在四五年左右，这可能是它肉质鲜美的主要原因吧！

      20 世纪七八十年代，青海湟鱼极为便宜，一斤上好的湟鱼才不到两毛钱。记得第一次吃湟鱼，我们感到稀奇神秘，闻着锅中飘出的鱼香味，我们个个馋得口水直流，急不可待。可当将鱼含在口里，一分钟不到，便一阵哇哇乱吐，地上桌上满是成片的鱼块，惹得大人一阵好训。

      原来是湟鱼刺既细又多，我们这些从小吃肉的北方狼先前从未吃过鱼，弄笑话是自然而然的事。这之后，不管大人怎么劝说，大家再也没有吃鱼的兴致。以致后来好长一段时间，我们姊妹几个对吃鱼仍耿耿于怀，了无兴趣。

      调回渭南改行从政后，吃鱼的机会愈来愈多，档次也愈来愈高。鲤鱼、草鱼这些普通鱼吃得少了，以前闻所未闻，名称稀奇古怪的鲈鱼、鲩鱼、石斑鱼、深海鱼、中华鲟登堂入桌，更不要说甲鱼、乌龟等海鳖鱼怪了。

      鱼的吃法也五花八门，什么蒸鱼、炖鱼、烤鱼，什么鱼滑、鱼丸、鱼肉饺子，让人味蕾大开，眼花缭乱。

与以前不同,现在的我一段时间不吃鱼有时还真想吃回鱼。

20世纪90年代中期,为了更好地保护青海湖的生态环境,青海省政府下令开始封湖养鱼,严禁捕鱼,青海湟鱼一下变得稀少而金贵起来。

记得1999年初秋,我自新疆转道青海返回陕西,小妹给我买了几袋当地特产烤湟鱼,每袋仅二百克,而售价竟高达十六元之多,这一下让我瞠目结舌起来,惊叹原先一钱不值的青海湟鱼由灰姑娘到白天鹅之巨变。

从那时至今十六七年时间,我再没机会品尝到青海湖的特产湟鱼了!

现在,生活一天比一天好了,接触鱼的机会也越来越多了,我也开始真正喜爱起活蹦乱跳,给人带来吉祥快乐的鱼儿来。2011年,我买了一个大鱼缸,在家养起了各色各样的观赏鱼,鱼儿让家庭顿时充满生气和活力。闲暇之时,逗鱼取乐,别有情调。家中每有来客,必先驻足鱼缸,仔细观赏一番,连称室雅鱼欢好风水,让我好一阵得意。

鱼是中国民间吉祥之物,象征着富裕美好和幸福,吉庆有余是寻常百姓千百年来对生活的美好期盼。

想不到鱼竟成了反映我生活变化的晴雨表,它的多少竟反映着我们生活的贫穷和富有。当年鲜见它时,我生活苦苦巴巴,缺滋少味,而今它随处可见,成为百姓盘中的寻常食物,表明我们的生活真正开始富足美好起来。

但愿我们今后的生活连年有余(鱼),吉庆有余(鱼)。

两次亲临传销课堂

传销与我,如同一对绝缘体,可以说是无缘又无故。

在对抗传销方面,我的确算得上是一名意志坚定、不为诱惑所动的真正的共产党员。

这方面,我的好友、我的亲戚乃至我的个别领导都曾经上门动员,现身说法,极力鼓动我赶快加入这一快速致富行当,我的好友甚至拿出自己的钱先行垫付让我加入,但都被我委婉而坚决地予以谢绝。

至今我仍清晰地记得我今生绝无仅有的两次听传销课的经历,尽管它们的形式不尽相同,但非法敛财之目的却完全一致。

第一次是在 20 世纪 90 年代中期,此时正是我经济拮据之时,当时全民下海,工作之外有第二职业成为一种时尚。上班相对清闲的我让大伙比得很没面子,不得不央求一社会交往广泛的朋友帮我找一差事。一日,这位朋友告诉我晚饭后随他参加一个有关业余兼职事宜的活动,我急不可耐地等待着。晚饭后,他带我进入了市区一民宅内,看得出我们来迟了,房子内早已人影幢幢,人声嘈杂。还没待我瞅清,这时一个年轻人充满激情地上台痛斥渭南生活用水的恶劣品质,听着他颇具煽情的讲解,我直觉感到渭南目前的生活用水与污水差不多,简直不可再饮。很快他便拿出一个十分简单的金属管件,上面嵌有一个小水龙头,他说这便是当今风靡全球的净水设备——生饮机,安上它,所有污水都可变为清泉,并再三告知大家,这么先进的净水设备,价钱一点儿都不贵,每台售价仅四千九百五十元。他话音刚落,便有几个年轻男女手捧厚厚一沓现钞一拥而上,直看得我眼花缭乱。见我迟迟疑疑,身旁几个年轻人一把拉住我,给我大讲使用生饮机的好处,说它直接关系下一代的健康,有几个甚至还拿出自己的存折指点给我看,称才三两个月,他们存折已进款四五万。这时,我总算明白过来,自己被拉进了传销窝,我一下头大起来!头脑冷静了一会儿,我立马连推带嚷挣脱几道阻拦,硬是挤出了那个极具诱惑力的房间。

不几天,我去朋友家玩,果然见他屋子墙上挂着一个生饮机。半年后的一天,我因事又到他家,见生饮机仍挂在墙上,上面落了厚厚一层灰尘,估计它并没有发挥应有的作用,真真正正成了一件价格不菲的闲置品。只是朋友从未在我面前再提起它。

第二次入传销窝是2013年仲夏。一天,好友说同学给了几张报告会券,是营销大师陈安之的专场演讲,并说一张报告券近两千元(一千九百八十元)。闻此,我即收拾准备后与朋友一起赴西安听报告。

和上次一样,我们到场时场内已人满为患,坐定待了好大一会儿,一个工作人员说这个报告会时长三天三夜,大家必须做好充分的思想准备。又等了好长一段时间,才听工作人员说陈安之大师的得意弟子杨女士马上就到,让大家大声鼓掌五分钟恭候其登台演讲。千呼万唤始出来,杨女士在一帮小男孩的簇拥下闪亮登场。她先是自报家门,然后让大家拼命鼓掌并尖声呐喊。"包子皮确实不薄",半个钟头过去了,她还未入主题,大约十五分钟后,她开始在台上上蹿下跳,这还不够,又站在椅子上声嘶力竭地大声喊叫着口号,让大家跟着一起喊。接着她用极富煽情的语调高声讲述她的发达经历。要挣大钱必须先花大钱,她动情地讲起自己当初为听大师两天的课程不惜花费四万元钱的传奇故事。讲得大伙一阵群情激昂,讲得我和好友目瞪口呆。我等还没清醒过来,她便直逼主题抛出自己的杀手锏,向被她鼓吹得头晕目眩找不着北的学员兜售她的演讲价目表,并让狂热者现场掏钱确认。看到这儿,我坐立不安,几次欲出教室都被挡了回来,我又一次怒目圆睁地走到教室门口,强行冲了出去。抬头看了一下表,时间已近中午2点,我的肚子早已饿得咕咕乱叫,可里面杨女士仍丝毫没有停歇的意思,只听见她高声叫喊着:"两万,一节课两万贵不贵?!"

我终于明白过来,报告会虽名曰超级巨星演讲会,但实实在在是一场传销老鼠会。对此,我厌恶至极,只有愤然离场。

事后听参加"报告会"的人讲,那两天里,不少狂热者都被手段高明的杨老师开了涮,当场交了几千乃至两三万元的听课费。不知交费者有几人能再次幸会大师的得意弟子杨女士!

后怕之后我一阵窃喜，多亏自己当时头脑清醒，立场坚定，否则真不知弄出什么后悔事。

传销，真真正正害死人！

幻想不劳而获、一夜暴富的年轻人，还是擦亮眼睛，认清其骗钱敛财之罪恶目的吧！

窃喜成为名人

近日偶尔点击百度门户网站,惊喜地发现网页里竟然有几十条有关自己的信息词条,有自己的行政任职信息,有参加各种文化活动的信息,有成为省作协会员的信息,有自己文学作品获奖及新书出版的信息……

关闭网络,我心潮起伏,浮想联翩,做梦也没想到自己现今竟也成了名人!

名人,对我而言,好似浩瀚天空中的满天繁星,可望而不可即。

追求名利是每个健全人最基本最正常的人生需求,它在一定程度上还反映出一个人积极向上、富有激情、充满正能量的进取心态。采用合法手段追求名利既无可厚非,亦受国家法律法规保障。因而追逐名利不必再羞羞答答"犹抱琵琶半遮面",完全可以理直气壮地去追求和获取。

名利万般好,世人皆追求。作为凡夫俗子的我自然难抵名利美神之刺激和诱惑。自小接受正统教育,对伟人英雄人物和名人充满羡慕崇拜之情,虽说伟人和英雄人物与自己既遥远又无缘,但渴求成为名人却一直是自己一生最大的追求。为了实现这一梦想,自己百般努力,千般奋斗,万般追求,可谓不舍昼夜,孜孜以求。可以说,为了成为名人,自己倾尽了全部的心血和精力。

好在苍天不负苦心人,在迈入知天命门槛之际,文学活动开始使自己如新星般熠熠闪光,在圈内圈外渐渐地有了人气,亦开始小有名气。一时间,自己竟惶恐不安起来,遇夸赞美誉不知如何是好。

我以为,名人不外乎两种,一种是真而又实之名人,亦即名利双收之人;一种是徒有虚名之名人,即有名无利,甚或还需无偿付出奉献之人。浩繁如星的名人中尤以后者居多,我便属这类名人。妻整日嬉笑我这等名人是推磨赚吆喝,图的是好听。每次听到妻的评价,我浑身便好一阵不自在,但片刻之后又是乐此不疲地追求,这实在是没法子的事,谁让自己不经意间穿上名人这双红舞鞋呢!

做名人难,做名人累,做个小名人更是既难又累,尤其是在文学不再神圣、名人不再值钱的今天!缪斯女神青睐我时,我与其却不来电,待到自己全心喜爱她时,文学女神却不爱我;名人寥若辰星时我没成名,当名人多如牛毛、徒有虚名时,我却成了名人,真不知当喜还是当忧!

但愿自己这个所谓的名人不仅仅是个有名字的人,而应当是个实实在在有名望的人,不像现今社会上某些"砖家"和"叫兽"整日在人耳边聒噪,信口开河地说些违背良心道义的话,让人反感,使人不待见。

名人不好当,路途更艰难!

稀少方显珍贵。

童 言

童言最真实,童言最可爱,童言最简单,童言最无忌。

小时候读安徒生童话《皇帝的新装》时,对故事中两个骗子极不高明的欺骗手段骗得国王团团转大惑不解,对故事中世故的王公大臣违背事实的喝彩叫好更是反感愤慨,更对自以为是甘愿受骗的国王感到深深的悲哀。年幼的自己当时怎么也弄不明白:骗子施用那么简单的骗术怎么就蒙蔽了那么多人的眼,大人的智慧怎么连一个小孩子都不如? 从那时起,我便开始欣赏和佩服起孩子简单又可爱的智慧来,从中我也获得了不少启迪和教益。

小孩子的天真可爱恰恰就表现在纯真朴实上,他们心灵纯净,察人观物不世故,亦不做作,他们的脸上始终洋溢着真诚和实在。

我的外孙是一个调皮帅气、人见人爱的孩子,他年方三岁半,刚入幼儿园启蒙。我们家已有二十多年没小孩了,因而妻子对其格外疼爱,隔三岔五不见便购买一大堆东西去家看望。待小外孙来到家中,妻更是喜爱不已,不是抱在怀中便是忙碌着为其做他称之为"好吃的"的美味佳肴。

一次,他爷爷奶奶外出,他妈一时又有事,只好托妻去幼儿园接其回家。妻买了一包好吃的,一见面便递到他手里,他高兴地打开袋子拿起巧克力便吃了起来。一抬眼他又瞅见一旁有卖冰糖葫芦的,又嚷着要吃冰糖葫芦,妻只好又掏钱买了冰糖葫芦。妻抱着一手拿着巧克力、一手拿着冰糖葫芦的小外孙往家走,走着吃着,他终于开言道:"姨奶奶,我不爱你,我爱我爷爷,爱我奶奶。"听罢此话,妻气得差点儿晕过去。

回到家中,我见妻脸色阴沉,遂问其故,妻便将接小外孙时,他可爱又可气的言语详细地叙述,我听后亦感到诧异,心想这小家伙咋能这样? 也太没良心了,这还了得! 可仔细想了想,我心中一下又想通了。人常说童言无

情趣生活

忌,这是真的！试想,小外孙自出生至今,他爷爷奶奶每天端屎端尿,喂食洗衣,精心照料,费了多大神,所有这些,孩子尽管年幼,但多少都能感受到,因而他自然亲近自己的爷爷奶奶。而我们这些亲人,尽管对其也尽了不少力,费了不少神,花了不少钱,但与其爷爷奶奶的奉献牺牲相比,简直不值一提,也难怪孩子说出那么可笑可气又可爱的话来。

经我这么一说,妻一下轻松下来,她说:"我不可能生三岁娃的气,只是心里感到一阵难言的委屈。唉,看来,猪肉还是贴不到羊身上!"

言毕,妻和我不由会心地笑了起来。

人生滋味
RENSHENG ZIWEI

生活感悟

SHENGHUOGANWU

习　惯

　　习惯如影随形地相伴着我们每个人，也无时不在地影响着我们每个人。好习惯提升人，成就人，使人得益受用终生，而不良习惯则影响人，毁坏人，让人失笑厌恶一世。

　　我生来愚钝，因而爱好甚寡，可能受父辈和周围读书人的影响，自幼却一直喜好读书。我们那一带敬重有知识、有文化的读书人，将之亲切地称为"先生"。

　　小时候，我特别喜欢听人讲故事，谈奇闻，常常听得如痴如醉，忘了吃饭，忘了回家。当我好奇地问大人他们的故事是从哪儿听来的时，大人都说是从先生那儿听来的，并告诉我："先生读的书多，肚里有讲不完的故事。"上学后，我开始识字，慢慢地也能读书了，尽管识字不多，但连蒙带详（猜）加上"识字不识字，先识半边字"的笨办法也使我读了不少书。那时，自己真可谓是如饥似渴，见书便读，见报就看，学校读、家里读、路上读、上茅房读。20 世纪 70 年代中末期，在文化饥渴的农村，我几乎读遍了当时能寻找到的所有图书，小至当时的连环画、大批判漫画，大到大部头的《毛泽东选集》，长篇小说《艳阳天》《金光大道》《千重浪》，革命样板戏剧本《红灯记》《龙江颂》《智取威虎山》《白毛女》等等。

　　读书使自己头脑灵活，眼界开阔，思想丰富，语言新奇。参加工作三十余年，自己不论业务多忙，也不论身处何种环境，总是挤时间读书，并视读书为最好的休息方式和最大的人生乐趣。

　　可能用眼过度之缘故，四十七八岁后，明显视力不济，阅读费劲儿，但只要有时间，即使眼睛再难受，自己也要读书。现如今虽然进入网络时代，但自己仍旧喜好笨读书，每天书本阅读和手工摘记不少于三个钟头，这种传统读书方法让身边的年轻人既费解又佩服。

好读书这一自幼养成的习惯使我受益无穷，看来，读书将成为我除了吃饭睡觉外的第二大需求和爱好。

现在，一日不读书我便如芒在背，浑身不自在，可见读书魔力之巨大。

好习惯使人受用终生。我的小外孙年方两岁，活泼聪颖，小小年纪在大人的指教下就养成了良好的卫生习惯，懂得垃圾必须投放到垃圾桶里这一道理。从这以后，无论在家还是外出，每次吃完水果，用完餐纸，他都要将果皮纸屑扔到垃圾桶里。起初去他家做客，我们手里刚拿上水果，他很快便抱来垃圾桶放在我们面前，并且目不转睛地望着我们。刚开始我们还不理解，经他奶奶一介绍，我们才明白过来，原来他是在等我们手头的垃圾。不等我们吃完，他便张开小手准备接我们手中的果核果皮。幼童之文明举动实在让人心生爱怜。

一次回乡下，小外孙和几个小孩玩耍。大人招呼他们过来吃香蕉，几个孩子随手将香蕉皮扔到脚下，只有他一人将香蕉皮攥在手里，并顺手捡起其他小朋友丢在地上的香蕉皮，一边捡还一边噘着小嘴嘟囔着道："这是垃圾，不能乱扔，要放到垃圾桶里。"说完便四下张望，到处寻找垃圾桶。看到他焦急的样子，我只好拉着他去找垃圾堆，走到垃圾堆旁，他直嘟囔："这不是垃圾桶，垃圾要放到垃圾桶里。"我笑着告诉他："农村没有垃圾桶，这就是放垃圾的地方。"听罢，他半信半疑地将垃圾丢在垃圾堆旁，一张小脸充满疑惑不解。

回到城里，他惊奇地告诉爷爷奶奶："小姨家的垃圾桶好大好大，比咱们家的房子还大。"孩子童趣十足的语言使人忍俊不禁，直叹好习惯对人影响之大。

不良习惯总是让人见笑和生厌。我的表姐，端庄大方，模样俊俏，小时候曾是我崇拜的青春偶像。那时候农村贫穷落后，根本没有什么餐纸，不少大人都是怀揣一方手绢，以备擦汗擦嘴，十四五岁的表姐当时没有手绢。我至今仍清楚地记得她每顿饭后都有一个习惯性动作：那就是用手自下而上抹一下嘴巴，时不时嘴角脸边便留下道道汤水印痕。二十多年后，表姐已三十五六岁，我也从青海回到了渭南，与她一起吃饭，饭后又见她先前这一习惯动作，此举让我诧异惊奇了好一阵子。前几年与一朋友去表姐家吃饭，饭后表姐还是这一习惯动作。她抹嘴时我有意看了一眼朋友，发觉他盯着表姐看了好久。回来的路上，朋友在夸赞表姐厨艺的同时，也向我含蓄地指出了表姐饭后抹嘴的动作，认为此举有失文雅，更觉这一动作不该出现在以精明强干、知书达理示人的表姐身上。

对此，我无言以对，只能苦笑了之。

我的表叔，年近七旬，前几年他从乡下来办公室找我，见到他，我自然欢喜不已，赶忙烟茶伺候，唯恐招待不周使其心生不快。与他相处中我注意到这样一个细节：每抽几口烟，他总是将烟灰弹到光亮照人的地板上。为提醒他，我特意几次在他快抽完烟时赶忙从烟盒中取出香烟，并有意将放在他眼前的烟灰缸一再挪动，示意他能将烟灰弹到烟灰缸里。

可能是习惯成自然的缘故，不管我怎样暗示，他仍旧将烟灰弹在地板上，抽罢还不忘将香烟屁股踩到脚底捻灭。目睹这一切，我无奈地暗暗摇头。

表叔走后，工作人员小张帮我清扫办公室。望着地板上满地的烟灰，他不解地自语道："不是有烟灰缸嘛，客人咋不把烟灰弹到烟灰缸里呢？"

我随口应答道："习惯，这就是他多年养成的习惯嘛！"

小张轻轻地"哦"了一声，便埋头清扫地面。

郁闷之后是美好

——由几个小故事窥视人之奇特心理

一

一日午餐，去一羊肉馆吃水盆羊肉，刚坐下，一熟识的村组干部领着个人进来吃饭，见我在一旁，他打了个招呼便坐下点菜点餐，之后便付账等餐。这个村组干部曾找我办过事，还约我吃过饭，当时餐桌之情景我记忆犹新，他除了感谢便是殷勤地请我吃菜。今日相遇付账时，他竟连我这碗十几元钱的水盆羊肉都吓得不敢过问，这不免让我郁闷。看着他，想着这些事，我满脸的不快，心想着的确是人心不古，现如今人也太现实太势利了，真应了那句老话："用得着搂入怀，用不着推下崖……"

我断定他并未替我付钱，为此我心里一直不快。当时，我还在想，他若能主动替我付钱，我会感到自己特有面子，亦会对人情世故有另一种理解和看法。

不等吃完最后一口饭，我便掏出了一张崭新的二十元纸币，还没等我将钱递到老板跟前，就听老板说："哥，你的钱已经有人付过了。"

我诧异地将目光投向那位村组干部，他点头朝我微笑。此时此刻，我心里像打翻了五味瓶，一时竟分辨不出到底是什么味，只有满脸通红地疾步离开小饭馆……

原来人心并非如此！

二

一次朋友约我吃饭，匆忙中上了一辆拼座车，车上连我坐有三名乘客。我想出租车司机心里一定在暗自高兴，这趟可以收三份钱了。

车到西五路，前座乘客付账后下车，我与身旁的乘客说着聊着，不一会儿,车就到了饭店附近,我们俩几乎同时让司机停车。其间,我心中好一阵盘算,下车是付一个人的钱呢,还是付两个人的钱?钱倒是无所谓,关键是自己和身旁这位乘客只是萍水相逢,恐和先前几次一样,付了可能也是白付。想到这儿,我便打定主意,干脆只付自己一人的。正待我掏钱时,他已先于我将钱递给司机,并示意我赶快下车。我一下不好意思起来,急忙向他表示感谢,他微笑着不以为然。

下车后我俩相互招呼便各自分开,他在我前面走着,也进了朋友约我用餐的饭店,我紧跟其后,进门后竟发觉他也是我朋友请的客人——我俩赴的是同一个饭局。我先是一愣,随即便赶紧握手招呼。朋友惊奇地问:"原来你们认识!"他连忙说:"我们并不认识,但我俩刚才拼的是同一辆车。"随后,他又向大家介绍了付车费的经过。他说:"为避免两人都付钱,我赶忙给司机付了车费,司机还以为我俩是一起的呢!"听罢他的话,我顿时尴尬不已,暗自庆幸自己掏钱不利索,否则这次人可真就丢大了!

此事使我真实地感受到了人性的美好,也再次窥视到了自己埋藏在心底的那个"小我"来。

三

我先前居住的对门是一对知识分子。他们俩俊男靓女,一表人才,平日出进打扮得光鲜照人,使人羡慕。我心想着这回可能遇到了一个好邻居,首先人看着蛮顺眼。

不几天,现实便改变了我的美好想象。这两口虽穿戴入时,可卫生行为实在不敢让人恭维。他们家每天的垃圾一多二乱,我们两家窄小的门道边常常堆满垃圾,且一堆便是三两天甚至一个礼拜,常搞得楼道污水横流,臭气熏天,使人难受不已。无奈,我只好时常帮着往楼下提垃圾,可是你越帮着提,他家垃圾堆得越多,且人家两口常常是下楼空手甩,垃圾不入眼。为此我长时间郁闷不已,直叹这种日子何时是个头!

熬了十二三年,终于有了换房的机会。为此,我既喜又忧,喜的是终于可以摆脱我的对门了,忧的是乔迁后会不会遇到一位好邻居。还好,搬过来的六七年里,我家一直单门独户,对门并未住人。前段时间,对门搬过来一对年轻夫妻,我俩不免一阵紧张,生怕我先前之邻居重现。一日,我将一包垃圾丢在门口,想着下楼时顺手捎下,待出门下楼时却找不见垃圾,细瞧才知垃圾不知啥时已被小两口提下。这回我倒不好意思起来,为了回报小两口,我只要遇见他们门口的垃圾便赶快顺手提下。这样一来,我们两家门口整洁如新,平日极少见到垃圾的踪影,更不要说垃圾堆积了。

我不由佩服起这小两口的文明素养来,可我至今还未曾与这对新人谋面,更未说过一句话。

文明彰显素质,细节让人感动。

对门不知名的小两口,我为你俩之文明行为点个赞!

哦，秋冬那暖暖的阳光

人和植物一样，也是需要光合作用的。

阳光是我们每个人生命中不可或缺的元素，冬日的阳光，对人们来说显得尤为珍贵和难得。

在农村，农闲时节，晒爷（太阳）或曰晒暖暖，有些地方更有趣，叫作"晒鳖盖"，是中老年人或孩童们最常见、最舒适的休闲方式之一。尤其在冬季，忙碌了一年的庄稼汉三三两两坐在房前屋后有太阳的地方，或蹲靠在朝南的土墙根下，他们有的谝着闲传，有的悠闲地"吧嗒吧嗒"抽着旱烟，有的低头半眯着双眼打着瞌睡，有的在做着永远也做不完的零碎活，还有的开心地戏耍着孙儿……那场景，最有生活味，也最让人羡慕。

城市现代化建设使阳光普照成为一种奢求，这也是蜗居城市高楼中的人们苦苦争取采光权的主要原因。

20 世纪末，我拥有了一套真正意义上的属于自己的住房，尽管它的面积七十平方米刚过，但我还是大喜过望。美中不足的是它处在五楼，这不免让我兴奋中掺杂着些许遗憾！

入住恰在秋冬时节，不几天我便喜爱上了这套房子，准确点儿讲是喜爱上了五楼。尽管它高高在上，上楼艰难，但它采光极好，且更显安静，对喜爱舞文弄墨的我来说再合适不过。两个卧室在阳面，中午躺在床上，阳光透过玻璃倾泻在大半个床上，全身暖洋洋的，可谓真正的"日光浴"。这个时候，既可手捧书卷入睡，也可半躺半眯假寐，亦可静静地回味过去，又可香香地进入梦境。此情此景，使人羡慕，让人留恋，真的是给个县长也不干。由于此，那段时间我时常恋床贪睡，以致迟到误事，为此也挨了领导不少批评指责。套用当下一句流行语：都是阳光惹的祸！

搬至幸福城后,我的楼层由五层降至二层,出入很是方便快捷,但颇感遗憾的是由于周围高楼林立,屋内一年四季难见阳光,我不由留恋起管委会家属院五楼那满屋灿灿的阳光来。看来,任何事都没有绝对的好和坏,有得必有失。不见阳光的日子我的心情似乎都是压抑的,灰暗的,总感到缺少生机和活力。

不久,我发现办公室可以弥补这一缺憾,顿时心头一阵欢喜。

我的办公室在四楼南边,采光极好。日过正午,满屋阳光,温暖舒适至极。秋冬之日,端坐办公桌前数小时,或细品香茗,或展卷阅读,或徜徉美妙音乐之中,简直是神仙日子,绝妙享受。

为此,秋冬季节只要天气晴朗,阳光灿烂,中午能不回家尽量不回家,要么在外用点简餐,要么泡包方便面了事,恋的只是办公室那缕缕暖阳。利用午间空闲,在享受着卫生暖和的"日光浴"的同时,我还阅读了不少平日无暇顾及的美妙文章,也写就了成十篇散文小品,感到充实又值当。

我在散文《办公室,我的第二个家》中曾这样写道:"我的美好人生,至少有一半源自办公室。"

办公室,我的第二个家。

办公室,我人生极美妙的地方!

的确如此。

我要说,办公室那缕灿烂温暖的阳光更让我难舍难忘,它使我的人生充满太阳色。

哦,秋冬那暖暖的阳光!

见证巨变

——一个创卫者眼中的渭南之美丽嬗变

我的家乡在渭南，我家住在渭南城，我是渭南一市民。

渭南是我生命的根，是我一生一世走不出的圈，我对生我养我的渭南怀有太多太多的情感。

20世纪70年代末，我离开家乡由渭南乘车前往遥远的柴达木盆地，此时的我十四五岁，直觉感到渭南城与老家并无太大区别，只是多了几条路、几辆车、几幢楼而已。

时隔十三四年后，我工作调动回到渭南，成为渭南一市民。此时的渭南，模样未改，面目依旧，似乎还在重复着昨天的故事。目睹此景，我未免有些伤感，深为故乡发展变化之缓慢而着急。

有朋友来渭南游玩，谈及渭南印象，无不摇头叹息，认为渭南的天是国统区的天，总是灰蒙蒙的，城市建设也太破旧、太落后，丝毫没有现代城市的气息，卫生环境更是脏乱差……每每听到这些，才思敏捷、口齿伶俐、出口成章的我便无言以对，只有低头无语，此情此景实在令我汗颜。

一个金秋，我和朋友自重庆顺游长江三峡至湖北宜昌，其间我们来到市区观光，宜昌夷陵广场之美观大气和干净整洁让我们为之震撼。看到市民、游客在绿草如茵、花团锦簇、四周商业网点环绕的广场上休闲娱乐，我羡慕不已。在广场，我们忘记了旅途的疲劳，尽情地放松身心，感觉真是极好！走着转着，我们期待着渭南什么时候也能有如夷陵广场这般优美的城市环境供市民休憩享用，那该多好呀！

回到渭南，我特意来到市中心广场，见到的依然是灰蒙蒙的天，灰蒙蒙的地，随风飘舞的果皮纸屑和随口吐痰、随手丢垃圾的不文明"景观"……我伫立良久，伤神无语。

1995 年，渭南撤地设市。自此，渭南开始步入经济社会发展的快车道。

仅仅二十年，渭南便以惊人的速度"变脸"和"转身"，变"大堡子""大村落"为大城镇，其变化之大，发展之快，简直让人难以置信。

特别是近十年来，随着创建省级卫生城市、创建国家级卫生城市和创建省级文明城市活动的开展，渭南城市建设日新月异，城市环境美观整洁，城市品位快速提升，渭南愈来愈变得妩媚和亮丽。

忆往昔峥嵘岁月稠。2006 年至 2014 年的八年时间里，我有幸参与了渭南市创卫创文建设的全过程，个中酸甜苦辣至今仍记忆犹新。

创卫创文的八年里，我和我的同事起早贪黑、披星戴月、夜以继日地奔波忙碌在创卫一线，在省市及国家专家组暗访复审的紧要关头，我们更是严阵以待，枕戈待旦，真真正正地进入"一级战备"。那段时间，大家上班几乎是每天白加黑，每周五加二，吃住在劳务市场，奋战在大街小巷，可谓渭南高新区"第二交警"和"编外城管"。

创建活动结束后，不少同志消瘦了，累倒了！即使现在，一提起当初的创卫创文活动，大家仍心有余悸，无不紧张惶恐好一阵。有几个同志曾对我讲，创卫创文期间，他们连晚上睡觉做梦都在规劝务工人员，清扫道旁垃圾……听后我不由眼眶湿润，几欲泪下。仔细回想，自己又何尝不是如此呢！

唉！难忘创卫创文，创卫创文难忘！

问世间谁是真的英雄？我以为，数以万计的机关干部和平常百姓当之无愧。

我和我的同事，便是他们中的一分子。

七八年前的一天，视觉麻木，见惯了灰蒙蒙天空的我竟意外地看到了久违的蓝天白云，并清晰地看到了渭南东面秦岭逶迤曲折的山影。为此，我惊喜不已，以为自己遇到了奇观。

后来，见到这种现象的次数日益增多，我这才明白过来，这不是什么奇观，而是渭南市下茬整治环境污染、节能减排的结果，是渭南举市创建国家环境友好城市的结果。

现在，渭南天蓝了，水碧了，草绿了，城市景观越来越好，越来越美，更适宜人们创业和居住了。

入夜，远观渭南，霓虹闪烁，华灯璀璨，流光溢彩，那景那物，好似瑶池仙境,使人难辨天上人间!

近赏老街沈河观光带,湖水荡漾,波光粼粼,灯光摇曳,暗香涌动,游人如织,美景如画,此情此景,使人疑入西湖长堤和外滩景区!

经济社会之快速发展,使渭南这个昔日羞于见人的灰姑娘华丽转身,在短时间内便嬗变成美丽的白雪公主,为此我们感到无比的骄傲和自豪。

愿渭南的天更蓝,水更碧,草更绿,人民生活更美好!愿秦东明珠渭南璀璨夺目,光耀神州!

真可惜了那十八九年光阴

我爱好文学写作已有三十多个年头了,而真正意义上的写作却是从三四年前开始的。

这段时间,我心中有个目标,就是赶年前用单独书号出本散文集,以不枉陕西省作协会员这个虚名。为此,我苦思冥想,笔耕不辍,在短时间内便写出了三四十篇文章,最多时一天便能写出两三篇,真可谓写作上的"快枪手",其中有些篇目也可称得上是精品。

仔细一想,自己调回来已近二十三年,可先前十八九年大好时光里,自己总共才写了不足五十篇长短文,不及最近个把月写的东西多,这让我很是诧异,简直想象不来自己在写作上咋能白白浪费掉那宝贵的十八九年光阴。要知道,这十八九年可是自己人生最富有创造创新活力的黄金时期,如若专心专注,那将成就多大的事呀!想来难免让人深感可惜,更觉不可思议。

回想起来,那段时间里,自己究竟都干了些啥,还真是说不清楚。翻来覆去地想,顶多只是干了些日常工作,再就是简单地游历了祖国部分大好河山。别的呢,似乎什么也没干!

我不免痛惜起这十八九年的大好光阴来,这件事可算作我人生的又一件不可思议之事。就像教师出身、学而不厌、诲人不倦的我,在孩子整个小学阶段竟没能为其认真扎实地辅导过几节课,的的确确让人不可思议!

往日不可追,今朝犹可鉴。逝去的永远逝去了,重要的是要抓住今天,并力争使其有所作为。

追祭我人生弥加珍贵的,被我轻易掷弃了的十八九年大好光阴!

如若能把这十八九年紧紧抓住,自己在文学写作方面定不会愧对缪斯女神,这是真的!

唉,此时此刻,唯有一声长叹!

另一种缺憾

同事接到电话得知母亲生病，着急得花容顿失，泪眼婆娑，此情此景，不由使我感动，慨叹有女就是好。

儿女双全自古至今被称为人生追求的最高境界。多少人因有儿有女让人羡慕不已。这些年，我尤其羡慕有儿有女之人，这种情感似乎比以往任何时候都强烈得多。

受国家计生政策左右，我们这代人堪称不幸，儿女双全对大多人来说成为一个永远的梦想和希求。独生子女让我们对人生的悲凉和无奈有了更深的理解和感悟；独生子女让我们的人生更孤独，更艰难。

少岁不知人生难。我先前在野外地质队工作，本可再要一个孩子，调离地质队时我俩尚处于无忧无虑的年轻时代，因而放弃了这一千载难逢的好机会。现在想来，深感自己当初虑事之自私和幼稚，可事已如此，悔青肠子又有何用？

六七年前一次外出旅游，我俩遇到了美丽清纯、活泼可爱的小女孩可可，天意使我们成为好朋友，成为忘年交，以致可可后来成为我们梦寐以求的女儿。可可的出现使我俩的生活一片阳光灿烂，我们丰厚深广的感情一下有了寄托，淤积良久的人生缺憾开始慢慢稀释和淡化，我俩真实地感受到有女的日子更加快乐。

为了弥补这一人生缺憾，我们打算暑期再资助一个贫困大学生，帮助其完成大学学业，使其成为有用之材。我们也渴求在付出爱心的同时能够与之建立亲情，使我们的情感不再孤单。

每到周末，妻都要回老家探望自己的母亲，又是买这，又是拿那，临别还不忘给母亲些零花钱。这些年，岳母的零花钱、手机费、小零食、全身穿戴大多都是妻子所为，以致让我眼馋不已。一次见妻忙碌着准备回家探母的物品，我嫉妒地说："有女多好，我们没女，以后哪能享有你妈这种待遇。"一句话说得妻良久无语。

现在，国家计生政策已经调整，夫妻一方"单独"也可生育二胎，"单独"政策已经放开，普遍二胎政策指日可待。尽管我们因年龄原因已享受不上政策，但我们仍为更多的兄弟姐妹，为我们的后世子孙感到高兴。想到不远的将来我的孙辈们可以兄妹（或姐弟）牵手相伴，一起玩耍、一起上学、一起生活，我们禁不住喜极而泣。

家庭子女，一个太少，两个正好！家庭儿女双全，可谓人生至善至美。

但愿我们的人生缺憾不要延续到下一代身上。

碰巧事

至今想起那件碰巧事我仍忍俊不禁。

一个周末的下午，百无聊赖的我去好友小明家串门，恰巧他不在家，我便去了别的地方。一会儿，电话响了起来，一看是儿子打来的，接听后他问我："爸，你在哪儿？"我随口答道："在你小明叔叔家。"他惊奇地加重语气问："在哪儿？"我再次回答："在你小明叔叔家。"儿子反问道："我小明叔叔有几个家？"随即，儿子让我接电话，电话那端传来好友小明熟悉的声音："赵老师，我在你家，你现在在哪儿？"我知道这下穿帮了，一下子不好意思起来，只好应承道："你们先待着，我马上就回来。"

世上的事就是这么奇巧。

没想到很随便一句无伤大雅的谎言竟让我尴尬和难堪。回到家里，小明两口正和妻子闲聊，儿子早已去外边玩耍。

小明媳妇笑着说："真是心有灵犀，周末在家没事，你跑去找我们，我们却到你们家找你。"

我一时语塞，只好涨红着脸招呼他们喝水吃瓜子。

一会儿见到儿子，我又该怎样开言，我费劲地揣想着。

生活中，看似一句并无恶意甚至是善意的谎言，却需要十几句乃至更多的话来解释它，说明它。

谎言，无论善意的还是恶意的，都将十分累人！谎言还是少说的好，除非是万不得已、必须又应该时，比如对病人隐瞒实情，对不在身边的亲人报喜不报忧，除此之外，别无他用。

乒乓球　小轿车

去年年底,我赌气买了辆日产奇骏(SUV城市越野车),连同妻子那辆比亚迪轿车,我家有了两辆小轿车。

一下子拥有两辆小车,这是我做梦也没有想到的事。尽管两辆车价格合起来远不及有钱人家半个车的价值,但着实已让众亲友好一阵羡慕,我亦感到十分满足。

看着式样大气、外表美观、明光锃亮的小轿车,我不由忆想起自己幼年时的辛酸往事。

六七岁的时候,一天,顶着炎炎烈日,我和大人一起去两里外的街镇上会(赶集)。面对百货店琳琅满目的各种商品,我一下眼花缭乱起来,看到这,家人拉住我的手就往外走。忽然,一旁柜台上摆放着的雪白的乒乓球吸引住了我的眼球,我急忙挣脱大人在柜台驻足不前足有七八分钟。当时乒乓球每只才一毛五分钱,我一心想要,家人就是不给买,并再次使劲将我拽出百货店,我只有恋恋不舍地离开百货店,半天低头无语,直至回家。记得回家后大人问我为什么闷闷不乐,我便将自己想买乒乓球的愿望说出,不料,家人却说:"那你当时为啥不吭声,吭声我给你买就是了。"我委屈得眼中憋出眼泪,却满怀欢喜地说:"要不你们现在给钱,让我去买吧!"家人安慰我道:"待下次上会时再买。"这以后,我曾多次陪大人上会,帮其扛拿所买东西,可大人从未再提买乒乓球之事,我的这个小小心愿也就一直未能实现。

昔日连个小小的乒乓球都难以买下的我,一下子竟拥有两辆小车,在生活质量上这该是怎样一个大跨越呀!为此,我兴奋得难以入睡。

我们今天的生活尚且如此,可想而知我们的孩子今后又该多么地幸福!

乒乓球,小轿车,一对本不相关联的物件形象地折射了我们生活的昨天和今天,那么明天呢?

相信明天的日子定会无比美好。

生活在这样一个美好的时代,我们还有什么理由不好好生活,不好好工作呢?

我们的下一代,若能真正弄明白乒乓球、小轿车与父辈间的某种关联,他们就一定能够珍惜今天的美好生活,并奋力创造明天的辉煌人生。

开车的羡慕骑车的

以前人们常说："骑自行车的羡慕开车的。"而现在我的真实心态却是开车的羡慕骑自行车的。我心态如此这般，绝不是一时矫情。

三十岁之前，我特羡慕开车一族，常想着什么时候自己也能有个车开就好了，哪怕是辆帆布敞篷北京吉普也行。

近几年，我开始拥有了属于自己的小车，而且不止一辆。现在上下班、外出或逢年过节回老家，有车助力，感觉真的很好！既节省了时间，避免了提着大包小包挪前站后的等车，又风光潇洒地为自己赚足了面子。

时间一长，难免产生审美疲劳，觉得有车也就那么回事，有时竟犯贱地想上下班骑骑单车。

邻居小波是我的兄弟，他性情内敛，外表文静，处事低调，为人实在，爱岗敬业，勤奋好学，与我可谓同类项，对之我很是敬佩和欣赏。

与我一样，他也是一个爱学习、爱上班的人。他一年几乎不大休假，每天我赶早上班竟发现他比我上班来得还早，节假日，我在办公室十有八九亦能见到他学习加班时忙碌的身影。

小波与我单位相邻，我俩同为（渭南）河北乡党，又一起同住幸福城小区。他早年在青海部队服役，我也曾在青海待过十余年岁月，颇为相同的人生经历，使得我俩的空间距离一下子缩短。

虽办公室相邻，因我俩平日彼此奔忙，交往甚少，但彼此性情相投，心灵相通，可谓一见如故。

参加工作以来，无论居住远近，小波上下班一直骑着单车，可谓悠闲又自在。每次路途遇见他，我心头便一阵温暖，同时也在心中为他加油鼓劲。时间一长，我竟开始羡慕起骑单车的他来。从青海回来后好长一段时间，远在市区的我常年风雨无阻地骑单车往返开发区。那段日子,虽生活清贫,经济拮据,但妻子贤惠,儿子可爱,我则心轻如云。每次骑车进门,儿子都会蹦跳着欢快地上前迎接,待放下车子洗罢手,妻早已将喷香可口的饭菜端上桌来,一家三口围在一起,其乐融融,饭桌上不时传来儿子调皮的嬉笑声,那情那景,让我至今怀念。如今,我们的日子与十五六年前相比,可谓天差地别,但儿子的不醒事却使我们的心理始终难以轻松,好日子时常味如嚼蜡。

我羡慕和念想小波及自己昔日骑单车的日子,实则是羡慕我们骑单车时的那种快乐心情,羡慕那段清贫但却温馨美好的人生时光。

人是一个矛盾体。年轻时虽光景清贫但心情快乐轻松,幸福指数亦颇高;现如今虽生活极大的富裕但心理却压力如山,使人怎么也快乐不起来。

人,心理简单就美好,心情轻松便快乐。

问天问地问儿子,什么时候,我们一家才能真正快乐起来?

职业眼光

————————————————●

日常生活中,我们常用"入木三分""洞察秋毫""火眼金睛"等词语来形容职业人(专业人士)观察问题之独到、独特和深刻。的确,职业人的眼光可谓不一般,不平常。

我就曾领教过职业人犀利眼光之威力。

那是2007年金秋,儿子被榆林学院高职学校五年制大专班录取。我们夫妻一块儿送儿子去学校报到。儿子天资聪颖,但对学习没有兴趣,亦很不用功,因而成绩勉强够线。此前,一朋友介绍说该学院招办主任与他关系不错,让我到校后可找其给予帮助。到校安顿停当后,我便带儿子一起去见李西旺老师。他待我们很是热情,我刚为其介绍完儿子,不料他便盯着儿子含笑道:"你这孩子模样可爱,但平日肯定不大好管。"我听后很是纳闷,心中似有不快。见我诧异,他接着说道:"你们不要介意!我一看你娃这成绩便得出这一结论。娃们年少体壮,精力充沛,体内能量充足,这些能量不在学习上消耗释放,就必然会在其他方面消耗释放,这也是学习成绩不好的娃娃难教难管的主要原因。"

他的一番话使我们一家大小怔住了,随即,我便上前紧紧握住他的手,一个劲儿地点头,好像一下子寻到了知己。我情绪激动,心潮起伏,委屈得几欲落泪。个中滋味,唯有自己心知肚明。

专业的才是最好的。

现在,每次听到这句广告词,我便想起了榆林学院招办的李老师,想起了他初见我们时对儿子的印象。他的话虽简单直白,甚至有些不入耳,但却力透纸背,精辟入理,算得上至理名言。

儿子后来在学业上的半途而废和对学习的了无兴趣再次印证了李老师当初话语的正确。

我十分敬佩用职业眼光观察世事、分析问题的人。

阅读与写作　我人生最好的休闲方式

人生在世,烦恼难免。

遇到忧愁烦恼,有的人靠打牌 K 歌解忧,有的人靠喝酒抽烟消愁。"何以解忧,唯有杜康",此种消愁法古来就有,且为大多善饮者所乐道。

遗憾的是,打牌、喝酒、抽烟这些最惯常的消愁解忧方法,我一样都不会,但我却有另一种文人独有的解忧方法——阅读与写作。

对爱好不多的我来说,阅读与写作可谓我除工作、旅游之外的第三大人生爱好,有时几天不读不写,我便觉得浑身不自在。阅读和写作对我而言已不是什么苦役,而已成为一种绝妙的休闲方式。

人生自古多烦恼。作为半拉子文人的我,在日常生活中烦恼忧愁会更多。如若不是靠阅读和写作等方式来调节情绪,排遣烦恼,分散注意力,自己恐怕早已被烦恼忧愁吞噬。

平常遇到烦恼忧愁时,我便会暂时避开引发烦恼忧愁的具体环境,"躲进小楼成一统,管它冬夏与春秋"。在方寸间尽情叙情抒怀,宣泄烦忧,随即,一篇篇饱含自己辛酸人生和折射现实处境的长短文便应运而生。我常对亲朋自嘲道:"这些不名一文的文字,虽不止疼,不止痒,但却可以止住自己的胡思乱想。"

人们常把文人称作文弱书生,可见"弱"是文人的显著特点。不少文人因其"弱"而不堪人生和生活之重负,从而无奈地走向了自我解脱的可悲之路,而我却是"忧"且益坚,垂而不倒。之所以如此,我以为皆是读书写作给了我坚强的信念和无穷的力量。

古人云:愤怒出诗人。我常因烦忧而愤怒,又自愤怒而(心态)平和。因此,我就有了比一般人更多的体验人生、品味生活、啜泣痛苦的机会,我的精神世界因此而变得富饶和多彩。我此间所写就的一些包含哲理的文章就是这块沃土上开出的浸满我心血和泪水的花朵,尽管它们身姿弱小,尽管它们颜色平淡,但它们却是我的最爱。

现在,闲暇时,我阅读写作;失意时,我阅读写作;烦恼苦闷时,我阅读写作;空虚无聊时,我还是阅读写作。可以说,阅读和写作已融入我的生命,成为我人生中不可或缺的生活内容。

写作使我生活充实,写作使我心态平实,写作使我委屈压抑之外有了些许的自豪感和成就感,它是我人生重要的精神支柱。

有时候,自己心理上也会出现一些负面情绪,这些情绪最突出的表现就是自感个人渺小,希望无着,精神空虚,生活没有意义。为了尽快消除这种有害情绪的侵蚀,我总是抽空挤时埋首于读书写作之中,以此增强自己的人生自信,并使自己有成就感。奇怪得很,这样一坚持,上述不良情绪顿时消失得无影无踪,我的精神状态又归于正常。

现在,阅读和写作已实实在在地成为我生命中的一部分,缺少它,我的生活会变得单调萧瑟和寡淡无味。

在几十年人生岁月中,阅读和写作这一爱好始终与我相伴,它使我受益良多,我脆弱的人生因它而显得刚劲有力。

阅读与写作,可谓我人生的最大爱好,它无疑将伴随我一生,直到地老天荒。

人与兽

人为兽时，比兽更坏。

对这句名言，起初我并不认可，但身边远亲近邻并不鲜见的活生生的生活事例使我彻底信服了它。

现实世界中，"狼孩都有人性，而娘生父母养却无人性者"并不少见。

一亲戚，年近八旬仙逝。她一生慈眉善目，和蔼可亲，总是仁爱为怀，宽厚待人，在方圆各村有着极好的口碑和人缘。就是这样一个极其和善之人，却有一个禽兽不如的儿子。老人中年丧夫，含辛茹苦拉扯五六个子女，好不容易将儿养大并为儿子结婚娶媳妇。正当老人憧憬着家庭未来的好光景时，岂料却因家庭琐事，其实也就几十元钱之利，被亲生儿子狠心地将其与尚未成人的小女儿一起赶出家门，流落街头。娘家人见其可怜将母女收留，后为生计老人远离故土。几十年间，老人时常思念儿子，不时打听其生存状况，可直至去世，狠心的儿子都未能见她一面，让人寒心不已。

又一亲戚，同样慈眉善目，待人始终充满仁爱之心，与人交往总愿自己吃亏，从不让他人吃亏。老人生有一儿三女，并抚养一先房女，儿女中唯大女模样俊俏，聪明懂事，精明能干，她一直是我青少年时心中的偶像。有这么个能行女，直欢喜得老人平日对之高看厚待，偏爱有加。为让其照顾家人，老人煞费苦心择婿西村。二十多年里，老人没少为其一家操心费神和经济补贴。岂料其家庭生活诸事不顺，致使心里失衡，怨气横生，进而迁怒于母。老人不幸跌倒骨折又患病卧床大半年，她从未照料过一天，但却总惦记其父留给母亲的两万余元养老金。老人弥留之际，两口一改其先前之冷淡，忽然热心起来，亲朋以为其良心发现欲孝敬母亲，殊不知其将母亲接回家中竟作为人质"扣押"，进而与弟妹大闹，整日咒天骂地，怨父母耽搁了自己昔日的上班梦和发财梦，怨父母无能使自己日子过得不如人。老人到她家不到一周，便抱恨含冤去世。老人患病去世至埋葬，她竟未让老人偏爱十几年的一对外孙见老人一面。此举让人不寒而栗！至此，我与之彻底断绝来往。

还是一远房亲戚，按辈分我应称呼其为表哥。在对待父母方面，此君更是空前绝后，恶名远扬。

父母自小对其偏爱至极，岂料其娶妻成家后标准一个白眼狼，与父母相邻而居，却从不照料父母，即使偶尔在别人劝说下帮父母做点儿事总是市场化运作，按劳务高价计酬，分文不少。多年前，我与其闲聊曾问其为何如此对待父母，他答曰，土地下户时，父母处事不公，给他少分了一棵价值不足二三十元的小树。我听后瞪大了眼睛，怎么也想不来因这么一件区区小事，他竟对父母如此记恨。之后发生的事，更惊得我瞠目结舌。

七八年前，其父两眼患白内障难见光明，很长一段时间痛苦不已。我利用工作之便为老人争得一免费白内障复明手术指标，谁知儿女竟没人愿意送老人来做手术。经亲朋再三动员，总算将大女儿说动，由其陪老人来做手术。探望老人时，我俩"感激"地塞给他女儿二百元钱，让其帮老人安排好生活。

就这样，老人没花一分钱，手术做得既顺利又成功，可自始至终两个儿子都没有闪面。此间小儿子还曾给在渭南上学的女儿送钱到我家，妻兴奋地向他介绍老人手术成功的喜讯，可他并不搭话，只是高兴地谈论着女儿上学之事。

后来听说，我俩的善行义举还遭到老人儿女不少抱怨，说是为陪老人做手术耽搁了不少农活，埋怨我俩狗拿耗子多管闲事。闻知此言，我俩发傻似的怔了好一阵神，之后唯苦笑摇头作罢。

更有甚者，娶妻成家后不赡养父母，父母患病受难不闻不问，父母可悲去世后为逃避责任竟昧着良心闭门锁户，外出躲避，直至老人下土安葬才偷偷逃回……

百善孝为先。此类活物之所作所为，简直让禽兽也为之汗颜！

真不知这些人可有良心和人性，他们可否考虑过自己儿女的感受和影响。

卧床养伤满月时

想来可真有意思！刚写完散文《羡慕住院》不几日，自己竟鬼使神差地躺在了病床上，叫命运之神实实在在地捉弄了一回。

2016 年对我来说可谓流年不利，元旦刚过我便一头跌倒在了新年的门槛上，这一跤跌得还真不轻，导致右脚外踝部严重骨折，以致行动不便，不得不卧床疗养。

我是个好静又好动的人，平日腿脚灵便还不觉得，这次骨折卧床后竟一下感觉到了自由和阳光的可贵。初躺倒的几日里，自己竟心慌得坐卧不宁，常常凌晨两三点便猛地醒来，心烦意乱，再无睡意。这个时候常常是书不想看，手机不想摸，只是端坐着盯着黑乎乎的窗外发呆。那种痛苦无助、惊慌恐惧常常使我毛骨悚然，进而呼吸急促，大汗淋漓，好似死神在步步逼近，不知何时才能挨到天亮。

能心闲气定地欣赏心爱的电视节目一直是我近年来最大的人生奢求。卧床养伤期间，正好可以静心随意地饱览电视节目，岂不美哉！可不知怎的，满脑心事的我却怎么也静不下心来。我在想，倘若六十岁后躺卧床榻，感受定与当今迥异。那时，无公事缠绕，无家事揪心，心气一定是平和的、宁静和无纷扰的……

生活最真实。无论人高兴不高兴，愿意不愿意，日子都得过活，时光都在流逝。无奈之下，强按住纷乱心绪，静静地欣赏自己喜爱的电视节目，渐渐地便入迷着魔，心里感到些许慰藉和满足。

养伤这段日子，妻子笑称我是"坐月子"。终于熬到满月了，真的不容易！对我来说，"满月"犹如满年，甚或数年，漫长又难熬！

"月子"里，我满心欢喜地欣赏了不少电视纪录片和大型电视连续剧，感觉十分的过瘾和满足。

在电视剧中，我最喜欢看的题材当数家庭爱情伦理剧，什么《媳妇的战国时代》，什么《青春期遇到更年期》，什么《金婚》等等，这些电视剧虽是陈年旧剧，电视台亦热播过多次，可整日忙忙碌碌、艰难奔波生计的我却从未正经观看过一部。这次能全神贯注地看完几部长达四五十集的电视连续剧，也算填补了自己观赏影视剧的空白。

看电视剧，我最主要的还是从中寻找体会和感受他人的平凡生活，找寻自己心理的平衡点、闪光点，为自己平常而艰难的家庭生活注入活力，添加动力。

我的儿子是90后，对他的成长，我俩几乎倾注了全部心血，可我俩却如种地的农民，不种可惜，越种却越亏，这让我俩沮丧不已。孩子的放纵恣意行为和松散随意的生活态度总是让我俩不认可，不满意，甚至很生气。60后的我总是拿自己的成长经历与之比较和说事，结果越比差距越大，越比心气越不平，越比越觉得儿子不可教也。观看这些电视剧，剧中那些80后、90后青年忘乎所以、自私自利、放荡不羁、荒唐可笑、令人肺炸的行为，让我惊奇，让我生气，更使我愤怒。待心理平静下来，方才明白，电视中反映的是真生活、真情景，电视剧中那些玩世不恭、游戏人生的青少年就在我们的周围，就在我们的家中，我们的子女与他们何其相似。身为父母，在对他们反常叛逆的行为恼怒愤恨的同时，我感触更多的是他们的父母对待这些孩子可资借鉴的态度：宽容、包容、耐心、细心、爱心和博大无私的奉献牺牲精神。相比之下，我实实在在地感到了自己在教育引导孩子方面的浮躁厌烦情绪和缺乏耐心、缺少包容的排斥心态，也实实在在地感觉到了自己在这方面的差距。

鲁迅先生的百年警语"我们如何做父母"又一次回荡在我的耳旁。静坐沉思良久，深感为人父母责任之重大。

静卧疗伤期间，我观看最多的电视剧是家庭爱情伦理剧，思考最多的问题是90后子女的家教问题，感受最深的亦是影视剧中80后90后父母的良苦用心和博大爱心。

做父母难，做父母真的不容易！这是我这段时间思考最多的问题和感受最深的话题。

拄杖冒雪华山游

　　惭愧得很，五十大几的我，生活在华山脚下几十年，先前仅游得一次华山。

　　一直盼着有机会重游华山，机会终于来了。

　　正月十五刚过，昔日青海几位兄长邀约一起游华山。此时，我正因骨折在家养伤，心中顿时矛盾起来。去吧，担心身体吃不消；不去吧，又怕心里受不了。一番思想斗争后，最终决定还是由妻儿陪侍与几个兄长一同前往。

　　在华山工作的曹华兄早已盛情安排好了一切。自1979年初次见面，我与曹华兄已有三十多年未曾谋面。先前，我曾多次在华山脚下停留，好几次都做好见兄一面的打算，可总是事不凑巧，徒留遗憾。这次见面后我们很是高兴，兴奋之余大家更多的是感慨，感慨人生的短暂，感慨岁月的无情——往昔风华正茂、英姿勃发的我们已青春不再！更感慨之前彼此来往太少！

　　考虑到我的身体，曹兄特意对我们的行程进行了精心安排，一路都是绿色通道和贵宾待遇，除攀山外，尽量避免行走，这让我很是感激。

　　上午10时许，我们一行九人乘专车来到西峰大索道。西峰大索道由陕煤集团投资五亿两千万元兴建，是迄今为止世界上第一条采取崖壁开凿硐室站房，W起伏式走向，设中间站的单线循环脱挂式索道。索道线路斜长四千两百多米，相对高差八百九十四米，运行速度最高每秒六米，单趟运行约需三十分钟。

　　西峰大索道建成于2014年秋，它彻底改变了自古华山一条道的历史，使人能方便快捷地游玩华山诸峰。自西峰大索道建成之日起，我便渴望能有机会乘西峰大索道游览华山，这次终于如愿以偿。

　　山上山下俨然两个世界。上山时，山下天气尚好。上山后，山上却是雪花飘舞,大风肆虐,人在风雪中艰难行走,似有红军长征爬雪山之真实感。雪天山道光滑,对我来说,抬腿迈脚十分艰难。为保证我的安全,曹华兄上下山时一直搀扶着我,并不时叮嘱我"慢些,慢些,再慢些,脚步一定要踩实"。兄之悉心关照让我再次感受到了浓浓的兄弟情和曾经的柴达木人的热情豪爽,这也是我骨伤未愈能顺利登上华山的主要原因。我的勇敢举动亦感染了不少游客,他们相互勉励:"瞧人家拄杖都能登上华山,咱腿脚灵便还有啥说的。"听罢游客的夸赞,我登山的劲头更足了。

因腿脚不便,虽未能攀登到其他山峰,我亦感自豪和满足。站在西峰顶端,放眼望去,南峰、中峰、东峰呈莲花状环绕四周,山峰雄奇险峻,莽莽苍苍,白雪覆盖下的华山诸峰更显素洁大气,犹如人间仙境。

站在太华之巅,顿觉心旷神怡,神清气爽,呼吸顺畅。此时此刻,过往之一切人生烦恼和不快皆如过眼云烟,随清风远去,使人唯感人生之美好。

渭南近山远海,当你烦忧愁闷和人生失意时,不妨走出户外,登山远望一番,相信你的不良情绪定会得到舒缓,心灵亦能得到抚慰,说不定你还会有其他意外收获。

一句话,闲暇登山好处多!

生活感悟

学会赞赏

人生在世,学会赞赏他人实在太重要了。

人常说:"好孩子是夸赞出来的。"不会赞赏的老师不是好老师,同样,不会赞赏的领导不是好领导。可见赞赏在人际交往中的重要性。

其实,大人小孩都渴望得到他人的赞赏。这是真的!

一日,一担任企业领导的朋友高兴地邀约我们夫妻俩聚餐,我猜想他一定有什么高兴事。果不其然,待我俩刚落座,他便眉飞色舞地告诉我们他的一篇小论文见报了,并急忙掏出报纸指给我看。见是篇官样文章,我和妻先是不大在意,随即望着他喜悦的表情,我立马在意起来。我先是拿过报纸仔细瞅了一番,然后又用欣赏的目光注视着他,问报纸可不可给我带回家好好拜读。他十分高兴地将报纸递给我,我则小心翼翼地将报纸叠好装入挎包内。我注意到这样一个细节,这位朋友的目光一直随着那张报纸移动,见我将报纸装入包内,他很是高兴,不停地给我夹菜并劝我多吃。看得出,我颇具欣赏意味的举动,让他渴求赞赏的心理实实在在地得到了满足。

我虽不喜欢官样文章,但回到家里,还是很认真地阅读了他的文章,并将阅读情况告知他,他听后兴奋不已。之后,无论他写作还是临摹书法,稍有消息和成绩他便告知或邀我前去欣赏,他真真正正地把我视作他事业上的知己,此举让我惶恐不已。

我又何尝不是如此。

近年来,我舞文弄墨达到一个新境界,被省作协吸纳为会员,成为名副其实的作家,亦出了几本书。文集出版后,产生了不小的轰动,一时间,不少亲朋好友纷纷向我索要书籍,我的虚荣心一下得到了满足。这当中,一件不经意的小事却让心细如丝的我略感美中不足。事情是这样的,一日,我十分赞赏的一位才女前来向我索要新书,我高兴地将书递给她,她兴奋地当面将书浏览了一番,大赞这本书写得不错,并说回去后一定要认真拜读。听着她的夸赞,我满脸喜悦,急切地等着她的下文。我想着她定会再要几本书赠送亲朋好友,我静静地满心期待着,可她并无此美意,寒暄过后便起身告辞。送走她,我原本欢快的心中似有一种淡淡的失落之意,好一阵子情绪振作不起来。

外县一老兄与我脾性相投,酷爱文学。年前也出了本书,他特意驱车来渭南给我送书。拿到他亲笔签名的新书我非常高兴,不停地用手喜爱地抚摸着,心里矛盾地想再要一本书带给文友,可一时又难以开口。待朋友上车时,我赶忙试探着问其可否能再给我一本书,听罢我的话,朋友急忙下车,赶紧从包中掏出一本书高兴地赠予我,并问我是否签名,之后他满意地驱车而去。

望着老兄喜悦的神情,我似乎一下明白过来。大凡文人,都有着比一般人更强烈的渴求他人的认同和赞赏心理。我不经意间满足了朋友的这一心理,这使得他心情十分愉悦。我知道,这比请他吃顿大餐更有意义。

人的心理有时就是这般奇怪和不可思议。从某种意义上说,大人和小孩心同一理。再大的人也如同小孩,身上都有一种孩童心理,那就是渴求他人的认同和赞赏。

朋友,你说说,生活中缺少赞赏行吗?

善　良

　　我的善良实在是出了名的,几十年间不光身边及周围普通人对我大为称赞,就连曾经的中央委员也对此夸赞不已,称我是个大好人、老实人。

　　有段时间,受社会风气影响,我曾一度对自己善良实在的天性很不满意,认为这是窝囊无能的表现。我艰难地试图改变自己,可能秉性难移使然,无论怎样刻意模仿恶人、坏人之举,自己却总是坏不起来。无奈之下,我只好放弃模仿,秉持个性,淡然处之。

　　社会需要正能量。慢慢地,善良实在之人之事开始吃香受捧,我也切身感受到了善良实在的力量。

　　善良是张免检单。我交有几个很有女人缘的朋友,因其相貌和性情,家人对其外出活动总是限制加提防,可只要他们与我在一起,不管在外时间多长,也不管在干啥,他们的家人都会很放心。因为这,深更半夜我时常会被朋友的电话惊醒,一番"现身"证明后朋友方可万事大吉。为此事,我常常心生内疚之情,感到这样做实在对不起朋友家人,可为了朋友,我有时又不得不如此,这实在是没法的事呀!

　　善良是串平安符。一次干部法律知识测试,测试看似简单平常,但测试结果很重要,测试不过关还得重考。我答题整体情况还算不错,但因一论述题观点偏移,可能直接影响能否过关。一日上班,忽接到×办公室工作人员的电话,让我速到其办公室。见到我,小同事微笑着说明意图,指出我答案失误处,称我为人正直善良、好学上进在区内是出了名的,她是于心不忍才将我招来,说得我很是感动。

　　一日春雨潇潇,我正在电脑上为支部卡拉 OK 活动搜歌,突然有人敲门,我应声让其进来。来人学生模样,他手拿几张资料单似在咨询大学生创业扶持政策事宜，但我总觉得其不像是个咨询者。尽管如此，我仍十分热情地接待了他，并详细向他介绍了创业相关扶持政策，他听后十分满意，临走直言我是一个淳朴善良之人，是一个难得的好领导。正在我纳闷之时，他打来电话，对我刚才的政策咨询很是满意，并含蓄地点明他的来意，说我热情认真的工作态度和对服务对象耐心细致的工作作风感动了他，使他不忍挑刺找碴儿。他的话让我好一阵惊奇，啊，原来他竟是北京"朝阳群众"，是个真真正正的"暗拍族"！我直叹刚才好悬——多亏自己当时并未干其他与工作无关之事。

善良是张免检单，善良是串平安符。这是我五十余载善良为人最真实的感受。

温馨人生片段

　　我生活在一个温馨幸福的大家庭,每天被幸福温馨所包围,可谓简直幸福得没法说。

　　片段一:每天心情愉快迎着朝阳上班,紧张忙碌完上半天的主要工作,抬眼一看,时针已近 11 点钟。这时候,总会接到妻温馨的关爱电话:"老公,上班辛苦啦! 中午想吃点什么?"只要我肯说出想吃的饭,不管制作多么费劲,工序多么麻烦,下班进屋,我准能吃到自己心仪多时、味道纯正、可口喜欢的家常饭菜。吃过后,那种爽劲和满足感简直难以形容。近年来,妻为改善一家人的伙食可谓费神至极,我好面食,她竟悉心研究,自制原创出韭香四溢的韭菜面、口味独特的荞面削削、色香味俱佳的兼有陕西风味的青海尕面片等,让人一吃难忘,百吃不厌。别以为韭菜面制作简单,要做好可真不容易。首先要精选条形较细、生长时间不太长的韭菜,然后粗切细剁,待韭菜成糊状,将韭菜泥掺入面中,面稍饧后将面块压成饼状,切成条形,然后双手将面条搓长拉细下入锅中,煮熟捞出浇上臊子或葱花,顿时满屋韭香扑鼻,使人不忍拒绝。吃完喝碗面汤,方知汤比面还好。面条制作中,韭菜掺入面中,韭香溶入汤中,面汤变得鲜香醇厚,碧绿可人,喝后香味浓郁,使人回味无穷,犹如吃完荞面饸烙后喝饸烙汤,似有喝不够之感。我家每次吃韭菜面,最后都是面完汤干,饭后好生舒服。

　　片段二:隔三岔五,便会接到好友邀请喝茶的温馨电话。

　　好友在我单位楼下上班,是一个懂生活、重养生之人。他嗜好饮茶,办公室常备有好水好茶。水是从秦岭拉的山泉水,茶是他精选的多种优质无公害茶,有红茶、绿茶、黑茶、白茶等各色茶,既有江浙一带的龙井、碧螺春,又有广东福建的铁观音、大红袍,安徽黄山的太平猴魁、黄山毛峰,还有产自陕南汉中的午子仙毫、紫阳毛尖。有时，在他那儿还能品到来自台湾的高山冻顶，可谓品种繁多，不一而足。好友是个性情中人，喝茶喜欢呼朋唤友，说这样喝起茶来才有味道。他颇懂养生，喝茶四季各不相同。一段时间，喝的是铁观音，过段时间又是绿茶，再过段时间，又变成普洱、金骏眉等茶。我虽不懂茶，但每次陪他喝茶都能喝得心满意足，淋漓酣畅。心有灵犀一点通，许多时候，当我忙完手头工作，刚想到他沏的香气溢人的好茶，便能接到他让我下去品茶的电话。待我下楼进屋，茶水早已沏好。我端上茶盅，小口细啜，茶香沁入心脾，友情流淌心田，品茶的同时亦品到了朋友真情和美好人生，此时会有活他个七老八十何妨的欲望和幻想。

片段三：遇到周末，又会接到圈内几个老兄邀约聚餐的电话，下班后我会欣然前往。老兄说："咱们聚餐不为吃饭，只图见面。"这是真的，我们虽寓居一城，但平日总是各自忙碌，彼此难得一见，所以周末大多会成为我们欢聚的节日。大家在一起，不在乎吃什么喝什么，贵在交流思想，倾诉苦闷，排解忧愁。几位老兄和我均在政府部门当差，每次相见，他们都不免忆苦思甜一番，并互勉一定不要忘本，一定不要心生邪恶，自毁前程。放下酒杯，他们总是自抒心臆：咱们现今这种生活状况，真的不错，职业体面，家庭幸福，生活无忧，与在乡下种地的同龄人比，简直是天堂生活，还有什么不满足的！咱们弟兄几个都要好好珍惜，只有懂得珍惜的人，才能品尝到人生的真滋味。老兄所言所语让我很是折服，更让我感到温暖和温馨，我将其称之为我个人生活中的"第二党校"。我在想，自己混迹官场近二十年，能不变色变质和忘本，除却自身内功强大外，与自己常与老兄聚会，常听仁兄教导不无关系。

我也参与接触过另一类人的聚会聚餐，这些人虽资产不菲，地位显赫，饱食终日，无所事事，但却总是对自己的现状不满，对自己的收入不满，对身边的人和事不满。他们常常是端起碗来吃肉，放下筷子骂娘，总觉得国家亏了他，组织亏了他，总觉得自己多么了不起。这些人虽衣着光鲜，但全身满是负能量，我不由对之避而远之。

妻子、兄弟姊妹和充满正能量的朋友是我温馨生活的源泉，我将为之努力生活，好好活着。

温馨生活会让我的平淡人生变得更加美好。

人生滋味
RENSHENG ZIWEI

短篇小说

DUANPIANXIAOSHUO

我不是×××

人在江湖,准确定位自己的角色十分重要。

不少人之所以在人生舞台上跌跌摔跟头,甚至失去生命,进而连累众亲,我以为除却客观环境外,一个很重要的原因便是个人角色错位,以致忘记自我,从而飘飘然找不着北。

工作三十多年,从政为官二十年间,自己遇到的各种诱惑也不算少,但由于能清醒地认识自我和把握自我,因而自己始终心底坦然,玉树临风。

我不是明星,没有动人的容颜;我不是达官贵人,没有显赫的权势;我不是富豪,没有殷实的资产;我既非官二代,也非富二代,没有遮阴的大树和炫耀的资本。有的只是单薄的身子和辛苦的背影,有的只是卑微的出身和浓浓的自卑情结。

正因为此,自己为人处事如挑筐进城卖鸡蛋的老农,总是小心谨慎,如履薄冰;总是高看他人,低瞧自己;总是胆怯内敛,低调务实。

常言道:英雄难过美人关。而平凡又平常的我竟越过了不少美人关,让人不得不叹服坐怀不乱内功之强大。

官场之人,心有"定力"实为难得。

连芝麻官也算不上的我,类似重庆官员之"艳遇"也曾遇到过。

但由于自己卑微胆小,头脑清醒,因而总是与"艳遇"擦肩而过,并未发生什么惊险动人的"艳遇"故事,也未能成为第 N 个×××。

七八年前,我时常接到塞外一"草原妹妹"发来的温柔体贴、辣味十足、撩拨情怀的短信问候,她还发来自己的 QQ 让我浏览欣赏她风姿绰约、风情万种的玉照及大量热辣、抒情的文字资料,并再三通过 QQ 欲与我联系,让我欣赏她的其他精彩视频。我先是惊喜,进而激动,但很快便头脑冷静和清醒下来，"天上不会掉馅饼"，凡夫俗子的我，哪能遇到这等美事。退烧降温后，我便拿定主意，坚决中断了与"草原妹妹"的联系。

此后好长一段时间，她仍坚持不懈地与我联系，但我始终心存定力，离线隐身，又过了一些时日，确感无戏的她这才没再与我联系。

好事又找上门来！不久，城内一妙龄女子以工作名义开始向我逼近。她先是电话联系、短信问候，接着又是赠物送礼，请吃请喝，对此，我一概婉言谢绝。不得已，她又几次三番以联系工作为由，来到我的办公室，谈天说地，近距离接触。下班或周末，她更是不厌其烦地向我发出热情的问候和邀请：请喝茶、请唱歌、请吃饭，并且一再声明，只邀约我本人独享其美意，谢绝捎带他人。此举搞得我心猿意马，不知如何是好。经不住她的凌厉攻势，我甚至编好了应付妻子的理由几欲赴约，但经过一番激烈的思想斗争，理智还是战胜了情感，我平静坦然地放弃了她的"玫瑰之约"，身心轻松地回家与妻欢聚，享受真正属于我的平淡生活。

这之后，她依旧频频联系，锲而不舍，而我则意志坚定，一直不为之所动。无奈之下，她终于放弃了对我的围猎追击。

逐利是人的本性，商人和企业经营者在逐利方面尤甚。为了经济利益，他们可以使出浑身解数，甚至不择手段，有的还不惜使用一些并无恶意的"温柔"之招逼你就范。

一次外出活动，夜宿巴山深处一农户家，我们分别歇息于一大房内的东西两侧。欣赏完山区奇特的夜景，一阵天南地北的乱侃后便开始入睡。忽听得西侧夫妻间一阵耳语，随即便传来女人轻柔的脚步声，待我睁眼细看，身着背心内裤的她已静声屏气地挪到我的床边，惊得我一个激灵赶忙坐起。见我坐起，她便偎在床头与我闲聊。男搭女配，闲聊不累，不觉两个钟头便悄然而过。她微打哈欠，明显有了困意，见此，我安顿她躺下后便一人悄悄溜出。山间夜深人静，唯有月亮孤独地挂在天边。回首四望，不免有些害怕。估摸已近破晓，我只有迎着山风半蹲在山门前一块石头上望着满天繁星苦等天明。

东方终于露出了鱼肚白，不久，太阳也露出了喜洋洋的笑脸。

主人做好了早餐，我进门呼唤大家吃饭。见到我，她一下不好意思起来，随口问我道："夜间待在外边可冷？"我微笑道："还可以，只要你睡得比我好。"说话间，我已拿着洗漱用具疾速出门……

我常想,假若我是×××,恐怕早已"出入美眉伴,风流满城传"了!

可惜我不是×××,我只是一介书生,一个普通人,一名微若尘埃的基层官员。我的苦出身决定了我的肠胃今生只习惯粗茶淡饭,过多的美酒佳肴反而会让我的身体不适应,也不舒服。

凡人,还是过普通平淡的生活好。

与美女同行

二十多年前，在西宁妻子单位，我有一次与美女同行军营的新奇经历，那次军营之行着实令我难忘。

美女小R与我是乡党，她与妻在一个单位上班，我几次度假都在她们单位，一来二去我们便熟识起来。

小R是个标准的美女范儿，她身材高挑，肤色白皙，酒窝可人，明目皓齿，长发飘逸，气质高雅，超凡脱俗。加之时尚得体的服饰衬托，更加妩媚娇柔，风情万种。不少人竟以为她与当时红遍全国的影坛大腕刘晓庆是姊妹花。行走在大街上，她的回头率可谓百分之百。

她不仅人长得漂亮，在业务方面，更是单位里的佼佼者。因而她在单位人缘极好。

每年假期，我都在她们厂子里度假。有事没事，她总是喜欢来我们房间小坐闲聊，与我俩一起谈天说地，畅谈人生，心中煞是快活！

那段日子，总觉得时间过得飞快。闲聊中，小R常说，她今生最欣赏和崇拜有知识有文化的人了，并说自己将来一定要找个像我这样有知识、有文化、有修养的人为伴。

一日，她找到我，想让我陪她去附近部队一趟，妻同意后我高兴地与之前往。

时令已近冬至，她着一条深蓝色西裤，上身配以藏蓝色的呢子大衣，足蹬一双棕色翻毛高跟皮鞋，新烫染的披肩长发乌黑飘柔，高档香水散发的玫瑰香味沁人心脾。我俩走在大街上，招来周围阵阵惊羡的目光，一下子，我竟感到如芒在背，很不自在，没走多长的路，我的脸上已沁出一层细细的汗珠。

长得漂亮的女孩到哪儿都容易引人注目，小 R 更是如此。没费多大工夫，我们便找到了她要找的那个人——军营中一个小连长。见到连长时，他正在一间稍大一点儿的营房中给四五个士兵安排着什么，一见到小 R，连长和几个士兵一下怔住了，看得出他们是被小 R 的美貌和优雅气质惊呆了。目睹此景，我顿时明白了"蓬荜生辉""羞花闭月""沉鱼落雁"等词语的含义。足有一两分钟，小连长才缓过神儿来，他不好意思地笑了笑，赶忙招呼我俩坐下，随即便指派几个士兵沏茶、买瓜子。他还手忙脚乱地从一个战士的挎包中掏出半袋炒花生捧来让我们吃。随即小连长又吩咐炊事班加炒几个好菜，我们再三声明不吃饭，可连长还是忙不迭地张罗着。小 R 和连长闲聊着，我在一旁干坐着，怕我尴尬生分，小 R 不时地与我插话，几个士兵在一旁远远地注视着小 R，并打闹着窃窃私语。约摸二十分钟过去，小 R 起身要走，连长连忙起身拦挡，说伙房正在做饭，马上就好了，让无论如何吃了再走。可能小 R 话已说完，抑或被一帮小士兵瞅得不好意思，她执意要走。连长虽反复强留仍无济于事，于是无奈地求助于我。见小 R 离意坚决，我只好打圆场道："算了，算了，小 R 下午厂里还有事，下次来一定在你们这儿吃饭，满足你们的美意。"说完，我俩便一起往门外走。看得出，没留住我们让连长很是失望，他只好不大情愿地送我们出军营，并再三邀请我们，实际上是邀请小 R 今后一定常来，他还要了小 R 厂里的电话。待走到岔路口，回头望时，我俩还能看得见连长略显瘦长的身影。

回到市区，小 R 说自己确实饿了，并问我想吃点儿什么，说是要好好犒劳犒劳我，以感谢我的相陪之情。我怕自己与其吃饭时过于把作和难场，于是婉言谢绝了她的盛情相邀。

与小 R 一次简单平常的军旅同行，让我再一次深切地感受到了青春年华的无比美好。从年轻军人见到异性惊喜的眼神中，更能真实地感觉到军人生活的单调和从军之不易。

年轻真好，年轻是宝，年轻可以点石成金。为此，每个年轻人都应珍惜自己美好的青春，并努力使之精彩而有价值。

朋友 Z 君

在青海工作时,结识朋友 Z 君,他在性格和为人上与我交集颇多,因而我俩交情甚好。

Z 君自幼家境贫寒,父母离异,这些都反映在他的性格上。他给人的印象总是沉默寡言,郁郁寡欢,即就是遇到生气的事,也是敢怒不敢言,要么退避,要么忍受,从未有据理力争、大声呵斥、仗义执言之壮举。

与 Z 君交往过程中发生的几件生活趣事至今让我难忘,更让我想笑,但笑过之后便是长久的沉默,痛感不幸婚姻家庭对儿女性格影响之深远之巨大。

一个周日,我俩上街闲转,在日用品柜台,Z 君瞅着摆放着的卫生巾盯了半天,然后叫服务员拿了一叠。女服务员颇感诧异地收了钱,其大惑不解的眼神我至今记忆犹新。我亦不知他购买此物之用途——他没谈对象,也不可能是为女朋友代买。饭后,开始洗碗,猛地他似乎想起了什么,连忙从包中拿出上午买的卫生巾,一番仔细打量之后,开始撕扯起来。撕了半天,露出了垫在卫生巾中间的棉花,他百思不得其解地自言自语道:"这里面怎么还有棉花!"然后,便拿起卫生巾仔细地擦起碗来。恰巧,隔壁一女同事过来找调料,看到他手中拿着的卫生巾,一下怔了神,随即大喊道:"你怎么拿这玩意刷碗?这是卫生巾!"他反问道:"卫生巾不就是用来擦锅洗碗的吗?"惹得女同事一阵好笑,直骂他是个呆子。后来,经女同事再三点拨,他才明白过来,立马不好意思起来。我能感觉得到,好长一段时间里,他都为此事感到脸红和难堪。

晚饭后外出散步,走着走着,Z 君发现脚下有一明晃晃的金属物,仔细一看,是一把"张小泉"牌小剪刀。拿起小剪刀,他仔细地观察了一番,然后盯着剪刀上的"张小泉"三个字一阵怔神。过了一会儿,他对我说:"老兄,这把剪刀上刻有名字,丢剪刀的这个人叫张小泉,咱后面准能找得到他。"我听后心中一阵好笑,本想调侃他几句,又怕伤了他脆弱的自尊。无奈,我只有沉默不语。

Z君,一名省城高校的毕业生,一个二十六七岁的年轻人,在世事纷繁多变的今天,其社会经验、生活常识竟缺乏到这一步,的确令人不可思议。我不由替他今后的生活担忧起来!

果不其然,没多久便得知他通过杂志征婚认识了一外地女人。听说这个女人有家室,带有一个女孩,离婚还是寡居,情况不甚明朗。Z君这个童男让这个老道精明的女人一下子找到了自己的价值,他们很快便生活在一块儿。只是好景不长,这段糊涂婚姻仅仅维持了一年多,Z君便被这个女人无情地踹了。为此,Z君伤心难过了多半年。

这之后,Z君便与我失去了联系,写给他的信也因"查无此人"被退了回来。

尽管如此,我仍时不时地想起Z君。他的纯真,他的真诚(抑或实诚),让我感念了二十多年。

唉,我终生难忘的Z君朋友,不知他现在身在何方,目前一切可好?

最后一份菜

窗户刚一打开,买饭的人就轰地一下拥了上去……

"今天几个菜? 都是些什么菜?"急切的询问声,碗筷的磕撞声,老张头饶有风趣的报菜声混在一起,汇成了一曲悦耳动听、别具一格的就餐"交响曲"。

没等老张头报完菜,人们就不约而同地点着"红烧肉",不大一会儿,满满一盆红烧肉就剩下最后一份了。

"算我有口福。"闻声望去,只见"小酒鬼"王海已上气不接下气地趴在窗口,高兴地将碗给我。老张头瞥了他一眼,接过我手中的碗,朝他笑道:"小酒鬼,是你呀! 不用问,你肯定要红烧肉,我没猜错吧! 我知道你喜欢喝酒,这份菜是我特意给你留的。"小王甭提多高兴了,他使劲点着头,唯恐难以表达对老张头深深的谢意。"您真是诸葛再现,能掐会算呀!"小王边说边望着那即将到口的菜,心里美滋滋的。瞧他那高兴劲儿,好像已吃到嘴里似的。正当他暗自得意,做着用这份菜下酒的美梦时,新任程书记也急急赶来,还没等我看清,他的碗已到了老张头手里。"就请打份红烧肉吧!"程书记笑着说。这下老张头可怎么处理这最后一份菜呢? 我暗暗替他着急。谁知老张头并不慌忙,只见他将小王的碗往旁一推,很快一个小小的动作:持菜勺的手稍一转动,红烧肉就轻轻地落进程书记的碗里……看到这儿,我惊奇得差点儿喊出"老张头万岁",小王更是惊叹不已,他目不转睛地望着老张头,简直着了迷,竟忘了自己来干什么。

这样一个不亚于"哥德巴赫猜想"的大难题,老张头竟不费吹灰之力就"圆满"解决了,这真是我们伙房的骄傲啊! 当我们还在心底赞叹老张头的时候,他正笑容满面地双手将碗递给程书记,并目望着程书记直到其远去。

看着程书记端菜离去，小王这才明白过来，他盯着空菜盆低声自语道："菜，我要的菜呢？"老张头仍注视着程书记远去的身影，似乎完成了一部伟大的杰作，脸上露出了满意的笑容，沉醉在甜美的回想中，全然忘却了小王。

"那就打份酸辣白菜吧！"老张头的注意力高度集中，竟一点儿也没有听见小王说话。经我提醒，他才反应过来，显出惋惜的神情，很不情愿地舀了勺清炖豆腐……见此情景，小王哭笑不得，只好加重语气道："我要的是酸辣白菜。"老张头轻轻地"哦"了声，这才舀了勺酸辣白菜扣在碗里，推给我，又继续刚才那中断了的甜美的回想……

有福之人

常言道:"有福不用忙,没福忙断肠。"对这句话,我很是信服,我的朋友老刘就是这样一个有福之人。

老刘高考失利后,当年便参军到了部队。

他出身农家,生性憨厚,木讷,实在,到部队后,他的这些品格给他赢来了好人缘,也赢得了不少荣誉。

一次,时任团长 H 下基层检查工作,离开老刘的营部不远,车辆突然出现故障,眼见天色渐晚,H 团长很是着急。正在这时,老刘带着两个士兵手持手电赶了过来,一阵紧张忙碌的检修,车辆终于修好。对此 H 团长很是感激,握着老刘的手再三表示感谢,并留下联系电话让老刘有事到团部直接找他。

此后,老刘也没啥事找过 H 团长,后来听说 H 团长转业了,就在老刘家所在的省某厅工作。

不觉,六七年过去了!

21 世纪初,并无转业意愿的老刘因处事不周得罪了团主官,被逼立马转业。

为此,老刘难受痛苦了好长一阵子,那段时间,他一下子瘦了十来斤,那愁颜让他媳妇也为之暗自伤神。

好在天无绝人之路。

离部队前的一天夜晚,一阵吞云吐雾之后,他忽地想起了已在故乡某厅任职的 H 团长。他打听好 H 团长的电话后,打算前去找老首长。可怎么面见老首长着实让他费了一番脑筋,他写好了信,备好了钱,准备去 H 团长家。他打了一次电话,H 团长不在办公室,无奈之下,他鼓着勇气拨通了老首长的手机。先是没人接，接着又是占线，几次三番后电话终于接通，电话中传来老刘似曾熟悉的声音。听到老首长的声音，他立马高声应答道："H团长，我是××营刘××，我现在西安，有点儿事想见见您！"一阵沉默后，H团长应答道："这样吧，你明天上午9点左右来我办公室。"

第二天一大早，老刘早早赶到了H团长任职的×厅×处。一打听，方知老首长在这个厅×处担任处长，他一下子高兴起来。老首长所在的处是厅里一个重要处室，刚一上班，老首长办公室便人来人往，繁忙异常。等了大概四十多分钟，终于逮得一空隙，老刘赶忙整装上前，大声喊道："报告！"得到应答后，他推门而入，端端正正地向老首长敬了一个军礼。他的这一举动深深地感染了老首长，老首长连忙站起来迎上，并直喊他"小刘所长"，他激动地握住老首长的手不愿松开。

简短寒暄后，得知他的来意，老首长走到桌前，随手写了张便条，让他回老家后找×局×局长。他探问老首长的家庭住址，被再三拒绝，先前所备的礼金自然无法送出。

回到××市后，他找到了×局×局长，说明来意后，局长很是高兴，说他和H团长是好朋友，这事一定帮忙，让他回去耐心等待。

两个月后的一天，×局长打来电话，告知将其联系到市政府××办，并说已和该办×主任说好，让老刘拜见×主任。

××办在市政府里虽比不上城建局、土地局等单位气派和有名，但在市政府部局排列中亦属中等偏上，对此，老刘欣然接受。

终于见到了××办×主任，主任表情木然地称知道此事，让他回去等消息。

等了一两个月仍未见消息，他心中一下不安起来，身边战友回来一两年联系好单位却上不了班的听闻更让他大汗淋漓，坐立不安。

一日，与妻一阵密谋商议后，他与妻带着一堆土特产，怀揣着厚厚一沓人民币来到×主任家中，只见主任情绪低落，满脸愁云地坐在沙发上，对他的问候不理不睬。见此情景，他和妻心中很不舒服。待坐定气氛缓和后，他屏气静神轻声地探问主任自己何时上班，并将手伸入衣袋中等待主任的回答。孰料，×主任随口很不耐烦地答道："行了，行了，你下周一就来报到上班吧！"×主任这一回答让他两口一下没反应过来，他妻进而细声问道："×主任，你让他啥时上班？"主任重重地答说："不是说过了嘛，下周一过来！"听罢此话,老刘两口连声道谢告退,慌乱中,竟忘记了将兜中的钱拿出。

老刘后来得知,他们找×主任时,×主任正因"三讲"活动被单位一帮人搞得焦头烂额。为尽快支走他们,竟烦心地随口答应了他们的要求。老刘终于毫无悬念地上了班。如果不是时机把握得好,这事要搁平常,老刘上班真不知要等到猴年马月。

老刘到单位上班仅仅一两个月,老首长 H 处长和×局×局长先后离岗,即将退休的单位×主任也因"三讲"不过关而免职下台。

了解这一情况的人在惊奇之余,无不为老刘有福而拍案叫绝!

老好人

老刘的老好和老实是出了名的。

早年在部队修理所任所长时，手下几个士兵调皮捣蛋，前任所长虽对之训斥加威吓，可效果并不理想。他上任后，这几个调皮士兵依然故我，时不时还想采用激将法激他一下，试试他的软硬。而他却是不温不火，不急不躁，总是身先士卒，认真做事，几个调皮捣蛋鬼在他眼里似乎不存在。此时无声胜有声。奇怪的是，这种笨办法果然奏效，不长时间，几个调皮的士兵一下不好意思起来，进而干起活来你追我赶，争先恐后。

21世纪初，老刘转业地方，他所在的局虽不洋火，但还算不错——单位每年有数千万民生资金可供调拨使用。正因为此，单位人际关系异常复杂，帮派体系让人生厌。

老刘到单位后，局下属加工厂已负债累累，濒临破产。正当局领导为加工厂存活去留之事急得焦头烂额时，老刘出现在局领导眼前，领导灵机一动，干脆让老刘去加工厂工作。

不几天，局里一纸调令将老刘调至加工厂工作，还美其名曰为厂长。

得知这一消息，老刘一下蒙了，他实在不愿去那个烂摊子，可是自己却没办法拒绝。他隐隐感到了这是单位在"欺生"，是在给他下马威。

的确，局领导让他担任加工厂厂长也是死马当作活马医，并没对他抱多大希望。

上任后到加工厂走了一遭，他一下醋心了！所谓的加工厂只是偌大一个空空荡荡、杂草丛生、草深过人的院子。院内有几间破房，三四台半旧的机床，外加十二三名吊儿郎当混日子的家属子弟。不说别的，就工资一项，每月开支高达万把块钱。

尽管自己内心是一万个不愿意，可开弓没有回头箭，他只有硬着头皮应战。

他没法像局里其他干部一样悠闲自得混日子了。他仿佛又回到了部队，大半年时间，他都是吃住在厂里，与他的职工——一帮家属子弟同甘共苦，朝夕相处……

功夫不负有心人。不到一年时间，加工厂开始自给自足，并略有盈利，虽只有区区十来万块钱，但已实属不易！要知道，加工厂成立四五年里连年亏损，以致成为局里最大的包袱和最不稳定的因素，自然也是领导最头疼的事。

局领导这才开始细瞧起这位其貌不扬的"老转"（军转干部）来。

一日，局领导忽然接到老刘一通神秘电话，他压低声音向领导说明原委，请示领导该咋办，并说随后便将钱送过去。领导连忙告诉老刘此事早已知晓，让他不必在意。

原来，一供料单位卸完货后给他悄悄送来三千元钱，这让老刘很是作难，无奈，他只好打电话请示领导。之后，他便将这笔钱交于厂财务入账。

这一"小事"真正让领导对其刮目相看。

此时，局监察室主任离岗，此职位引发局内"地震"。一时间，局里风云骤变，暗流涌动，大家根本无心上班，干部间整日明争暗斗，互不相让。为此，局里甚至形成了两派势力，相互较量。

作为准中层领导的老刘一下子成了"香饽饽"，成了各派讨好争取的重点人物。

一日下班，暮色苍茫，街上已是华灯初上。老刘走出单位不足百米，便被早已等候多时的几个同事拽到路边酒店一顿小酌。三杯下肚，老刘便答应了这几个人的请托，声言一定帮其一把。

就要到家门口了，老刘在家门口拐弯处又被蹲在墙角的几个人热情地拉至一茶楼，个把钟头后，老刘被那几个人满脸笑容地送了出来。

二十多天后，两派所推候选人和局提名人选进行差额竞选，先是民主测评，然后是个人竞聘演讲，最后由局委会票决。结果出乎意料——其他两人败北，老刘全票当选。

这一结果，让大家始料不及，也让争斗各方无话可说，更让领导打心眼里欢喜。

鹬蚌相争,渔翁得利。老刘成了名副其实的"双挂印",在让人羡慕的同时,也招来不少人嫉妒的眼光。

瞅着"双挂印"的老刘,局里几个不安分的人又开始寻事,他们游说单位领导说单位可用之人不少,要求领导在职位安排上注重均衡,不能让有的人兼职累死,有的人却无事闲死。对此,领导不理不睬,老刘也一直掌管着加工厂和监察室两挂大印,直至加工厂自然散摊,老刘这才卸掉加工厂厂长一职。

老刘现在仍担任监察室主任一职。

谈及此事,人们都说老刘这人运气好,有福气。可大多人有所不知,老刘能获此重任,主要还在于他的老好和实在。

这是真的!

精明人

老 H 是个精明人。他五十出头，一副近视眼镜使其多了几分文化人的气质。

他自小就是一个不操心、不担沉的人，工作之后更是四平八稳，既没抱负也没什么追求，始终一副八贤王相。这种悠闲平静的生存状态，在十余年前被领导一通机制创新所打乱——人到中年的他下岗了！

下岗后的老 H 不得不为生计东奔西忙起来，几年下来，苦没少下，钱却没能挣下，就这，身体还落下不少毛病。一想起这些，他便气不打一处来，不由怨愤起×局长来，认为是其破坏了他往昔稳定安逸的工作环境，导致他沦落到今天这种凄惨境地。

下岗前，老 H 在一执法监督部门工作。那时，他每天的工作便是着一身执法服装，领着几个工作人员神气活现地出入区内大小门店商铺，检查其卫生及文明状况。因手中捏有小权，小老板们对其是毕恭毕敬，末了还少不了一阵烟酒伺候……

啥人有啥福。正当老 H 烦躁苦闷之时，传来×机构招聘补充市场管理人员的消息。

大喜过望之后，他便报名参加市场管理人员招聘。招聘竞争异常激烈，为此，老 H 私下里做了不少工作。

可能是经高人点拨，抑或是老 H 茅塞顿开、苦思冥想之结果，总之，他脑海中忽生出一过人之招。他相信，这一招定能增加其在招聘中的权重，招聘官会借此认可他的。为此，他自信满满，志在必得。

招聘面试这一天终于等来了！

前面几个人枯燥乏味、千篇一律表决心式的回答问题让主考官很是失望。轮到老 H 回答问题时，只见他大步上前，声音响亮地陈述道："各位考官，我叫×××，是高新区××村人。我自小生活在乡村，对农民朋友既熟悉又有感情，这方面，我比其他应聘人员有着天然的优势，出身农村的我管农村人会更在行，更得劲。接着他又充满激情地叙说了一番自己的身世，再三表明做这项工作他再合适不过，选择他便是选择了信任，选择了成功。他的竞聘演说赢得了面试考官的一致好评，我亦对其投去赞许的目光。很快，老 H 终于如愿以偿，上岗当上了市场管理员，他的工资恢复调整过来，这让他高兴了好一阵子，几年来紧绷的心弦一下松弛下来。

经过一段时间的工作，市场负责人发现老 H 在工作上，与他的竞聘演说大相径庭，于是便与之交谈，批评其工作上不尽力，管理上老是逃避责任。孰料，老 H 却一番诉苦道："你们都知道，我是当地人，当地人哪敢得罪当地人，得罪了这些人，我今后还能有好日子过，他们还不撵到我家后门去？"听罢他的话，大家惊愕得目瞪口呆，似乎一下子竟认不得他。

看到大家惊奇的神态，他进而答道："我当初演讲时说的那些话纯粹是为了上岗，实际工作中我哪敢那样干，那样的话我岂不成了二杆子！人市上那些人是好惹的吗？"

听了他这话，没人再能笑得起来，大家一致认为老 H 是一个真真正正的精明人。

不精明，他当初能顺利上岗吗？

人生 滋味
RENSHENG ZIWEI

文学评论

WENXUEPINGLUN

文学与文人杂议

——兼致文学爱好者

文学的作用

所谓文学,是以语言文字为工具,形象地反映客观现实,表现作家心灵世界的艺术,它包括诗歌、散文、小说、戏剧、寓言、童话等体裁,是文化的重要表现形式。它以不同的形式(或曰体裁),表现人的内心情感,再现一定时期和一定地域的经济文化和社会生活。

简言之,文学有三大社会作用,即认识作用、教育作用、审美作用。

作家是现实社会的"书记员",他们的作品往往成为描写反映特定社会的"百科全书"。读者通过这些文学作品,可以系统、深入、全面地了解作者所反映的社会现实,以及在这种社会现实下人们的生存、生产、生活及社会矛盾状况,从而对当时的社会制度及客观现实有一个大致的了解和基本的认识。这便是文学的认识作用。

文学的教育作用通过作品内容予以体现。文学作品往往通过描述众多人物的个性特点、处世方式及他们生活中的矛盾冲突来反映现实,揭露矛盾,鞭笞丑恶,褒扬正气,传达作者的价值判断和道德情感,更通过作品塑造的主人公形象使读者感受到真善美的力量,从而达到文学作品潜移默化的影响作用,使读者的情感和思想产生波澜,发生变化。

文学作品其实也是特定社会生活的画卷。现实生活中,文学对人的精神塑造起到了不可估量的作用。文学的形象描述通过感情在读者的头脑里激发起一种明确的欲望,他们进而会像作品中的主人公那样去追求时尚和崇高的东西。

文学作品还会以生动形象的语言向我们传达各种价值观念和是非判

断,从而影响我们的道德观念和对人对事的评判标准。通过阅读文学作品,读者会与作品主人公在情感上产生共鸣,形成互动,进而产生积极向上的力量,这便是文学的审美作用。20 世纪三四十年代,不少热血青年就是读了前苏联的《铁流》《毁灭》《战争与和平》等优秀文学作品后走出家庭,投身革命,直至献出自己年轻而宝贵的生命。由此可见优秀文学作品宣传、教育和审美作用之巨大,可谓榜样的力量是无穷的。

此外,文学作品是抒发情感、充盈精神世界的最好方式。情感描述是文学表达的重要方式之一,读者可以体验情感的细腻,感受人性的美好,使自己的内心世界更加充实和丰富。所谓读书使人美好,讲的就是这个意思。

文学作品可以抚慰人的心灵,舒缓人的不良情绪,增强其抗挫折能力。

不同层次、不同群体的读者都可以在文学作品中找到自己的影子,找到与之情感共鸣的切入点。读者通过与艺术形象的心灵对话,可以大大舒缓自己的不良情绪,进而积聚正能量,增强其战胜困难的信心和勇气。现实生活中,不少人就是通过这种方法或曰文学艺术疗法一步步走向沉稳和成熟,逐步建功立业,创造人生和事业的辉煌。

文学作品通过刻画人物形象为我们个人提供了不少可资借鉴的参照物,通过这些参照物,人们可以更好地发现自我、认识自我、评价自我和把握自我,从而客观地、理性地看待和应对自己现实生活中遇到的种种困难和问题,使自己始终能以积极的心态对待人生。

文学作品可以拓宽我们的固有思维,教给我们做人的道理、处事的方式和解决矛盾的办法。

作家大多是解决矛盾和问题的高手。他们结合实际表现在作品中的处理问题、解决矛盾的方式方法往往实用可行,有可效仿性。坚持阅读文学作品,可以拓宽我们的视野,活跃我们的思维,提高我们的情商,使我们成为心胸开阔、富有生活情趣的人。

"腹有诗书气自华。"文学作品对我们个人而言,最直接、最现实的作用还在于它细致入微的心理描写和情理兼容的抒情方式,很值得我们在生活中学习和借鉴。借此,我们可以融合和密切亲朋间,特别是爱人间的情感,丰富各自的精神内涵,达到以文传情之妙趣,甚或通过文学作品或书信化干戈为玉帛,将矛盾或问题消弭于萌芽状态。

文学写作

文学写作既是一项美好高雅的事业，又是一种异常艰辛的苦役。对大多文学爱好者来说，玩玩当作爱好可以，想要搞出什么名堂，的确难乎其难。

文学爱好只是个人爱好，它只能作为一种爱好来发展，就像琴棋书画，玩玩耍耍、附庸风雅、装饰门面、涵养气质、彰显高贵完全可以，一旦让其附加过多的功利元素，比如借此改变命运，进而成名成家等等，那就失去了爱好的意义和目的，并将使文学原本的高雅功用变异和丧失。

文不养人，自古至今这还是一条铁律。文学爱好只是一种雅兴，但不是基本技能，因而它根本解决不了吃饭和生存发展问题。

20世纪80年代初，席卷全国的文学热确实成就了一大批文学爱好者，他们通过文学爱好改变了处境，改变了命运，实现了自己梦寐以求的作家梦。但历史不可复制，在社会变革日益深刻的今天，如若再做20世纪七八十年代那样的文学梦，无异于缘木求鱼。

爱好只能在丰衣足食的前提下发展。人以食为天，作为文学爱好者，学一实用技能，借此安身立命最首要，也最关键，这样，自己的文学梦做起来才最实在，亦最甜美。

文学创作是一项高雅的事，也是一项十分艰辛的劳役，选择了文学，也就是选择了艰辛和艰难；选择了文学，也就是选择了清贫，选择了吃苦，选择了与寂寞为伴。

搞文学需要一颗平常心，太多的功利思想会惊扰文学美梦。

成名获利或名利双收是每一个正常人再正常不过的想法，对此无可厚非。文学爱好者在成名成家、借名获利方面的想法会更紧要，更急迫，这本无错，但过分专注和追求这一目的，将会使自己活得更苦更累更艰难。更何况，成名成家并不以个人的主观意志为转移，付出未必就一定会有收获和回报。成功取决于作品所处的具体环境，取决于当时的客观现实，更取决于一些外在因素。当然，文学作品要得到社会欣赏和认可，除了要具备必要条件，还有一定的偶然因素在内。所以说，文学作品要获得社会认可，除了必然性，也有其偶然性。

搞文学须忍受清贫，但文学却并非清贫之事，搞文学须有一定的物质基础。

文学是一项高雅的事，也是一项富贵、高贵或曰昂贵的事，从事文学，发

人生滋味
RENSHENG ZIWEI

展爱好,乃至成名成家,没有一定的物质基础无异于建造空中楼阁。因而,搞文学绝不是一张纸、一支笔便能搞成和搞好的。

文学写作从来就不是"一个人的战斗"。要想较好较快地发展,必须由游击队变正规军。和其他行业一样,文学也有圈子。入了圈子,因其圈内能量大,气场强,这一爱好必然会发展得更快、更好一些,作品发表和被认可的可能性会更大一些,机会也会更多一些。否则,你有可能永远只是一个自我写作、自我欣赏的文学爱好者。当然,入文学圈子也不是一件容易的事。要入圈子,你首先要有实力,即必须有一定数量的文学作品。其次还需要有人推荐,需要花费时间、精力和金钱。

以前总诧异文学为什么总是文学圈内少数人的事,为什么自己的作品比别人写得好却始终难见天日,不能发表,入圈后才算明白过来,还是近水楼台先得月,"圈内"之人好办事。

文学创作需耗费大量的时间和精力,在这方面,不投入难有成就,太投入却伤身害己害家庭。

文学创作既是一项十分复杂的脑力劳动,更是一项艰辛异常的劳动再创造。搞创作,没有百倍的投入精神,是不可能创作出构思奇特、意境深远,思想性、艺术性和现实性相统一的作品的。这方面,古今中外的作家枚不胜举。远的不必说,近的如《创业史》的作者柳青、《平凡的世界》的作者路遥,为了写这两部经典之作,一个将家从繁华都市迁至偏僻农村当起了"农民",一个舍家抛子,只身投入大山深处小煤矿,过起了比普通矿工还艰辛单调的生活,且一住便是三年五载。正因为此,才有了现今《平凡的世界》之不平凡。

事物都是一分为二的。生活中,鱼和熊掌兼得的事少而又少。人过分投入于某件事,必然会忽略和影响其他事,比如婚姻家庭,比如亲情爱情,比如周围的人际关系。这方面,作家路遥便是如此,人称其"写成了作品,写坏了身体,写散了家庭",也不无道理。

爱好文学,创作作品,在精力投入方面关键要把握一个度,应尽量避免和少用"蘸着心血写作"这种"拼命三郎"式的工作方法,努力实现写作与自我、家庭和社会的双赢。搞文学创作,我以为,最重要的,还是要有一颗平常心,这是创作的关键,也是成功者所必备的个性品格。

搞"文"先识"文",如此方能知己知彼,百战不殆。

文　人

所谓文人，一般是指读书人，多指会做诗文的读书人。

文人，他们一半活在现实中，一半活在自我创作的虚拟世界里。在现实生活中，他们有着比一般人更敏锐的目光、更细腻的情感体验和迥异于大多人的思维方式。

自古文人难寂寞。文人，多是一些性情中人，他们有正襟危坐、温文尔雅的一面，又有无拘无束、放浪形骸的一面。职业特性或曰艺术气质使得他们在生活中既招异性喜欢，自身又容易喜欢上异性，就这一点而言，他们属于风流倜傥一族。

文人是可悲的。经济社会，当别人在为自己如何挣来大把钞票，怎样能够一夜暴富费脑伤神时，他们却视文学创作为天底下最神圣的事和自己人生最快乐的事，甘愿为之付出一切，且不图任何回报。他们常常为写就一篇自认为满意而实际上却不名一文的速朽文章欣喜不已，以致发癫发狂，让人不可思议。

我常想，文人就像一群虔诚的信徒，更像革命年代涌现出来的那些真正的共产党员，他们为了理想和信仰甘愿付出一切，甚至不惜献出自己年轻而宝贵的生命。不管怎样讲，他们对事业对理想的执着追求精神还是值得肯定和借鉴的。

文人是可悲的，又是可敬的，他们是我们精神世界的美化师。没有他们，我们的精神世界将一片苍白。

因而，古往今来，任凭世事变迁，文人如同满天星斗，始终不可缺少。

散文贵在以情动人

——《昆仑雪·渭水情》创作浅谈

《昆仑雪·渭水情》从严格意义上讲,应当属于我的第二本散文随笔集。

该书收录了七十余篇作品,有五十余篇为我近两年新创作,这些作品反映的都是自己几十年生活中的真实环境和真实感受,因其描写的生活情景熟悉而让人关注,又因其情感深切独特而让人喜爱。

我的散文创作始于 20 世纪 80 年代初期,可能是散文这一文学体裁在形式结构上自由灵活随意、抒情运笔自如、情感色彩浓郁等特点,使我逐渐喜爱上了这一文种。

形散而神不散是散文创作的基本原则。散文并非是松散杂乱之文,它看似形散,而神却始终不散不乱。应当说,一篇完好的散文,尽管叙事拉拉杂杂,尽管抒情手法多样,但主题和中心始终是鲜明和突出的。主题也就是散文创作基本原则所说的"神",实际上也就是文学作品的魂,它犹如一条主线,将作品中看似散乱的情景、情节、人物等串联起来,使之成为一篇主题鲜明、情节严整、层次分明、情感浓郁的美文。

我以为,作文如做人,贵在真实。真实是文学的生命,散文作品更是如此,唯有真实才能打动人、影响人和感染人。散文最讲求真情实感。与散文名家、大家相比,我的散文明显稚嫩和粗疏,但由于自己所抒写的大多是身边人、熟悉事、真情感,因而在读者中引起了强烈的感情共鸣。他们读后深为文中的人物情景所感动,认为文章描摹出了他们的真实情感,仿佛是在写他们的亲人,似在为他们代言。一句话,这些作品,惟妙惟肖地传达出了他们独特而个体的心理感受和真实情感,使他们对亲情友情有了更深更新的认识,也使他们的人生感受真实可触。不少人读完《我的母亲》《巴音河畔初恋情》《我的婆》等作品后，一致的感受就是文章虽文字平实，但情感真挚，感人至深，他们是含着热泪读完这些亲情美文的。

真人、真事、真情可谓我文学创作的灵魂，它亦是我的作品能走近读者，使其接受，让其喜爱的主要原因。

从事散文创作三十余载，我总算把住了散文创作的文脉。今后，我会沿着这条创作道路坚定地走下去。

刘兰芝何以被"休"

    《孔雀东南飞》是一首脍炙人口的爱情悲剧诗,千百年来一直为人们所喜爱。

    欣赏这首诗时,人们自然会提这样一个问题:刘兰芝为何被"休"?

    刘兰芝既然那么娇美、纯真,那么聪明、贤惠,对爱情又那么专一,对婆婆及小姑子那么柔顺、体贴和关心,为什么会被婆婆"遣归"?以往好多文章在评析或解释这一问题时,只谈焦母的专横、乖戾和粗暴,只谈封建家长制对自由婚姻的摧残和窒息。这样解释似乎既顺理又顺情,实际上,这种说法是很难站住脚的。

    纵观全诗,多是对刘兰芝"精妙世无双"的形体和她柔顺、勤劳、处事谨细等性格的描写,找不出半点儿被驱赶的原因,由此可以断定,焦母的专横和乖戾并不是刘被驱赶的主要原因。刘被驱赶的主要原因应该是她没有生育子女。

    由诗知,焦、刘"共事二三年",但没有生育子女。汉末建安年间,封建伦常秩序已经确立,"不孝有三,无后为大"的封建观念正肆虐无忌,刘婚后两三年而"无后"(尽管原因并非在刘自身),当然为焦母所不容,这就必然构成刘与焦母间不可调和的矛盾冲突,这应是这首诗悲剧的根源所在。

    至于焦母为何不直接将"无后"的罪名归于刘,而借"此妇无礼节,举动自专由"将其驱赶回家,窃以为是与焦母"家丑不可外扬"及维护其"门面"有关。

扎根人民、扎根生活是文艺创作之本

—— 学习习总书记在文艺工作座谈会上的讲话体会

2014 年 10 月 15 日,习近平总书记出席文艺工作座谈会并发表了重要讲话。

近日,我利用专门时间对总书记的讲话进行了认真学习。为求得更好的效果,我还对照毛主席《在延安文艺座谈会上的讲话》(后简称《讲话》)进行学习,经过学习和思考,深感自己受益匪浅,更觉肩上责任重大,使命光荣。

我以为,学习《讲话》精神,自己最大的收获主要有两点:

一是通过学习《讲话》,使自己再次弄清了"人民是文艺创作的源泉"这一文艺创作命题之内涵。

"人民是文艺创作的源泉"对我们文艺工作者来说可谓是老生常谈,但要真正实践好它,并不是一件多么容易的事情。

人民文艺首先是为人民群众服务的,文艺工作者能否站在人民的立场上观察社会、描绘现实、反映生活、揭露问题,能否为人民抒写、为人民抒情、为人民抒怀是文艺创作的根本性问题。

大凡一部优秀的文学作品,只要能得到人民群众的关注和认可,能够成为时代经典,传之后世,能够在读者中产生强烈反响和心灵震撼,无一不是文艺工作者深入生活,深入实际,为人民抒写、抒情、抒怀的结果。柳青的《创业史》是这样,路遥的《平凡的世界》更是这样,尽管斯人已去,但他们的作品却光照千秋,成为一代又一代中国人了解特定时期社会政治经济文化生活的窗口和百科全书。

柳青为了体现作品的"人民性",搬离都市,客居贫穷落后的乡村数年,坚持观察、体验和写作。路遥为了体现作品的人民性和现实性，抛家别子，一头扎进陕北黄土高原深处的小煤矿，以挖煤工人的身份深入矿井进行生活体验，一待便是三年五载，个中苦累寂寞惆怅和辛酸，只有自己清楚和明白。正是这种对社会底层小人物生活的亲身体验和深刻描绘，才奠定了《平凡的世界》获得茅盾文学奖的基础。由此足可见"文学即人学""文学作品人民性"之首要和关键。

二是《讲话》关于"一部好的作品应该是把社会效益放在首位，同时也应该是社会效益和经济效益相统一的作品"之论断，使我对我们国家今后的文艺发展和文学创作前景充满自信。

一段时间以来，文艺作品优劣的判断标准错位，纯文学、纯艺术可悲地沦为市场经济的婢女，而一些娱乐感官、格调低俗、沾满铜臭气的所谓文艺作品却风靡一时。这种现象让人反感，令人担忧，也使我这个文坛新兵颇感困惑和不解，这在一定程度上也影响了自己的创作热情和激情。

总书记在文艺座谈会上的讲话，站在历史和政治的高度对文艺作品低俗化、过度娱乐化等不良倾向提出了严肃批评，亦重申了新时期评定优秀文艺作品的标准，那就是，文艺作品"应该是社会效益和经济效益相统一，既能站在思想上、艺术上获得成功，又能在市场上受到欢迎"。这一论述，对市场经济条件下优秀文艺作品的评判标准进行了重申和明确，必将进一步激发文艺工作者的创作热情，催生更多的文艺精品面世。

根深才能枝繁叶茂。作为一名业余文学创作者，自己最大的优势便是身处基层，易接地气，而这一点，对文学创作者来说十分重要。文艺工作者只有根植大地，扎根人民，扎根生活，深入群众，与人民群众同呼吸、共命运、心连心，才能创作出更多更好的，为人民群众所喜闻乐见的，不负伟大祖国和伟大时代的文艺作品来。

文艺座谈会的召开，意味着新时期文艺工作春天的到来。为不负大好春光，自己应当坚持不懈地努力写作，为我们这个伟大的时代，为高速发展的渭南经济社会鼓与呼。

年轻人该如何对待文学艺术作品

文学是生活的反映。文学作品源于生活,高于生活,是对现实生活的加工和艺术再现。文以载道。文学作品是年轻人了解历史、了解生活、了解社会的窗口。通过作品,年轻人可以了解社会,了解生活,理解作者的思想情感,并使自己的思想感情受到影响和感染,进而改变自己的人生观和价值观,最后彻底改变自己。这就是文学的作用和文学作品的力量,也是唯物辩证法中"精神变物质"的具体实践。

文学作品描述生活主要采用虚构、夸张(放大、拔高)、提炼、归纳、升华、综合等手法,以达到人物环境真实典型之目的,可谓"杂取种种,合而为一"。正因为此,我们会感到文学作品中塑造的艺术形象,"好人"往往很好,好得不得了,好得让我们为之洒热泪;而"坏人"则往往很坏,坏得不得了,坏得让人咬牙切齿,使人对之产生喜爱和憎恨两种截然不同的思想感情。

诚然,文学作品塑造的正面形象因其代表性和典型性受到广大青年的认可、热捧和效仿,塑造的反面形象也因其典型性让人反感、厌恶和鞭挞,进而予以否定。但是大家在阅读欣赏文学作品时要学会批判地阅读和鉴赏,要理性地分析和把握,不能盲从地欣赏,不能无选择地接受。读者在阅读中要始终明白作品就是作品,艺术形象就是艺术形象,虽说文学是人学,艺术源于生活,但文学艺术毕竟不是现实生活。因而,年轻人欣赏文学作品时,绝对不能将艺术与生活混为一谈,说白了就是不要把文学艺术当作现实生活,更不要刻意效仿文学作品所描述和反映的生活方式、精神追求和价值取向。毋庸讳言,较长一个时期,受不良社会思潮和拜金主义影响,我们的文学艺术创作在追求方向上,一度迷离和错位,具体表现在不少影视剧和文学作品背离创作宗旨,一味追求市场需求和票房价值,一切以物质利益和金钱为中心,创作出的作品庸俗、低媚,对青少年的误导毒害作用非常大,不少年轻人就是因此而误入歧途,走向犯罪的。最主要的是,此类作品由于大肆宣扬金钱名利和荣华富贵,过分渲染不法商人不择手段一夜暴富的生活场景,极力鼓吹高消费和超前消费等理念,从而给涉世未深的年轻人以人生误导,使之天真地认为"人生就是享受,成功一点儿不难",进而整日吃喝玩乐,不思进取,不愿吃苦受罪,一门心思追求消费,追求享乐,年纪轻轻便没了奋斗精神,这是很可悲的!

对年轻人来说,欣赏文学作品,重要的是要透过现象看本质。在看到富人风光的同时,更要想到其创业背后的艰辛,否则,不是荒唐便是幼稚。

在改革开放中生长的"80 后""90 后""00 后",在物质享受方面可谓真真正正的富翁,称他们为"公子、公主和皇帝"丝毫不为过;但他们在吃苦受累、经受磨难方面却穷如乞丐,这一点非常令人担忧。年轻人应尽可能多地阅读和欣赏一些经典励志作品,譬如《名人传》《钢铁是怎样炼成的》《平凡的世界》等,尤其应当阅读一些农村题材和反映当代军人吃苦奉献精神的军旅作品,使之能认知困难、苦难和磨难,培养其坚强、顽强和刚强的品格,让自身多一些阳刚之气和奋斗精神。

古人云:"开卷有益。"哲人言:"读一本好书,就是和一群高尚的人谈话。"要做到"开卷有益",要做到"与高尚的人谈话",首先须在阅读上很好地选择和把关,这一点很重要。不加选择地阅读和欣赏文学艺术作品,只能使自己成为简单的"阅读器"。因而大家既要善于读书,乐于读书,又要有选择地读书,唯如此,才是真正的读书,才能达到读书的效果。

故而,阅读贵在选择,在形式上和内容方面要多注重内容,勿迷于形式。

欣赏文学艺术作品和阅读一样,重在选择,选择决定(影响)效果和功用,选择影响个性思维和生活态度。可谓选择不当,人生无望。

因而说,在阅读和欣赏文学(艺术)作品方面,选择比占有更重要也更关键。

人生滋味
RENSHENG ZIWEI

文友书评

WENYOUSHUPING

读《我这三十年》有感

细读《我这三十年》，作者实在不平凡。
普通人生讲故事，文笔妙语好文字。
他的知识很渊博，我有感悟和收获。
下面谈点我感想，与你一块共鉴赏。

幸福城，在上班，有幸遇上赵治安。
从此对他有印象，文雅严谨好模样。
走起路，很神威，严肃认真有自尊。
个子高大又魁梧，见人很有亲和力。
堂堂正正有个性，不卑不亢受人敬。
那天门卫把岗站，老远治安我望见。
手捧《我这三十年》，创作读本放胸前。
亲自送书让我看，学习交流话不断。
今天有空将书看，深受感动有典范。
很真实、有情感，叙述自己很大胆。
普通人生讲故事，文笔妙语好文字。
四个小时书读完，思绪万千人留恋。
看了一遍还想看，人生的确不平淡。
这书对我有启迪，他的一生很神奇。
治安从小吃了苦，为己成长把劲鼓。
只因命运很无奈，缺少母亲给关爱。
五岁亲娘就离世，人生最惨一件事。

多亏后娘心慈善，把他似同亲娃看。
问寒问暖把他管，洗刷抓拍心一片。
治安过去受过难，遭人冷眼把脸看。
有人把他看得淡，姨妈常把他经管。
赵治安，心很善，常把好人来怀念。
刻苦勤奋有才能，字里行间记真情。
从小学习很用功，长大获得双文凭。
西北大学中文系，认真苦读有学历。
中央党校函授班，苦心钻研学经管。
文学功底很过硬，他当局长被聘用。
发愤读书命运变，好事接连又不断。
进了单位当骨干，才能充分得体现。
走得端，行得正，思想作风很过硬。
有文化，有修养，谁对谁错他敢讲。
重情义，很实诚，对待朋友心很忠。
读文章，看人品，治安为人很率真。
有篇文章很感动，思绪万千不平静。
翻来覆去我在想，越想他人越高尚。
光凭题目人一听，就知这是啥事情。
这篇文章上千字，总说妈妈关心事。
"后娘"二字从未讲，生动感人好思想。
发自内心在感恩，文字巧妙功底深。
我劝治安大兄弟，仕途不顺莫生气。
你有一身硬本领，还怕今后没事情。
劳动局，当局长，好多人，都敬仰。
虽然是个副科级，同样干得很出息。
生活充实很淡然，心情美好常乐观。
同事对你评价高，心窝子里把话掏。
刘阳顺，是老哥，他把治安当楷模。
治安好学懂得多，他的知识很渊博。
副局长，梁素琴，她说治安是凡人。

工作踏实很敬业，为人办事很亲切。

讲情分，重情义，与人为善好风气。

那年岳父疾病重，他常回家亲照应。

失去亲人很悲痛，尽忠尽孝情意重。

他的同事叫韩楠，因为事业而结缘。

她对赵局评价高，为她成长把心操。

精心栽培快成长，积极介绍她入党。

工作务实很能干，单位内外都称赞。

帮困济贫受人赞，送来锦旗一面面。

"仁欣慈善救先天，残联爱心中华赞。"

有位同志叫姜芳，她把治安称兄长。

宽厚质朴很亲切，工作勤奋又敬业。

我们对他很崇拜，关心部下好心态。

对我工作支持大，使我很快有变化。

四年工作感受深，感谢就业给机会。

展现才能有平台，让我人生有未来。

有位校长赵印娥，在高新区要办学。

初次创业很担心，所幸遇到一贵人。

赵治安，当局长，宽容仁爱好兄长。

说我办学不容易，帮忙解忧指迷津。

如今成功很荣耀，感谢局长好领导。

知遇之恩无法报，留下名言人知道。

"淡看世事去如烟，铭记恩情存如血。"

　　读了赵治安同志创作的《我这三十年》一书，很受感动。他是一位领导，是一位学者，更是一位永远追求进步的人，可亲可敬，向他学习。

贾如勋

2013 年 5 月 9 日晚

老赵的情怀

——治安文学作品读后感

治安是一位官员，是一位文化人，从小赴青海柴达木盆地工作学习，后来回故乡渭南奉献青春。三十年从工从政磨砺品质，五十载挥毫书写人生，根扎黄土地，渭水岸边生，魂系笔墨情，追求有梦想。遇事很沉稳，无事不荒废，做人有原则，处事很灵活。想得开看得远，以清醒的头脑做着自己喜欢做的事，走自己喜欢走的路，全身心地投入到自己所热爱的事业之中。

写作是一种业余爱好，也是一种追求。写作的过程是一个自我修炼的过程，说白了就是其思想人格的裸体呈现。

普通人生讲故事，文笔妙语好文字。

我看了治安同志写的三本书：《我这三十年》《凡人妙语》《昆仑雪·渭水情》。从我内心认为，作者是一位堂堂正正、本本分分的人，是一位很有文化修养的人。否则，读的书再多，文化程度再高，也总结不出人生智慧的大哲理。他通过学习，能正确地认识和看待社会，看待人生。《凡人妙语》每一个章节、每一句话都有着作者实践生活的体会。这本书也可以讲是人生哲理的百科全书，作者把人生所遇到的，看到的，想到的，通过本人实践生活的验证，用文字进行总结，这实际是自我感悟的一种精神享受，真可谓是"悟道藏真"。

治安同志通过学习和自己的人生经历，总结出来的这些人生哲理，是一笔宝贵的精神财富。人生一世，事经不尽。回想我自己的过去，好多事都做错了，亦走了不少弯路，许多时候自己却不知错在什么地方。看了他这些精妙文字，使我茅塞顿开，幡然醒悟。他善于发现，善于总结，思想性强，不回避矛盾，把人生处世的智慧用文字记载，留给后人，留给亲人，留给朋友，奉献于我们这个社会。书法界流传的八个大字可以总结："厚德载物，文以载道。"我本人爱好书法，但始终对这八个大字没有深刻的理解，看了治安的杰作，我领悟到了，只有厚道的文化人，才能总结出人生真谛，载入史册，流传社会，使更多的人受益。这就是文化人，通过学习和总结，用文字的形式"在行天道"。

但凡为文，总有思想操守、精神寄托、道义担当在其中，他所写的作品，蕴含他整个人的心灵空间，承载着他的情感世界。他的作品有两个沉淀：一是人生经历和感悟的沉淀，特别是苦难人生的沉淀；二是浑厚文学素养的沉淀。这得益于他长期坚持、不懈努力的学习。他属于那种勤奋务实，只管耕耘不问收获的人。然而不问收获的人，常常是收获最丰的人。就此书而言，的确是"文如其人"。读到有关章节，厚朴、纯真、敢讲真话。当今社会，作者的不少看法、观点符合社会实际，别人明知道事情发展就是这样，但没人敢讲，而他却讲了。

当前，文化人书写和总结人生处世的书为数不少，但他对人生的追求，真可谓"宁静致远，淡泊明志"。有些人活了一辈子，不知道自己追求什么，珍惜什么，可谓是奋斗一生，糊涂一世。

再是读了他写的《昆仑雪·渭水情》，这本书对我思想触动很大，看了书里面的每一个故事，都不由得让人掩卷沉思，回味悠长。叙写的每一个故事，他都能用精妙的文字，经过思想碰撞，产生入情入理的火花，使人读后回味无穷。书中的每一个故事都讲的是朴实真情，没有大话，没有虚构，原汁原味，情真意切。尤其看到他写自己的母亲和婆，阅读过程中我的心情起伏不平，使我不由回想起我母亲离世的场景。母亲走了，婆也走了，作者当时只是五岁的孩子，对母亲当时的面容都记不清楚，可是到了今天仍对母亲充满深厚感情，作者将那份情，那份爱，描写得淋漓尽致，感人至深，催人泪下。"母亲走了，婆走了，天都要塌了，我和弟弟该咋办……"不由把我的思绪带到了真情实景的现场，这些文章再次验证了那句文学原理：文学实际就是情学。你讲的每一个故事都没有离开一个"情"字，真不愧为多情文人，妙笔生辉。

文学家莫言是中国获得世界最高文学奖的人，他从小就是写故事、讲故事的人。2012 年莫言在瑞典首都斯德哥尔摩的瑞典文学院发表演讲时说："我是一个讲故事的人，因为讲故事，我获得了诺贝尔文学奖。在今后的岁月里，我还将继续讲故事。"他在这次演讲中，用了很大的篇幅，讲的全是自已已不在世的母亲的故事。他讲故事的核心是人,注重讲的是"情"。

今天,我阅读了治安写的几本书,发现他和莫言的思路有相似之处,也是在讲自己的人生故事,讲母亲的故事,讲亲人的故事。这些故事鲜活真实,让人思绪万千,浮想联翩。读后使人深刻体会到:草根香,布衣暖,读书滋味长。

治安同志酷爱读书、学习、写作,当然这是一种修养。从精神上实现自我超越,以积极的人生态度,满心欢喜地遨游在知识的海洋,体味征帆破雾拨云见日的快感,以自己充实而又年轻的心态,洒脱地送走每一个落日夕照,迎来一个个旭日朝阳。为此,我对他的人生感悟有如下体会:

一

治安同志他姓赵,做人做事很低调。

不露锋芒不张扬,谦虚谨慎不高傲。

二

现今五十天命年,读书学习抽空闲。

不图做官不图名,书本与他最有缘。

三

读书写作他最爱,身心健康好状态。

勤奋努力又好学,往常还把文人拜。

四

生活不求多富有,够吃够喝跟党走。

知足常乐人幸福,笑看贪官成小丑。

五

追求人生糊涂学,奋笔疾书搞创作。

仍有爱好和梦想,生活充实真快乐。

执着成就梦想。

老赵自幼对文学一见钟情,渴求成为作家,是他最大的人生梦想。这一梦想终于得以实现,他现已成为陕西省作家协会会员,的确可喜可贺!

我想,在今后的岁月里,随着年龄的增长,生活素材的积累和思想的成熟,老赵会有更多更好的作品奉献给大家,我们满怀希望地期待着。

贾如勋

《昆仑雪·渭水情》随感

　　前日,治安兄送来了他的《昆仑雪·渭水情》。这本书的到来,犹如寒冷冬天里的一股暖流,浸润着我不经寒气的身体,涤荡着我有些失落的心情。我被压抑着的一种想做但又不敢做的梦想又一次被唤醒。我想这就是身边人身边事的力量,它远大于历史故事的启迪,也高于励志言志的效应。

　　我和治安兄是二十多年的朋友,所以看他的书,是一种非常轻松的享受。

　　贯穿全书的情、感、思,无一不渗透着他朴素内敛的情感。对他的身世,更多的了解是和兄嫂的一次次闲聊。他的经历,给了他对亲情友情更加深刻更加别样的理解和感悟,一个"情"字贯穿始终。无论是对妻儿的骨肉亲情、对父母的感恩之情、对兄弟的手足之情,还是对友人的诚挚之情,均构成了他人生中一个大写的情字。于是便有了《我的父亲》《我的儿子》《我的兄长》《真诚的朋友》这些悠悠故乡情,也更加有了《我乃一笨人》《读书示可可十二岁金色年华》这样寓关爱与祝福于一体的厚望之情和平淡真人生。

　　我和治安兄是十多年的同事,所以看他的书,有种非同一般的感悟和体会。

　　体现于书中的想、做、为,无不蕴藏着他细致周到的考虑。和他共事,大家无职务之别,没有上下之分。对待一个新的工作,他会集思广益,博采众长,因而工作总是圆满完成。不管是一项全局性的艰巨任务,还是一件日常事务,他都会妥当安排,有条不紊,让工作完成得有形有色。《办公室,我的第二个家》《我的团队》融入了他的工作态度和思想。

　　我们有着二十多年的相识相知,有着十多年的共同干事,他丰富的经历和在人生每一处的体验,却不是每个人都会拥有的,经历单调的我更是不及。这些经历,丰富了他的人生,也丰富了他的作品。

从昆仑山下到渭水河边,从少小别离到中年回归,从雪域草原到家乡田园,从野外地质到三尺讲台再到故土从政,无一不是他生命中的拥有。对这些拥有的珍惜,使他有了笔下的思与情、人与物,更有了他对生活的感悟。读着这一路上的风景,体味着这一路上的情感,感悟着这一路上的得失,使他有了从昆仑雪到渭水情的激荡、澎湃、冷静、深思和纵意游八方的潇洒。

知道这本书的出版,是在读了徐喆老师发的朋友圈后,当时我还自我不知地写下了这样的评论:"辛勤笔耕,赏精品美文,阅心路里程;静心习作,奉所历所悟,献精神食粮!可敬可佩!"当收到徐喆老师的回复和闵荣波老师的点赞后,我才知道自已敢斗胆去表达高兴和激动。虽是用感情代替了理智,但对各位的敬佩再无法表达。

读《昆仑雪·渭水情》,是因为了解才觉得真挚,又因了真挚才更加了解。我想这也是我能很轻松地一遍又一遍读它的原因。

淡 云

平淡是真，文如其人

——读赵治安散文集《昆仑雪·渭水情》

前天，老朋友赵治安赠我一本他新出版的散文集《昆仑雪·渭水情》。忙了一整天，困得很，但我还是把它读到了午夜2点以后，今中午终于看完了。晚饭后，我一个人在路上散步，多少次我都不由得笑了起来：哈哈哈，确实文如其人！

我同治安交往也十九年了，对他的认识虽不能说了若指掌，但还可以说是较深的。十三年前，我调到了县残联担任理事长，治安在高新区残联，每次上市残联开会，全市十一二个县市区残联领导中，我所接触最多的就是治安。我为人特呆板，也不擅长串门子拉关系，更不喜欢喝酒打牌，而治安在这一点上还不如我。我是嗜烟如命，一般酒场子也搞地能应付得了，他却烟酒一点儿也不沾，于是每次饭后睡前，出门散步的就往往是他、我、白水的老刘和富平的老贾等三四个非活跃分子了。后来老贾退二线了，澄城的老王来了，也加入到了我们这老实人的队伍。常常总是老赵和老刘探讨着工作，如残疾人康复、培训、就业、扶贫等，尤其是残疾人培训和就业保障金的征收。

我们几个都是前后到残联工作的，治安却挺早，他早就担任了高新区劳动服务局局长，并兼着残联理事长，他的主业当然是全区的劳动服务工作，光失地农民的培训安置就够他忙活的了。他也很少说话，常常是他问，老刘答。老刘说到中间，他偶尔插上一两句，或疑问，或点评，或探讨，或引申。我是新手，他们谈话时，我只有听的份儿。他工作很扎实，但为人却极真诚极低调，对于我，他总是老哥长老哥短的，十分尊重，其实他也仅比我小两三岁。即使在酒桌子敬酒时，他也毫无酒场上那种江湖气。他细高个子，戴着眼镜,文质彬彬的,话不多,双眼中流露出极诚挚的真情,使人不得不接住他双手端来的酒盅。他总爱问我的工作,我一个新手,能有什么可说呢？接触得多了,我也自觉不自觉地跟他们学了一些,工作也渐渐地上道了。我是一个非工作时间从不谈工作的人,我总认为,既然下了班,就是自己放松休息的私人时间。即使上班时间,我也很少谈工作,一个单位,只要安排好了,分工明确了,谁该干什么事就干什么。现在的领导只要把每天八个小时的一半儿时间用到工作上,就很难得了。谁像我们这些老实巴交的人？况且,屁大个残联,还能有多少事？但他们谈工作时,我还是很乐意听的,他们的谈话往往会引发我的深入思考,帮助我理清工作思路,他们的做法和经验也有不少值得我学习和借鉴。以后接触得多了,我对治安就产生了一种敬重,他是一个很敬业很负责任的好领导！治安的文风,如同他的做人当官一样,都是那样的朴实,那样的纯净,那样的严谨。其集子里的文章几乎每篇六七百字,有话则长,无话则短,用词精练,叙述清晰流畅,从不拖泥带水,且善于分段,往往一句话就是一段,很少有长段落,如同散文诗,很美,很耐读。

　　治安十分好学。我原以为他就是一个没有啥业余爱好,光知道工作而从不问闲事的工作型、事业型人。一次,我到他的办公室,看到他的书架上还有不少文学作品,有中国现当代的,也有外国的,有小说、散文,还有其他,从此我就对他有了更多的好感。后来听说他还在西北大学进修了几年,拿上了本科文凭。而我,直到现在,还是我那个给人说不出口的大专文凭,因此,对他我就更刮目了。前年5月,我离开了那个单位,我们的接触就少了,但还经常电话联系。去年初我到渭南去,顺便到他单位看他,临走,他送我了一本他刚出的书《我这三十年》。回到家,我认真地看了几遍。当时我正筹划着出版自己的《梦想与思考》,读了治安的书,我很惭愧。人家不言不传地已经把书弄出来了,还计划着再出一部,咱还不紧不慢地消停捏搪呢,于是,我也加快了修改编排的进度。这本《昆仑雪·渭水情》是有书号的正式出版,在其前一部的基础上增加了一些篇目,题材更丰富,语言更精练,文字更干净。不管是写乡情亲情爱情还是友情,不管是叙述描写抒情感悟,其情之真之深之浓之纯,无不充分体现了作者赤诚的爱心和扎实深厚的语言文字功底。其获奖的《故乡记忆》一文,短短千把字,写了一个村前后五十多年的变迁。作者选取自己家乡临渭区下邽镇水里村边那块湿地,那个土壕,特别是村子中间那个四百多年树龄的古槐,叙述真实生动,描写各有侧重,很好地凸显了作品的主题。再如《我的婆》中写其祖母去世那些天，将他婆下葬和连绵秋雨结合着写，把一个三四岁就失去亲生母亲，父亲又远隔千里多年不回家，而今成十年与自己相依为命的祖母也突然去世后的孩子的那种悲痛欲绝的情状刻画得淋漓尽致，但文字朴实凝练，没有过多的描写和抒情，表现了作者娴熟的语言驾驭能力。他在其《办公室，我的第二个家》中写道："熟悉我的朋友都说，节假日最好找我，不在家准在办公室，除此不会有第三个地方。"局长兼理事长，没有副职，他一个人连蹚带掌，在这个岗位上已干了十五六年，工作从来都是成绩显著，那些年一到年终表彰大会，我真嫉妒他每次都能抱回那一摞子奖牌。而在那个办公室里，他除了学习还是学习，像这样几十年如一日地学和练，他怎能写不出好文章呢？所以，常读治安的书和文章，起码对我是一种无形的鞭策。

治安不仅善于从书本上学，而且很注重在工作中学，向他人，向兄弟单位学。我在残联时，他就有好几次带着其单位的骨干来我县劳务局考察学习。他多次说要来我单位学习取经，我总是笑着说他儃人呢，我们最应该去他们那儿学习，怎么竟闹成了翻翻子了？他要来潼关游一游，我绝对双手欢迎，好好招待，全程陪同，但要说来我们单位学习取经，我实在是不敢当！一次，他们来了五六个人，他要"学习"，我实在没有办法，就只好应付着，他问什么，我答；他要看什么，我就让他们看什么。他们问得却很细，看得也挺认真。末了，我就领他们到杨震廉政基地让他们看个够。到了那儿，他很认真地看着那些展品，认真地听着讲解员的讲解，看了，也听了，他再回过头问我，问得很细。哈哈！我想，这个朋友要当个工程师或学者确实再合适不过了！之后，又带他们游了红楼观和三河口。在三河口观景台，见有几个民工在那儿蹾杆子，他很好奇，向他们详细地问蹾杆子的一些问题，还亲自试了几试，弄得满头是汗，惹得大家都去试着蹾杆子，十分热闹。这个老赵，时时处处都不忘学习！确实如此。在治安的办公室里，常见到那儿放着一本厚厚的《蹉跎岁月》，看来他已把叶辛那部知青小说读了不少遍。

读了治安的《昆仑雪·渭水情》，我更服了他对文学的痴迷和好学不倦的精神。其中有一篇《寻访砂锅寨》，是治安这部书中最长的一篇散文，一改他短小精悍的文风，洋洋洒洒写了近三千字。从看《蹉跎岁月》电视剧进而喜欢上其原著小说，再到喜欢上这个作家及其他所有作品，再到驰驱几千里去贵州修文县寻访作家当年插队的村子砂锅寨，并详细探寻作家当年插队生活的点点滴滴,甚至对这个小地方以后的发展还有自己的一番设想……好家伙!把书读到了这个程度,把文章写到了这个境界,确实你不佩服是不行的!

治安这部散文集,基本上写的是他自己的经历和身边平平常常的事儿,每一篇都饱含了作者真挚深厚的感情,给人以感染,以深思,以激励和启迪。"平淡真人生",这既是作者的感悟,也是其为人处世的一贯作风。

盼望能看到治安好友更多更令人感动令人深思令人启迪奋进的好作品!

贠国庆

读《昆仑雪·渭水情》致赵治安

曾经在两个省里工作打拼
这阅历实属不易千金难买
人若只待在自家的门口
如何看得清外面的世界
先生不光幸运而且有才
笔触下蕴含着智慧与豪迈

昆仑的山，纯洁的雪
给了先生走四方的气魄
渭河的水，妩媚的情
让先生充分展示人生精彩
那些个忧伤和无奈
全化作礼花笑逐颜开

徐 喆

2015 年 12 月 6 日

后 记

2015 年 3 月,我的散文集《昆仑雪·渭水情》文稿交由出版社编审编校,在文集待印的多半年时间里,我开始了这部文集《人生滋味》的写作。

写作是艰辛寂寞的,《人生滋味》的创作更是如此,好在对我而言它并不是一件多么苦的差事。

这段时间工作之余,我除了思考便是写作,平日很少有空闲之时。有压力便有动力,信仰的力量是无穷的,在理想和信念的支撑下,短时间内自己便完成了百余篇文学作品的创作。面对这一不菲的战果,连我自己都不敢相信这是真的。

我的人生是艰难的,步入中年的我,人生更加繁忙和艰难。我是个理想主义者和完美追求者,这一性格特征注定了我的人生之旅必定是一场异常艰难的精神苦旅。

创作《人生滋味》之时,我开始进入一生中最艰难、最苦闷、最黑暗的时期,整日感觉可谓"亚历山大"。这一时期,淘神费事的儿子退伍待业,远在西宁的父亲重病缠身,我亦摔伤骨折卧床数月……郁闷之时我时常怀想过去,念想 20 世纪 90 年代初由柴达木调回渭南身居筒子楼时的美好时光。那时,虽然生活清贫,所有家当不值千余元,且常为生计皱眉头,但心理是轻松的,心情也是愉悦的。一段时间里,我竟羡慕起那段苦涩但却美好的日子,抱怨那段日子过得太短促,太匆忙。

从文的二三十年里,特别是近四五年里,自己先后创作了五六十万字的文学作品。这些作品因其情真意切受到了文朋诗友的好评,亦在小范围内产生了一定的影响,大家一致称赞我的作品平白质朴,真实感人。我很认同这一评价,感觉它概括总结得可谓十分客观到位。

我的文学理论功底相对浅薄。可能与生长于三贤故里，受大诗人白居易等文坛先贤影响较深有关，因此所写作品文字朴实，语言平白，绝少引经据典，亦不追求辞藻华丽和奢靡，而是将功夫下在叙事描绘和抒情上，努力做到以文传情，以情动人，文情并茂。

"平白质朴，以情动人"这一创作风格将是自己永恒的追求，今后我会沿着这一创作之路坚定地走下去的。

创作《人生滋味》时，我还体会总结出一条也算宝贵的写作经验，那就是，平日只要发现好的素材马上就记下，就运用，哪怕整理出的东西不深刻、不细致、不全面，只要能立即记下来就是好的，就是鲜活的。自己先前写作中也遇到过这样的现象，虽然搜集到了素材，但由于运用不及时，导致不少好的素材白白丢失，有的甚至湮灭在记忆的仓储中。对创作而言，这是十分可惜的事。

拥有作品的多寡是区分作者和作家的重要标准。算起来，《人生滋味》应当是自己的第四部作品，也是迄今为止自己面世作品中篇幅最长，内容最全，文字最多，趣味性和可读性最强的文集了。将这么多零碎、散乱、甚或潦草的文字搜集整理结集出版，可谓我人生一项极其浩大的工程，完成这么一个系统工程，显然不是我一个人力所能及的，这其中包含着不少人的辛勤和努力，我对他们充满敬佩和感谢之情。

在这里我除了感谢渭南市作协李康美、王旺山主席，市文化艺术中心创研室李辉主任和太白文艺出版社的老师及其他编辑人员外，还要深深地感谢两位女人。

一位是我的妻子马翠娥，在我创作期间，她承担了所有的家务，使我能有时间专心写作。

一位是我的同事、渭南市作协副秘书长姜芳女士，书中每一个文字都凝结着她辛勤的汗水。

最后，我还要感谢阅读欣赏和指正我文学作品的文朋诗友和读者朋友，你们是我创作的动力和力量。

作者

2016 年 3 月